Le chemin lent et sineux
des larmes d'Annah

Les personnages et les situations de ce récit étant purement fictifs, toute ressemblance avec des personnes ou des situations existantes ne saurait être que fortuite.

MARIE-HÉLÈNE FERRARI

Le chemin lent et sinueux des larmes d'Annah

Policier

Éditions
Clémentine

1

Les vagues de l'équinoxe bousculaient la baie de Maora. Les algues repoussées en falaises hautes s'empilaient en montagnes improbables exhalant une puanteur moite et salée. Le sable, ravagé par l'eau, avait de faux airs d'une plage de l'Atlantique prise de remords de s'étaler si largement. La cadence des flots était agitée, nerveuse, agressive, impulsive, une valse à deux temps, pour danseur initié. Il ne faisait pas froid, au contraire, mais la peau de l'homme était bleue. Il allait et venait au gré des courants, avançant, reculant, sur le dos et parfois sur le flan, traînant sur le retour, désolé d'être reconduit vers le large, rampant sur le sol qui se dérobait. Son pied droit ne portait plus de chaussures et des algues s'étaient mêlées aux orteils aux reflets nacrés. Son joli costume Armani était sale d'eau et de frottement contre on ne savait quoi. La chemise collée au corps n'avait plus de couleur. Les yeux du cadavre fixaient le ciel, et semblaient refléter sa limpidité, tant ils étaient bleus. Un bleu sublime, qui avait toujours fait la fierté d'Andria Maxiola. Un bleu qui effectuait autrefois avec ses cheveux noirs et frisés un contraste saisissant, dont il aimait user, en présence de femmes. Mais la pupille était opaque et le blanc de l'œil, jaunâtre et injecté de sang. La bouche peinait à contenir la langue, enflée et mauve, mais qui ne risquait pas de s'échapper, car les lèvres avaient été cousues, ce qui conférait au visage un curieux air de bonhomme de neige, avec son sourire en zigzag. Les bras, largement étalés, laissaient les mains à la surface. Il y manquait l'annulaire et le majeur, arrachés ou mangés. Il était aussi à peu près certain que sous le tissu du pantalon, à l'aine, quelque chose de pénible s'était passé, car le sang avait cartonné l'étoffe d'une route brunâtre, lourde et molle malgré l'eau de mer.

Il avait eu une vilaine mort, Andria, et comme la vieille Toussainte qui promenait son chien tous les matins le connaissait depuis l'enfance, elle ne survécut à sa vision que le temps d'appeler sa fille qui travaillait à la mairie de Bonifacio, sur son portable, parce que c'était le seul numéro qu'elle connût par cœur, lequel céda, en dépit des hurlements du petit King Charles aux yeux exorbités qui lui léchait le visage en gémissant.

« Aghju l'orechje chì fischjanu, filia mia ! Li puzza a salute Andria, per falla più bella... », avait-elle pu encore murmurer, avant de trépasser. Joséphine, affolée, accourut au plus vite : elle connaissait les habitudes maternelles et ne tarda pas à la trouver, sur la plage, étendue aux côtés de l'homme. C'est elle qui donna l'alerte.

2

« SON OMBRE S'ÉTAIT INTERPOSÉE quelques instants entre le soleil et la terre. Il en avait été content. Il lui semblait qu'il tenait la vérité de la condition humaine. La seule trace, finalement, qu'il laisserait, serait le souvenir de cette ombre. Et c'était bien ! »

Les paroles coururent se blottir dans le silence.

« Son ombre ? Toute son ambition se résumait donc à cela ? Être une ombre ? » Pierucci ivre de fierté en était resté à « la vérité de la condition humaine », il avait un fils qui écrivait sur « la vérité de la condition humaine. »

« Pas *être* une ombre, faire de l'ombre. Parce qu'il n'aurait jamais la puissance et la luminosité du soleil, il ne pouvait pas jouer dans la même cour, en revanche, le soleil ne pourrait jamais rien faire contre le fait qu'il lui soustraie son ombre.

— Bon, en gros, tu me dis qu'il avait compris où était sa place ? Il avait appris la modestie ?

— Mais non, c'est tout le contraire ! Il avait découvert qu'il pouvait faire de l'ombre au soleil ! C'est un immense pouvoir que celui de faire de l'ombre… »

La nature était muette, sans un souffle, sans un froissement de feuille, ce qui rendit l'absence des cigales encore plus criante. Leur disparition devenait plus présente à l'esprit que leurs stridulations, quand elles avaient été là. Qui sait donc exactement de quoi est fait l'été ? Dans le sud, très probablement d'une part de cigales. Mais à l'avorton de printemps de cette année-là, avaient succédé des semaines frissonnantes qui peinaient à émerger de nuits trop froides. Les cigales étaient mortes avant même d'avoir vécu. Et il était étrange, étrange et inquiétant, ce faux été silencieux.

« Ça finit comme cela ?

— Comment tu veux que cela finisse ?

— On est un peu perdus, là ! On reste sur notre faim !

— Oh ! Mais dans la vie aussi on est un peu perdus ! Tu es bien placé pour savoir que la vie ne lave pas blanc et que la couleur de la lessive de Dieu, c'est gris, tout est gris, tout s'use, tout s'efface, tout grisaille irrémédiablement. Il n'y a que dans certains romans que le noir devient blanc…

— Ou pas !

— Ou pas… »

Le père et le fils étaient assis autour de la table en pierre à l'italienne qui se dressait sur la terrasse. Angelo avait terminé sa lecture. Pierucci le contemplait, tellement éperdu d'émerveillement, qu'il en ressentait presque de la terreur. Comme sa vie était dépendante de ce petit ! Et comme voir la vie se réinfuser en lui était un miracle sans nom ! En dépit des résidus d'amertume, qu'il laissait sourdre de temps en temps, et de certaines paupières trop résolument fermées sur les pupilles, quand il refusait de répondre. En cela il ressemblait à tous les parents du monde, et comme tous les parents du monde il était persuadé que personne n'aimait autant que lui. Comme tous les parents du monde, également, il lui était impossible de se faire comprendre de son fils, tout ce qu'il disait était porté à son acte d'accusation, il aimait trop ou trop peu, rien n'allait, son fils ne rêvait que de jours d'indépendance : bienvenue au club des parents d'adolescents.

« C'est plutôt bien ! Osa-t-il prudemment juste avant de savoir qu'il n'avait pas dit ce qu'il fallait.

— "Plutôt", c'est bien ou pas bien ? En fait, tu ne veux pas dire que tu n'aimes pas !

— Si, j'aime ! C'est vraiment bien ! Je suis pudique c'est tout ! »

Mais la réponse se perdait déjà, elle n'avait pas été assez enthousiaste, Rousseau dit que l'adolescence n'a que deux visages, le triste ou le gai, qu'elle ne connaît pas la demi-mesure, et Rousseau cette fois a raison. L'enfant s'était envolé vers la cuisine, en quête d'un bout de n'importe quoi, et surtout pour aller se frotter un peu à Sofia, avec qui il était devenu fusionnel. Il se heurtait à son père fréquemment, pour user sa jeune énergie contre le vieux cuir de son aîné, ce qui épuisait l'un et renforçait le sentiment d'incompréhension de l'autre. Aussi se collait-il à Sofia qu'il ne lâchait plus.

L'odeur qui flottait des fourneaux faisait penser à une sauce aux crustacés, ou aux oursins... De ces senteurs qui rappellent n'importe quel mourant à la vie. Armand se mit à sourire, à un souvenir du passé... Santa, la vieille tante, invitée à dîner chez son neveu qui ne manquait pas de faire un tour à la cuisine et de rallumer le feu sous la casserole de pâtes, qu'elle trouvait toujours trop crues. Satisfaite enfin quand, à table, la platée était si molle et si collante qu'un couteau y tenait debout, elle affichait le sourire d'aise de la femme qui a eu raison, ce petit « je ne sais quoi » d'un peu condescendant devant la jeunesse, qu'elle respirait cependant en cachette, aux flacons capiteux de la salle de bains, et dont elle ressortait rose et parfumée comme une jouvencelle... La petite vieille s'en était allée durant l'hiver. Sans bruit, comme elle avait vécu, le matin elle repassait les chemises de ses frères, elle était partie s'allonger après la vaisselle, elle n'était pas redescendue. Depuis combien de temps déjà se sentait-elle fatiguée, personne n'aurait pu le dire, elle était dure à la douleur et ne s'écoutait pas, il y avait ses frères avant tout, auxquels elle avait sacrifié sa vie. Les oncles s'étaient alignés, muets, figés dans leur tristesse devant le monument mortuaire. Jamais la sœur n'avait été si présente que depuis qu'elle n'était plus là...

Comme les cigales, en quelque sorte.

« À TABLE ! »

Le cri de la vie l'attira à sa famille, pâtes à l'encre de seiche, il n'était pas tombé loin, elles étaient parfaites, parfaites, il adressa un clin d'œil à sa tante, nichée au fond de son cœur. Puis se perdit dans les saveurs de son assiette.

Les drames ne s'oublient pas. Ils s'estompent lentement en surface, tandis qu'ils font en profondeur leur ouvrage. Ils renforcent ou ils sapent… On ne sait rien tant que le Destin ne frappe pas de nouveau à la porte. Angelo avait repris le cours de ce qui semblait être l'existence d'un adolescent ordinaire. Il avait fini par reparler, enfin, quinze mois après la nuit atroce qui l'avait opposé à Télémaque, le fils réapparu de Morales, dans ce qui avait été le dernier baroud de l'ancien lieutenant. Mais il n'avait jamais pu expliquer ce qui s'était passé, ni comment son agresseur était mort. Il avait fallu tirer la porte sur ces tragiques événements, sans explication et avec cette ombre née de l'horreur, qui pouvait ressurgir. C'est terrible, cette sensation de savoir que son enfant a été abîmé, que c'est irréversible et que rien ne pourra jamais faire revenir en arrière. Ils y songeaient sans cesse en faisant mine de ne songer à rien.

Sofia, pour plaisanter, fit un grand sourire. Ses dents noires d'encre, ses lèvres bleuies le firent hurler de rire.

Pierucci, installé dans un des nouveaux fauteuils imposés par Sofia sur la terrasse, tenait un journal déplié devant lui, l'esprit ailleurs.

« As-tu lu *Les Hauts de Hurlevent* d'Emily Brontë ?

— Ce qui me surprend, je te l'avoue, est que toi, tu l'aies lu ! C'est plutôt un livre de filles, ça, non ?

— On nous l'avait donné en traduction en classe d'anglais, autrefois. Le genre de livre obligatoire sur lequel on mourait de sommeil, à une époque où personne ne te vendait une fiche de lecture en ligne. J'ai peiné dessus, je l'ai haï, il était aux antipodes de mon monde de *maccia*, de chasse solitaire, de transhumance avec mes oncles et même des filles que je pouvais croiser, mais il m'a marqué. Je suis persuadé, vois-tu, qu'il y a un esprit des lieux, que dans ces falaises creusées de sel et de vent, dans cette espèce de lac intérieur qu'est la mer entre ici et Santa Teresa, dans ces rochers de granit torturé, quelque chose d'immuable et de violent de l'ordre de ce que dénonce Emily Brontë sur la lande du Yorkshire traîne en hurlant. Certains lieux ne sont pas habités que par les hommes… Je me suis souvent dit que si les situations que nous vivons ici sont plus paroxysmiques que partout ailleurs, c'est la faute des lieux. Il y a une forme de désespoir propre à cet endroit. Du reste, regarde, combien en connaissons-nous de ces êtres que des échecs à répétition conduisent de plus en plus loin, jusqu'à cette ultime porte de France, bornée par la mer ? Bonifacio en est pleine. Ici les gens hurlent et les rochers enregistrent leurs cris, le soleil grille tout ce qui est superfétatoire, il ne reste que l'os, et ce que chacun a de plus dur, mais aussi de plus tendre en lui.

— Sans vouloir te contrarier, je crois, moi, que la cause de ce que tu appelles les paroxysmes, est que Bonifacio est infiniment plus petite et plus fermée sur elle-même que la plupart des endroits que nous connaissons. J'imagine que n'importe quelle minuscule ville de province produit le même effet.

— Tu dis cela parce que je…

— Je ne suis qu'une pièce rapportée ! Je sais. » Elle ne riait pas. « Toi aussi d'ailleurs ! Tu n'es pas issu d'une de ces familles.

— *Ùn so micca natu in Bonifaziu, certu*, dit-il à haute voix, mais je suis d'ici, plus que quiconque au monde, pensa-t-il ! » Il avait toujours été chatouilleux sur ce sujet. Sa naissance d'un Pierucci, et sa vie dans le sud.

Cela agaça Sofia, cet instinct primitif qui jaillissait du sol. On est ce qu'on devient, non ?

« Ce que j'en pense, c'est que tes ancêtres renégats parlent en toi plus fort qu'ils ne devraient… Je suis certaine que tu ignores que les Génois ont peuplé la Corse de condamnés à la peine de mort ou à des mutilations graves. Cela motivait les colons, mais cela fait beaucoup de criminels dans tes gènes. Ne va par chercher plus loin l'origine de tes fascinations morbides… Tu es du côté de l'ordre, mais tel que je te connais, il ne s'en serait pas fallu de beaucoup pour que ce soit toi qu'un autre chasse… » Elle savait qu'elle parlait un peu vite, juste pour faire un peu mal, égratigner avec du jus de citron, il l'agaçait, ces temps-ci.

Armand piqua du nez derrière la feuille de papier ; elle avait un don pour l'aplatir, le lisser, le normaliser, faire de lui un être ordinaire, qui était stupéfiant. Était-il ordinaire seulement ? Personne n'était moins ordinaire que lui, ni au physique ni au moral. Il échauffait sa rancœur, dépité que celle qui aurait dû être son plus fidèle soutien puisse le confondre avec l'humanité courante, lui qui revendiquait ses singularités, ses défauts exceptionnels, ses… Une nuée noire se rassemblait sur sa tête.

« Tiens, j'ai fait des cassates, ils sont assez réussis, c'est la surprise du dessert…

— Ah ! Si ce sont des cassates, alors… »

3

De la mixité de ses ancêtres, il tenait la tête ronde en boule de billard et les pommettes hautes, le front bombé, les yeux fendus en lame, d'où s'échappait la braise de ses pupilles noires. Son nez plat mangeait la mince ouverture des lèvres, inexistantes et sans couleur. Une tête de Maître Jedi, de Yoda de contrebande, de lendemain d'Halloween ambulant, qui aurait pris chair un soir de délire trop alcoolisé... Il est tout à fait pénible d'être le sosie d'un personnage culte ! On riait derrière son dos. Il avait de son modèle les oreilles bien visibles, en anse de cruche asianiste. La petite taille — tricotant plus que marchant de ses jambes un peu torses —, le regard fendu perçant dans le repli éléphantesque des paupières, ce qu'on appelle un physique atypique, un physique de « prétendant » qui sous-entendait pour contrebalancer de grandes capacités de cœur — organe qui lui faisait cependant défaut — et il avait toujours eu la conscience de sa différence, qu'il avait assimilée, pour survivre, à la certitude de son immense supériorité.

S'il avait croisé Adler, celui-ci n'aurait pas manqué de diagnostiquer un ego tendu dans la « compensation de la déficience d'organes ». Si sa raison naissante au plus jeune âge lui avait suggéré qu'il était — très — différent, sa psyché avait immédiatement et largement effacé l'idée d'une possible infériorité. D'autres deviennent profs de maths, lui prétendit comprendre l'humanité. Pour s'aimer, il lui fallait dompter les autres, les surplomber, et puisque sa taille ne le lui permettait pas, il voulut le faire avec son esprit qu'il pensait exceptionnel. Il ne songeait nullement à se mesurer à l'aune des gens ordinaires. Il était LUI, un être extraordinaire, un homme à qui la psychologie avait donné la potion magique d'une sorcellerie uniquement axée sur la volonté de puissance.

De pays en villes, de villes en sociétés, il avait exilé son originalité, sans jamais trouver la paix, mais persuadé cependant que la médiocrité des autres en était la cause. Il avait passé des diplômes aléatoires dans des universités de fantaisie, se heurtant toujours à quelqu'un, à quelque chose, inconscient des codes sociaux, les niant et les attribuant à une volonté panurgiste de troupeau. Son miroir ne lui disait pas : « Tu es petit et moche, étranger parmi les étrangers, sans aucune connaissance des mécanismes premiers de fonctionnement du microcosme dans lequel tu vis ! » Il lui hurlait : « Tu es Dieu ! » Quand un grain de sable grippait la machine des jours ordinaires, il en rejetait toujours la responsabilité sur les infériorités mentales de ses commensaux. Mais il ne dupait que lui.

En Corse, il faut bien le dire, on comptait peu d'admirateurs de *La Guerre des étoiles*, et encore moins de personnes passionnées par les bonzaïs. Probablement une tare culturelle ! En dépit du fait qu'on consulte plutôt pas mal en psychologie ou en psychiatrie — mais peu localement, afin que les secrets n'aillent pas se répandre — il attendait des heures dans son minable cabinet sombre. Il avait bien une petite clientèle de dames un peu perdues et qui croyaient pêle-mêle aux voyantes, à la *strega,* à la *squadra d'Arozza*, aux tisanes et pourquoi pas aux psy, selon le bon vieux pari de Pascal, ce qui ne vous fait pas de mal peut vous faire du bien... Mais ses investigations ne débouchaient que sur matière molle, cervelle faible, domination facile, victoire de poids léger, public de bastringue, engouement de maison de retraite, succédané de passions gélatineuses, et sur des hystéries copiées sur *Les Feux de l'amour*.

Sa dégaine de gourou le servait et le desservait tout autant. Il aurait eu, sûrement, davantage de succès dans une herboristerie, ou dans un magasin bio. Voire dans une boutique de pierres semi-précieuses, une droguerie, ou un négoce de disques d'ambiance. Las, il aimait, lui, touiller le brouet des pensées, et se saoulait de ce sentiment de toute-puissance que lui conféraient les secrets murmurés, la détresse de ceux qui débarquaient chez lui, car la comparaison entre sa vie et la leur lui donnait toujours l'impression d'être un thaumaturge en haut de l'Olympe. Il rêvait d'une grande femme longiligne, il épousa une petite grosse coincée, un peu masculine, aussi mal dans sa peau que lui, aussi certaine que le monde en était responsable, souffrant des mêmes frustrations, des mêmes handicaps, partageant aussi avec le gnome une enfance difficile. Elle s'était échappée d'une famille frustre en courant, et n'y était jamais revenue, ne gardait des relations qu'avec un frère sociopathe pour qui elle était l'incarnation du Soleil. L'homme pour elle était un animal à dompter. Elle pratiquait la sophrologie sans jamais se demander si le fait de donner des leçons, là où elle aurait dû en recevoir, n'était pas en soi le signe d'une agressivité pathologique remarquable, et avait vu, dans un premier temps, dans celui qui l'accompagnait son double, avant d'y voir un inférieur laid.

Ils avaient en commun de croire qu'un être ne pût jamais être à leur hauteur, dandinant de concert leur postérieur pathétique qu'un vent interne semblait en permanence sur le point de faire chavirer, ils confondaient amour et domination, en étant deux à vouloir tenir le fouet, ils avaient perçu en l'autre l'image spéculaire d'eux-mêmes. Ils s'aimaient comme Narcisse aimait son reflet. Quand leurs yeux se dessillèrent, ils ne virent que leur différence, elle le trouva contrefait, il la trouva brutale et agressive, ils ne s'aimèrent plus. Leurs numéros respectifs de charmeurs de serpents n'ayant plus aucun effet sur l'autre, le ménage connut des tensions, des séparations… Ils n'en eurent que plus de revanches à prendre pour restaurer un ego à jamais agressé et meurtri. Il se nommait Alfred Dondolo[1].

C'est à cet homme que Pierucci fut sommé disciplinairement de se confier, et de résoudre un vague à l'âme qui lui semblait faire partie de lui-même, mais qui gênait ses supérieurs. Il avait eu beau faire et beau dire, rien n'était parvenu à atteindre la détermination de la hiérarchie, qui y voyait peut-être un moyen de se séparer de la lourde charge d'un salaire trop important, en raison de son ancienneté, pour la petite antenne de Bonifacio. Deux jeunes valent mieux qu'un vieux, tout économiste sait cela. On exige en général des êtres humains une certaine forme de normalité, même si le concept lui-même est une aberration, et même si ce sont ses différences qui lui permettent d'avancer. C'est encore pire dans la fonction publique où le bien-penser est l'obligation absolue. Il ouvrit la sommation de prendre rendez-vous et d'aller résoudre son mal de vivre, dans l'incrédulité la plus totale. On parlait d'inadmissible proportion de hasard heureux dans la résolution de ses enquêtes qu'il fallait éradiquer au profit d'un méthodique ordre cartésien, il devait s'exécuter.

Cagarella ! Il en eut la rage au ventre, accompagnée d'un sentiment de trahison qui le perforait de part en part, mais les lettres qui le sommaient étaient bien alignées et très claires :

---

1. *Dondolo :* balançoire

Pour le bien-être du contribuable, qui voulait des résultats dus à une efficacité constatée et non à la conjonction d'un accident, d'un aléa, d'une aventure, d'un impondérable accouplés par chance à la maladresse des délinquants — heureusement qu'ils venaient à son secours, ceux-là — et parce qu'il fallait de la logique, du rationnel, on désirait qu'il s'en fît infuser une once dans ce qui lui servait de tête, c'était un ordre.

Il avait alors très sérieusement songé à récupérer le fonds de commerce qui lui appartenait et qu'il louait sur la Marine, dans le but d'ouvrir une sandwicherie. Il se prit d'une frénésie imaginative, se voyant tablier au ventre, tartinant le beurre que lui, mettrait en abondance sur un sandwich copieux. Il nommerait l'échoppe « comptoir de lutte contre le diktat des régimes », il avait fait établir un devis pour cette immense enseigne, et commencé à faire ses comptes, et l'évaluation du coût de la remise en état de ce qui était pour l'instant une boutique de tee-shirts.

Si ce n'avait été l'hypothèse d'une inévitable fâcherie, il s'y serait immédiatement résolu. Mais les locataires étaient des amis, il n'avait pas l'apport qui lui permettrait les plus petits travaux, et Angelo avait des études à faire... Sans compter l'affreuse grimace qui l'avait défiguré à l'idée d'aider à la confection des tartines. Il avait pour défaut d'aimer la nourriture toute prête, pas celle qu'il fallait composer soi-même, quant à servir les autres... Il prit donc de mauvais gré le rendez-vous et le chemin du petit local insalubre qui servait de cabinet de consultation. Jamais véhicule n'encombra tant la route par sa lenteur que la sienne ce jour-là. Il poussa finalement la porte au bois effeuillé et à la poignée collante comme un couple de Témoins de Jéhovah, s'assit sur une chaise en plastique qui semblait pleurer la possibilité d'un jardin, et jeta un regard sur la pile de journaux hors d'âge, qui semblaient traiter d'histoire et d'archéologie, mais avec des photos en noir et blanc qui dataient des appareils des années 1960. Des monolithes en guise de compagnie dans cet endroit, l'accord était parfait.

Qu'est-ce qu'il foutait là ? Bien qu'il n'entendît aucun bruit venant d'à côté, que personne ne patientât avec lui, ce qui ne plaidait pas pour l'endroit, il attendit cependant un bon quart d'heure, après le moment convenu très probablement par « e-assistante-secrétariat médicale en ligne » car il ne vit ni bureau, ni réceptionniste. Alors qu'il s'apprêtait à partir, la porte s'ouvrit enfin, pour permettre à l'homme de l'art de s'avancer. Pierucci eut du mal à réprimer le fou rire qui lui montait aux lèvres, lui qui pourtant n'était pas enclin à la gaieté.

« *May be the Force be with you*[1] », avait-il envie de dire. Il suivit cependant le Maître Jedi.

1. In *La guerre des étoiles.*

La pièce était petite, sombre, froide et inhospitalière. Le bureau échappé probablement de la réfection d'une quelconque salle de classe. Les murs recouverts de crépi gris, triste à pleurer. Son postérieur dut fraterniser avec la jumelle pathétique de celle qui reposait — paix à son âme — dans la salle d'attente. La nudité des parois semblant collées de cendres n'était adoucie par aucune gravure, aucun poster miteux, aucune étagère. Univers triste et vide qui le laissa songeur.

Il était un homme érudit, avide lecteur, curieux du monde, des autres et qui se posait beaucoup de questions que recevoir beaucoup de réponses, et partait du principe que l'imperfection était l'essence de l'humanité. Il était assez nietzschéen pour comprendre que le monde est poussé par la volonté de domination, et celle non moins égale, de croire que le singe n'est pas en soi, mais de l'autre côté du pont. Il savait, du moins le pensait-il, vivre avec son singe. *Ce qui ne tue pas rend plus fort*, et il était vivant, malgré et contre tout. Il avait depuis longtemps compris que les abîmes qui s'ouvraient en lui étaient nés bien classiquement, d'une histoire personnelle et familiale où la trahison, la lâcheté et la culpabilité étaient les moteurs premiers. Il n'ignorait nullement qu'il était bipolaire, selon les langages en vigueur et que, vu sous certains angles, son défaut avait ses qualités. En conclusion, la confrontation avec le chaman, en plein numéro de chamanisme dans sa cage d'un ascétisme de pacotille, le fatigua immensément, car il n'était pas bon public.

« Pardon ! »

L'autre avait chuinté quelque chose dans un salmigondis linguistique qui, pour être compris, demandait beaucoup d'attention. Il était ailleurs, il n'avait rien *imprimé.*

« Z'ai lu votle dossier… (Il avait donc un dossier quelque part ! première nouvelle !) Vous êtes polteul d'un bien lould bagage, (rétrécissement de la fente déjà menue, des paupières) La molt est votle complice, votle assistance, et votle meilleule amie… »

Ahuri, tendu vers la compréhension jusqu'au moment où son paisible égoïsme mit sa cervelle à l'abri de la gymnastique, il recula dans son siège. « Je rêve mais il me fait un numéro de dompteur, ce zèbre ! Et quelle mise en scène ! Il ne lui manque que le turban, quelques bagues, ou à la rigueur un lien en cuir avec de petites perles… Bon ! pas tout ça, mais j'ai des choses à faire, il fait beau dehors, et si la mort m'attrape bientôt, au moins que j'aie passé utilement mon temps. Il est où ton problème, mon pote ? filiation incertaine ? exil incurable ? petite taille ? ou un peu de tout cela, plus une petite bite ? Je te la fais vite fait moi, ta psychanalyse, tu te sens tellement inférieur que tu n'auras pas assez de ta vie pour emmerder le monde ! Bah ! peu importe… » L'autre continuait, imperturbable, dardant le feu mauvais de ses petits yeux noirs.

Vraisemblablement l'une des recettes de Yoda était-elle ce chuintement qui requérait cent pour cent d'attention de son interlocuteur. Et assez sûrement, l'écoute, n'était-elle pas la qualité première de Pierucci, voire la seconde non plus… Ni même la dixième en fait. Quand l'autre n'était plus une énigme à résoudre, ou simplement quand il n'en avait pas d'usage immédiat, il fermait les écoutilles et plongeait en immersion. S'il était venu en ce lieu pour y faire une rencontre, découvrir un être humain, il en aurait été tout autrement, mais il était trop habitué aux jeux subtils de la hiérarchie et du pouvoir pour ne pas savoir déceler un fasciste armé de son savoir, comme d'une arme, quand il en rencontrait un. Ce mec-là se délectait de la misère des autres et de l'idée qu'il pouvait intervenir dans des existences, éventuellement dans des cerveaux. L'hypothèse même d'être dompté lui donna de l'urticaire, il se sentait Alpha, et même si c'était son cerveau reptilien qui parlait, il s'en foutait. Il n'aimait pas les caricatures, précisément parce qu'il était conscient d'en être une parfaite. En conséquence de quoi, tandis que le flot sirupeux du chuintement ne cessait pas, qu'il n'arrivait plus à se concentrer, qu'il sentait le temps couler sur lui, comme de la pluie froide, il se leva sans plus de façons, gagna la sortie sans explication et s'inséra dans la voiture, sans plus de manières. Il allait trouver une solution à son problème, mais le plus loin possible de ce bouffon, c'était sûr. On allait voir de quelle manière on pourrait résoudre le problème hiérarchique, mais pas dans ce cul-de-basse-fosse.

4

PERSONNE NE SONGEA À S'INQUIÉTER, quand Marco fit déposer par le camion le petit mobile home vert et blanc, à l'entrée du parking de la Marine. Ceux du port pensèrent que la municipalité installait une nouvelle guérite, ceux de la municipalité n'étaient pas absolument certains de ne pas avoir voté une motion en ce sens au dernier conseil municipal, où on s'était beaucoup enflammé au début, et où on avait laissé glisser sans écouter à la fin. Quand les uns et les autres prirent conscience qu'il ne s'agissait pas de cela, il était déjà trop tard. Le bonhomme s'était rendu si utile à la population que son départ semblait inenvisageable C'était le Concierge de Bonifacio. Plus personne ne songea à le faire évacuer.

Dès que sa boule était apparue au-dessus du comptoir, qu'il avait fabriqué sous sa fenêtre, c'était comme s'il avait toujours été là, et on lui avait confié naturellement les clefs des voitures, celles qu'il fallait déplacer, celles qu'un expert des assurances allait visiter, celles qui étaient là pour être vendues. Puis, on lui donna des clefs de maisons, quand on partait et qu'un ouvrier devait venir réparer la plomberie, ou qu'un chauffagiste devait retempériser. Il réceptionnait les paquets, qui donc ne se perdaient plus, signait les recommandés qu'il n'y avait plus à aller récupérer à des heures intempestives le lendemain du jour où le facteur avait raté le client, faisait les commissions, retrouvait tout, ne perdait rien, et connaissait tous les citoyens par leur nom, leur prénom, leur surnom, sans compter leur cousinage, comme s'il était tombé dans un registre municipal en étant petit. Par la suite, il avait mis en place, en moins de temps qu'il ne fallait pour soupirer, tout un réseau de bricoleurs, qu'il faisait intervenir dans les appartements de la vieille ville comme du port. Il avait les numéros privés de tous les propriétaires, et soudain, on se demanda comment on avait vécu avant lui. Il ne demandait jamais rien, percevait cependant beaucoup, car sa mauvaise volonté pouvait rendre une réparation impossible, ou trouver une place pour se garer, devenir une opération irréalisable, ou alors, pire… Qui ne s'est jamais retrouvé sujet à la vindicte de son concierge sait de quoi il est question ici.

Il balayait donc, paisiblement, son trottoir, avait placé force pots de fleurs autour de sa cabane pimpante, fait pousser des plantes vertes en lianes, de telle sorte que c'était un véritable bonheur de voir sa jolie guérite. Il fut brièvement question de la légitimité de sa présence, on parla de loyer, mais les mots s'envolèrent et rien n'en resta. Personne ne sut d'où lui vint le nom, car on ignorait son patronyme, il ne fut que « U Portière ». Et il montra encore d'autres talents, reconnus à leur hauteur dans la cité. Il savait entendre sans y paraître un *puttaghju*, et l'oublier s'il n'en valait pas la peine, tout comme, au contraire, quand il était devant *u ribumbu,* une bombe, il savait l'enrober, le mettre en valeur, le préparer à l'explosion, comme un maître. Bref, cet homme, d'où qu'il vint, était fait pour vivre à Bonifacio. Comme il eut très rapidement à faire avec Rumore, le crieur à vélo, en habit rouge qui déambulait dans les rues pentues en portant les messages des uns et des autres, il sut canaliser la vigueur verbale de ce dernier et lui évita la punition des *asini,* des ânes quand ils déparlaient, le plongeon dans les eaux sales et pleines de détritus qui stagnaient au fond du port. *Tendu*, certes, s'il y avait eu un certificat de nationalité bonifacienne, pas de doute que U Portière l'aurait obtenu. Parce qu'il avait tout compris à la vie de la cité, lui. Du reste, Rumore plia bagage sans un soupir, sans un éclat et on n'entendit plus parler de lui.

« Bonjour commissaire ! Vous allez bien ?

— Pas mal ! Et toi Portière ? »

L'homme qui connaissait son monde se gardait bien de parler de lui.

« On ne peut pas se plaindre… Si je peux me permettre, il ne faudrait pas vous éloigner de trop aujourd'hui, vous allez avoir du travail… V'la vot'journal.

— Qu'est-ce qu'on t'a dit au juste ? Et qui ?

— Rien de précis, c'est dans l'air… Ah, j'ai croisé Buttafuoco au petit jour, il m'a donné ça pour vous.

— Merci. Il lui glissa une pièce.
— Il ne t'a rien dit de spécial ?
— C'est là, rien d'autre !
— *Grazia* ! Bonne journée ! »

Pierucci s'éloigna en ouvrant l'enveloppe que l'autre lui avait remise. Un papier couvert de l'écriture chaotique de son lieutenant, qui annonçait qu'on lui avait indiqué, où il pourrait trouver des caisses de cigarettes de contrebande. Il n'était pas de la douane, mais il avait des recettes infaillibles pour mettre la main sur des réseaux de toutes sortes. Butta, c'était l'homme que l'oursin de commissaire avait laissé s'approcher le plus de son cœur, celui pour lequel il avait rentré ses piquants, parce qu'il avait l'idée qu'il pourrait devenir un proche, un ami... Alors, comme il n'y avait pas tant que cela à faire au bureau, le patron le laissait aller. En échange, quand il demandait un renseignement dans les autres brigades, il était rare qu'on le lui refusât. Pour ce qui était de l'installation du Portière, Armand l'avait intégré dans sa propre vie avec la facilité de celui qui ne s'étonne de rien dans la citadelle de l'extrême. Il récupéra les feuilles, salua avec amitié, et passa son chemin, traversant calmement la Marine, à cette heure paisible encore où les serveurs arrosaient les terrasses, où les autres balayaient, disposaient les chaises et les tables. Il lorgna en maugréant les immenses baffles qui s'accrochaient au devant des avant-boîtes, dégoûté que la nuisance sonore de ces engins ne soit pas réduite à néant, vu que tout le monde s'en plaignait. Mais les gendarmes se gardaient bien d'intervenir, tout le monde le savait aussi. On le saluait tous les dix pas, restaurateurs, barmans, commerçants, il connaissait tout le monde et tout le monde le connaissait. Alors, il fut plein de ce sentiment d'appartenance et de communauté qui rendait certains hommes plus fiers, comme s'ils en étaient renforcés. *Être l'un de ceux-là,* voilà qui le comblait. Si un jour il traversait cette même Marine dans l'indifférence, sûr qu'il en mourrait, et si même, un jour, ces mêmes gens cessaient de le critiquer dès qu'ils voyaient son dos, alors sa vie ne serait plus la même. Il eut un soupir de contentement, aussitôt éteint comme chaque fois par ses problèmes, ruminant sa visite chez le psy et le mur dans lequel il fonçait. Il abandonna le journal, vide de tout intérêt, comme de plus en plus souvent, sur une table de « Côté fruit » et pressa le pas. Depuis longtemps, il ne croisait plus Canonicci, le journaliste, sac à appareil photo sur le côté, qui allait d'une manifestation à un conseil municipal, pour tenir la population au courant. *Nice-Matin* et *Corse-Matin* avaient fusionné, lui avait pris sa retraite, et force était de constater que la teneur des articles avait lentement changé. À présent, ce qui plaisait, c'était la photo de groupe : amicales, goûters de vieux, d'anciens combattants, de petits de la maternelle, soirées costumées, tous les prétextes étaient bons pour attirer le client en affichant le plus possible leur tête. Au détriment des articles de fond, des sujets de réflexion, qui n'avaient plus droit de cité, malheureusement, il fallait bien le dire. C'est pourquoi, Armand persévérant à l'acheter, le balayait distraitement, et l'oubliait aussi sec. Il parvint enfin au fond du port, gravit les marches blanches, avec ce sentiment d'éternité que lui conférait le bruit de l'eau clapotant derrière lui, contre l'extrémité du quai. Les murs incendiés reflétaient les vagues lumineuses agitées de soleil.

C'est à la main que l'inénarrable Largo Winch, l'ultime et regrettable recrue du commissariat, grattait des mots sur un vieux calepin à ressorts. Ce type restait un mystère pour son entourage. De ses vêtements invraisemblables de saleté, de vieillerie et de mocheté, à sa voix de crécelle molle, tout en lui incitait à la fuite. La vue de son crâne pelliculé de graisse bien patinée le prit de dégoût. Il n'avait pas d'amour, pas d'ami, même pas de copain, pas de chien, pas de chat, pas de passion, pas d'ambition, il vivait *mochement* dans un monde moche, des jours moches qui se succédaient, interchangeables. Un hymne au suicide à lui tout seul !

Aux dernières nouvelles, il allait partir bientôt. Non que Pieri ait refait apparition dans le paysage, mais il s'étiolait dans l'univers hostile des Bonifaciens, ne se faisait ni à sa cuisine, ni à ses habitants, souffrait du soleil, du vent, des moustiques, l'air salé lui donnait des démangeaisons…

Le petit Finelli, quant à lui, qui n'en finissait plus de cuisiner sa crise de la quarantaine, dans les chaudrons du diable, avait été fichu à la porte de chez lui, sans trouver pour autant table mise chez la jeune conquête cause du courroux de son épouse. Celle-ci concevait « de se taper un vieux », à condition qu'il « banque », mais elle « ne faisait pas la charité ». Comme le compte joint était resté la possession de la légitime, Finelli était fauché. Fauché comme un champ de maïs début septembre et de surcroît, en permanence affamé. Pour lui plaire, il était au régime. La petite lui avait gentiment expliqué que ce n'était pas un problème pour elle, la différence d'âge, et qu'elle n'était pas une briseuse de couple, puisqu'elle n'avait rien brisé qui ne soit déjà irrémédiablement fendu. Mais elle n'était pas de la « génération femme de ménage ! » Pour la popote, retourne chez bobonne, les femmes comme moi, on les emmène au restaurant. Ce qui n'allait pas dans la tête de la charmante, c'est que sa copine Madeleine, elle, était tombée sur un type « plein aux as ». Elle lui faisait un gosse, mais « il pouvait assumer ». « Pas comme certains ! »

« Eh oui, mon pauvre Finelli, quand les petites ne sont pas douées pour les études, elles n'ont pas envie de rater leur vie… Ça coûte cher les sacs Vuitton et les escarpins Louboutin. » Pierucci se moquait, et il fallait bien dire qu'il n'avait pas beaucoup de tolérance pour ces gamines de vingt ans qui couraient l'homme fait, mais ainsi va la vie, et si son lieutenant s'était fait prendre, tant pis ou tant mieux pour lui ! Encore était-il convaincu qu'ils vivaient actuellement le meilleur ! Tout autre serait la position du vieux jeune, quand il aurait vingt ans de plus et que la charmante se sentirait devenir garde-malade... En tout état de cause, il ne parlait plus quasiment qu'avec Buttafuoco, qui s'était révélé la bonne surprise de l'année. Il s'était inséré dans l'équipe avec la facilité d'une goutte d'huile d'olive vierge dans une salade de tomates du jardin et secondait le commissaire en tout, sans jamais se plaindre. Il avait table ouverte chez Sofia, souvent conduisait Angelo au collège, ne faisait pas de bruit. Une entente silencieuse et parfaite.

« On a un client sur la plage, les gendarmes y sont déjà, mais ils préfèrent qu'on s'en occupe, annonça le lieutenant impavide, au final, j'ai trouvé mieux que des clopes...

— Je connais ?

— Probable, répondit l'autre. C'est le Bel Andria !

— *Porca miséria !* Tu plaisantes ?

— Non ! Il barbotait à Maora aux petites heures du jour, et il a été salement mutilé.

— *Un cè micca pussibile ! Aspetta dui sicundi !* C'est impossible, attends une seconde ! » Pierucci était sonné, il y a des nouvelles qui exigent du temps pour être assimilées ! Tout de suite, il dit, par réflexe :

« Il avait le nez propre, lui ? Il n'y a rien qui m'ait échappé ? Je n'ai rien laissé passer ?

— *Ba bè, l'ignurantaghjine*, elle est la même pour nous deux ! Je suis resté sur le cul aussi quand je l'ai su. On fonce !

— *Ma perchè*, pourquoi ils nous appellent ? » Au moment où il posait la question, il avait la réponse. Feu le Bel Andria était un client « sensible ». Pas de casier, propriétaire d'un restaurant connu sur la Marine, notable, pignon sur rue, il marchait entre les clous, faisait construire sa maison avec permis, se laissait gentiment taxer par toutes les œuvres de la région, il avait de plus une famille qui tenait par la main les trois quarts de la ville, grâce à des liens de parentèle aussi complexes qu'abondants. Les gendarmes n'avaient pas envie de se fourrer entre l'arbre et l'écorce, tout simplement. Ennuyeuse affaire. Un homme qui aurait dû finir tranquillement dans son lit, entouré de ses petits-enfants, et du cri de douleur de ses femmes. Les bleus aimaient la Corse où chaque année passée comptait double pour la retraite, comme dans les zones de guerre, mais fallait pas exagérer non plus…

Il ne leur fallut pas plus de dix minutes pour arriver à la plage, en passant par *la stratégique* construite durant la dernière guerre, pour accéder plus facilement à la zone ouest de la péninsule et qui commençait à s'encombrer de véliplanchistes et de touristes très matinaux. Le service d'ordre les conduisit devant le corps. Il n'avait pas encore été déplacé, et présentait le même aspect funèbre que celui qui avait conduit la vieille Toussainte à la mort. Pierucci avait du mal à en croire ses yeux. Malgré tout ce qu'il avait vu, et en dépit de tous les vices qu'il avait traqués, il persistait à penser qu'il y avait dans la vie une invisible barrière entre ceux qui mouraient honorablement et les autres. Devant lui, il avait le plus mauvais traitement qu'un homme puisse subir. Or, cet homme, c'était une icône de probité dans cette ville.

Puis il écarta les réflexions personnelles et laissa la place au professionnel, commençant par respirer. Réflexe ! Aucune machine n'était plus fiable que son corps. Il respirait et il savait. Il n'y pouvait rien et cela avait beau lui répugner, car s'il oubliait la vision d'un cadavre, il n'en oubliait jamais les remugles — viande pourrie et excréments — il pouvait dater le décès quasiment à l'odeur, même après un séjour dans l'eau. En l'espèce, plus de vingt-quatre heures, probablement donc, depuis le meurtre, ce que confirmait la position des bras légèrement repliés, et atteints de rigidité, en dépit du séjour dans la flotte. Il réfléchit vite, cela remontait à la nuit de l'avant-veille, à vue de nez. Un samedi, il le nota. Toujours sans toucher, il fit le tour du corps, trempant au passage chaussures et pantalon, et constata alors que la joue gauche était atteinte d'un début de lividité. Le cadavre était resté *post mortem* sur le flanc. Bien sûr il avait vu le blanc de l'œil strié de rouge, étouffé, probablement. Entre autres… Il grimaça.

« Des témoins ? », demanda-t-il à Meunier qui venait à sa rencontre.

Le lieutenant lui raconta l'histoire de la vieille dame, mais il n'y avait eu personne d'autre. Le corps était en contrebas de la dune, qui s'était formée par la force des vagues, il était parfaitement invisible au-dessus, pas plus que des villas qui surplombaient la baie.

Incroyable comme cela s'est construit ici ! pensa le commissaire médusé. Et pas du HLM ! La physionomie de la plage avait complètement changé depuis la dernière fois qu'il s'y était rendu... aux calendes grecques, il ne parvenait même plus à se souvenir de la date.

« On n'a rien encore ?

— À part notre stupéfaction, non ! Vous comprenez qu'il faille prendre des gants et que vous, qui êtes d'ici, êtes plus à même de parler aux proches... »

Pierucci ne répondit rien. Inutile. Les circonvolutions verbales, c'était de moins en moins son truc. Et puis il était dérangé, comme par des gargouillis qui venaient du fond du ventre, sauf qu'il avait l'impression que cela avait à voir avec sa conscience. Une pesanteur qui lui reprochait une certaine forme de satisfaction à constater que le *Bel Andria*, s'il avait échappé au sort commun des mortels toute sa vie, avait été rattrapé, et plutôt violemment. Il avait exactement le même âge que lui, sauf que Maxiola avait fini ses études au collège Stanislas à Paris d'où il était sorti avec une mention et un superbe carnet d'adresses. Sans compter sa vie de fils unique adoré par sa famille, son air bien nourri, ses vêtements impeccables. Il rentrait en Corse pour les vacances où il faisait débouler sa moto, puis sa magnifique Panhard PL 17 rouge sur les routes tortueuses, pendant que les piétons se jetaient dans les bas-côtés pour lui échapper. Il n'entretenait de relations qu'avec des compagnes sublimes, il était généreux avec les amis, payait pour tout le monde, et tout le monde l'adorait. Il avait aussi épousé une femme somptueuse, qui lui avait donné des filles douées, aimantes et dotées de maris merveilleux, eux aussi, évidemment. Il avait possédé une usine de fabrication de lits médicalisés, vendue pour ouvrir un établissement de luxe à Aix, avait placé sa fortune et était rentré au pays pour ouvrir un restaurant où toute la jet-set du coin acceptait de payer des prix de folie, avec le sourire. Il faisait des virées en Sardaigne, où il offrait des sandwichs à trois cent cinquante euros à des amis de passage. Bref... C'était un roi. *Fatu,* c'était lui qui gisait dans le sable.

« *Padrone* ! »

Buttafuoco à qui sa distraction n'avait pas échappé le rappelait à l'ordre.

« Ils demandent si on peut l'enlever, ou si vous souhaitez encore savoir ou voir quelque chose ?

— C'est bon, on aura les résultats de l'autopsie quand ?

— Rapidement, je n'ai pas beaucoup de monde en attente, lui répondit directement le légiste. Mais il ne vous a pas échappé que peut-être il a été...`

— Étouffé ? Non, vous avez raison. Mais je pense que ce n'est pas tout. L'homme de l'art lui jeta un regard entendu, ils se connaissaient depuis quelques années. Ils avaient l'un et l'autre du métier. Des signes invisibles pour les autres et qui pour eux, hurlaient des messages. Je vous mets en priorité, de toute manière... »

5

Ils avaient regagné la Marine sans commentaire. Le commissaire était plus sonné par la disparition de Maxiola qu'il ne voulait le laisser paraître. Qu'on le souhaite ou non, nous sommes prisonniers d'un certain nombre de lieux communs. Certaines personnes sont faites pour décéder de mort violente, d'autres entourées de l'affection de leurs proches dans le calme abri d'une chambre. Qu'avait-il pu se passer ?

« Tu lui connais des histoires qui m'auraient échappé ?

— On est presque à la "loge» : vous voulez qu'on demande au Portière ? S'il s'est passé quelque chose de récent, il le saura ! »

Effectivement, ils ne tardèrent pas à arriver sur le port. Ils laissèrent le véhicule et se rendirent à pied devant la pimpante cabane.

« *Mi !* Deux fois en une matinée, il doit vraiment se passer quelque chose d'inhabituel !

— On vient aux *putaghji !* Tu n'as rien entendu ces derniers temps sur Maxiola ? Pas de querelle, pas d'embrouille ? Rien qui pourrait lui avoir créé un ennemi déterminé ?

— Pas à ma connaissance ! Il y a bien l'histoire des terrains avec le vieux berger…

— Qui ?

— Quiliquini ! Il l'a évincé de terres qu'il avait en location depuis des générations, avec ses bêtes. On ne sait même plus de quand cela date. Mais il avait gagné le procès, Maxiola, et le comble, c'est que le vieux non seulement n'a pas obtenu les dommages et intérêts qu'il pensait ramasser, mais c'est encore lui qui a dû sortir du pognon ! Si mes sources sont bonnes, il doit un paquet, n'a plus de maison, et se retrouve dans une HLM, sans boulot.

— Il s'est bien débrouillé, Andria, j'ai laissé pour le pacage la parcelle à côté de chez moi. Quand j'ai voulu la reprendre, je me suis retrouvé à payer plus que je n'avais touché de toute ma vie. C'est que les lois pour les éleveurs sont très protectrices. Il avait un bon avocat.

— *Veru,* c'est pourquoi le jugement a surpris tout le monde !

— Et l'autre lui en voudrait au point de le tuer ?

— *Ba bé !* Allez savoir ! Parfois les obsessions naissent, enflent, sans vraiment qu'on comprenne pourquoi…

La carrière de Rumore avait fait long feu. Le cycliste revêtu de rouge qui dévalait les rues pavées de la vieille ville freins desserrés, en hurlant pour qu'on s'écarte, le funeste porteur de messages ne s'était pas remis d'avoir quasiment provoqué la mort de Pierucci et de son fils. Non qu'il en ait subi des remords, quand on pratique son métier, on a laissé depuis longtemps le paquet des repentirs et de la contrition loin de soi, mais c'est Bonifacio qui lui en tenait rigueur et qui n'oubliait pas. Cette voix stridente de la conscience cancanière avait fini par lasser tout le monde. *Chi vene da un paese diversu, u furesteru, ùn po micca stà qui, quandu fà male* — celui qui vient de pays lointain, l'étranger, ne peut rester là, quand il nuit. On avait tenté de lui faire comprendre amicalement que son petit négoce était clos, qu'il avait lassé. Mais s'il avait la jambe et la langue véloce, on ne pouvait en dire autant du cerveau. Il avait été averti : un message lui avait été payé, *« A chi s'imbròglia in li fatti d'altrui, di tre malanni li ne tòcca dui. »* — celui qui se mêle des affaires d'autrui prend deux des trois malheurs dont il était le destinataire — mais il n'avait rien voulu comprendre. Alors, il avait subi le sort de ces malheureux pris de boisson qui déparlent, et dont on ne veut pas vraiment le mal, mais qui ont été trop loin. On l'avait jeté dans le port, en plein hiver, quand l'eau était si propre qu'on y pêchait le congre, sauf au fond, qui clapote d'ordures. Mais là encore, et en dépit de cette agression, il avait persévéré. Alors, on s'était emparé de son maudit vélo, de ses quelques hardes, on l'avait bien saoulé et déposé devant la guérite du Portière. Celui-ci avait évalué la situation et avait sagement conduit le malotru au cargo de Porto-Vecchio, via n'importe où du moment que c'était ailleurs, il s'était réveillé bien loin des côtes, avec la gueule de bois et le mal de mer, il n'était pas revenu. *Vistu l'òmu, vistu a ragiòne* ! — vu l'homme, vu sa pensée — il irait trouver plus loin un destin fatal, car il ne changerait pas. Mais sur l'île on n'était pas malveillant avec les simples. On les poste sous d'autres cieux, tout simplement.

Il avait cependant curieusement laissé une vacance, un silence dérangeant, on s'était habitué à l'entendre, aussi ne se surprit-on pas quand on vit surgir un homme sans âge, vieux dès sa naissance, maigre et long comme un jour de deuil, qui, le jour venant s'était mis à réciter une liste de noms, tout au long de sa déambulation, de rue en rue et de place en place. On n'avait pas tardé à comprendre : c'était un crieur de morts. Dans le temps, cela se faisait, et puis plus personne n'avait pris la place, avec les nouveaux moyens de communication. Autrefois la mort avait le temps, à présent, on disait qu'un deuil qui durait plus de quinze jours devait être soigné médicalement, aussi le rappel en ressac des souvenirs n'était-il plus de mise. Mais il fallait croire qu'il y avait de l'avenir encore pour le métier et on ne mit pas longtemps à pratiquer comme en Sardaigne : à lui donner la pièce pour qu'il colle une petite affichette avec le portrait du défunt, afin qu'on s'en souvienne encore un peu. Il n'était pas vraiment un informateur utile dans ce minuscule univers enclos par la mer, mais il y avait comme de la douceur, dans la douleur d'entendre dire les noms. Alors, on le laissa faire, et comme on était d'ici, et pas d'ailleurs, il prit le nom de « Rompifeste », le rabat-joie. Rompifeste trouvait partout son couvert mis, on ignorait où il dormait, mais on n'était pas en peine pour lui. Ici on était encore civilisé.

Or, ce samedi matin-là, personne ne prêta attention au fait étrange que le Rompifeste avait crié la mort de Maxiola, au moment même où personne encore ne la savait.

Le formulaire de remplacement du vieux Manurhin F1/X1 contre un Sig Sauer était devant lui, bien rempli, et il ne parvenait à se résoudre à l'envoyer. La feuille le narguait, comme s'il s'agissait d'une insulte. Il avait, tant d'années durant, confié sa vie à cette arme jugée obsolète, qu'il ne parvenait à se faire à l'idée de s'en séparer. « Objets inanimés avez-vous donc une âme ? » : il semblait à Pierucci qu'elle était le symbole de sa vie. *Bandéra véchja,ònòre du capitanu* — vieux drapeau, honneur du capitaine. La mise au rancart de ce morceau de fer lui trouait le cœur comme s'il s'apprêtait à se rendre coupable d'une trahison. Il était cependant assez conscient pour réaliser que ce sentimentalisme de pacotille était un signe certain de vieillissement, qui pour être nié, aussi vigoureusement soit-il, était pourtant bien là. Refuser d'évoluer, craindre le changement, faire de la vie une vaste pantoufle bien confortable, ne voilà-t-il pas une bonne preuve de Pépère attitude ? Il maugréa et empocha l'acier nouveau puis attira le dossier de Maxiola à lui. Ce nouveau cadavre lui chantait un air déplaisant : « tu ne sers à rien ! » Sitôt résolue une affaire, en voilà une autre qui se présentait, un mort enterré, un autre émergeait quelque part sur cette fichue terre de violence ensoleillée. Les médias se délectaient de la morbide comptabilité, « vingt-six victimes sur l'Île », faisant leurs choux gras de la moindre information, et ce d'autant plus que la violence insulaire n'avait pas d'effet secondaire sur le sentiment de sécurité gauloise, trop loin, flotte au large, même pas peur ! Pas comme l'échauffement des banlieues qu'on étouffait aussi vite que possible. Mais il n'en demeurait pas moins qu'il s'interrogeait sur son rôle, car s'il coursait souvent le meurtrier, globalement, officiellement, il en retrouvait peu. *Tuttu lu mondu* savait qui attaquait qui, globalement du moins, était mouillé et dans quoi, et quelles casseroles chacun trimballait au cul de sa guimbarde de vie. Il était juste déconseillé de coincer son doigt entre l'arbre et l'écorce et toutes les affaires n'étaient pas du type de celles qu'on élucide en plein soleil. Le désolant sentiment de l'inutilité de son existence le frappa une fois de plus en plein visage. Et tandis qu'il se laissait couler dans la mare fuligineuse de la désolation, il ressentit une fois de plus cet amer et doux sentiment de confidentialité et de douceur s'appesantir sur lui-même avec tant de sincérité. Il ne connaissait de plus doux moment que ceux où il causait avec lui-même et où il se plaignait.

C'est alors, dans un ces instants qui frôlent la béatitude, que lui apparut un être grotesque, chauve, grimaçant, mal rasé, aux petits yeux chafouins, en billes brûlantes, abrités doublement derrière le rideau de sourcils exagérément longs et peignés comme des décors de théâtre, tombant absurdement bas sur les paupières, lesquelles clignaient derrière d'incongrues lunettes d'écaille rondes qui faisaient du visage une face de hibou et qui aurait donné de multiples indications à un *profiler*, du type que la contradiction flagrante entre ce visage de pervers pathétique et les lunettes enfantines pouvait suggérer. L'homme avait construit son apparence, comme d'autres, un château de sable, il voulait renvoyer l'image d'un intellectuel, d'un érudit, d'un malin. On ne voyait qu'un bouffon. Le gnome grimaçant ne s'était pas fait annoncer, avait pénétré en douce dans son bastion et le dérangeait dans un de ses moments constitutifs d'existence qu'il adorait détester.

« V'là autre chose ! Il est entré par où, celui-là ! » se demandait-il tandis qu'une part fataliste de lui savait qu'il commençait à souffrir de troubles mentaux réels. Ce gnome sortait tout droit de sa tête, il ne pouvait en être autrement et il se pétrifia à l'idée que son inconscient put être aussi brutalement moche. L'autre, au demeurant, le dévisageait comme lui-même le dévisageait, et tout ce *dévisagement* installait comme une pesanteur déplaisante. « Pas terrible ton physique ! » semblait dire le sourcilleux. « Si j'avais su que mon inconscient était d'une telle laideur ! » rétorqua le commissaire vexé doublement. L'autre se piqua, clairement, et tout encheffriné demanda la permission d'entrer, quand même ! Pierucci sursauta, il ne s'agissait pas d'un épiphénomène de lui-même mais d'un homme véritable, d'un *buracone* (grande gueule), selon ses yeux, tandis que ledit *buracone* songeait qu'il s'adressait au mieux à un *ficcanasu* (fouineur) et au pire un *perditore* (perdant). Pour le dire simplement, les deux messieurs se détestèrent au premier regard, cordialement et irréversiblement.

« Commissaire Pierucci ?

— Lui-même, qui le demande ?

— Hugues Penocu, je fais un reportage sur les métiers à risque en Corse, et on m'a enjoint d'être votre ombre... Quoique je ne pense pas que vous couriez de grands risques et le contribuable paye très cher une vitrine de fantaisie, mais que voulez-vous, je suis comme vous, fonctionnaire, je m'exécute. Ah ! ah ! Je m'exécute, vous n'aurez pas à chercher un coupable. »

Une bile amère monta dans la gorge de Pierucci, sa précédente rencontre avec une journaliste avait conduit à une catastrophe et celui-là l'inspirait encore moins. Qu'est-ce qu'il avait fait pour traîner autant de casseroles ?

« Je ne suis pas une bête de cirque, Môssieur, et encore moins une star à mitrailler, en conséquence de quoi, trouvez-vous une autre fille de milliardaire hôtelier à suivre, je ne veux pas vous voir à mes basques, est-ce que je suis clair ?

— On ne peut plus clair, répondit le contrefait, les traits bandés en un rictus où se mêlaient rage, jalousie et rancune, j'ai compris l'information.

— Claquez la porte sur vous en sortant ! »

6

Il était aussi immobile que s'il était mort, aussi monolithique, aussi minéral que si toute vie s'était retirée de lui, et pourtant, comme le caïman dont les yeux affleurent à la surface de la mare mortelle, rien n'était plus vivant que lui, parce que contrairement à la plupart, l'intégralité de son énergie était concentrée sur sa survie. Quelques cheveux blancs, fins et rares recouvraient son crâne tavelé de grosses croûtes brunâtres, la marquise de ses sourcils volumineux abritait des yeux jaunâtres où le bleu d'un iris épaissi nageait dans la soupe des sanies. Son nez bulbeux, rouge, veiné, bourgeonnant de points noirs enflammés surplombait la lippe jouisseuse et le menton fuyant. Il se tenait recroquevillé, dans sa chemise de nuit proprette qui recouvrait une peau aussi large et aussi peu ajustée que le tissu. Dessous partait une sonde dont la poche pendait à un portique à côté de lui, et à laquelle il jetait un coup d'œil furtif de temps à autre, guetteur de goutte, analyseur de limpidité, inquiétude de voir le liquide se troubler, quelle vie que celle qui est suspendue à la couleur de sa poche d'urine ! Il portait un bas de contention qui lui transformait le mollet de gauche en quille de bowling et un gros pansement au pied droit, à moitié enfoncé dans une pantoufle avachie.

Devant lui sur une table pliante, un téléphone, et sa main posée à côté. Il somnolait ainsi sans bouger, tournant le dos au somptueux panorama de la mer qui scintillait en contrebas, au chatoiement des bleus et des ors, dont il disait avec ostentation : « Je n'en profite même pas ! » comme si on l'en empêchait, comme si on lui interdisait de se tourner, mais dont la privation volontaire participait à ce cérémonial qu'il pouvait ensuite narrer par le détail et qui lui permettait de répandre la copieuse logorrhée de ses plaintes dans l'oreille de qui l'appelait. Ses premiers mots étaient invariablement « Ça ne va pas du tout » précédés d'un « Oh » qui roulait comme un galet sur la plage en contrebas, dans la vague de ses plaintes. « Semi constipé, et le pipi… » Le « pipi » était l'hôte d'honneur de toutes ses conversations, son référent premier, son essentiel sujet de concentration, et pourtant derrière ce corps dégradé, chenu écœurant et pitoyable, derrière la boue de l'esprit, derrière la trivialité des préoccupations, il restait lui-même. Aigu et tranchant comme une lame de rasoir, à l'affût du moindre manquement, de la moindre défaillance, vieux et diminué, mais ayant concentré toutes les facultés les plus terribles de son être pour en user sur les actions dérisoires qui emplissaient sa vie à présent. Atroce vieillard, soigné par des gens qu'il fallait plaindre, car voisiner avec la fosse donne l'odeur du purin, et que les sanies avaient fini par se stratifier dans cette âme.

Pierucci, comme tout le monde, n'aimait pas particulièrement la fréquentation des hôpitaux, et ne s'y soumettait qu'avec malaise, mais la perspective de rencontrer son vieil ennemi était plus importante que ses petites répulsions. Il avait pour ce faire entrepris le voyage jusqu'à Ajaccio et ce n'était certes pas le moment de reculer. L'autopsie qui avait confirmé l'émasculation et la suture des lèvres avait conclu cependant à la mort par strangulation. Une horreur dont il ne connaissait pas de précédent, ce d'autant que Maxiola avait l'air en règle.

Si lui-même se prétendait philosophe, ce n'était bien souvent que pour trouver une noble raison à son verbiage logorrhéique, et cela ne lui avait jamais permis de trouver la vie ni plus facile, ni même de supporter ses contemporains. Certains auraient même dit que parler autant était le meilleur moyen de n'entendre rien des autres. Mais parfois il est bon d'écouter les bonnes personnes, et celui qu'il allait voir était de celles-là quand on veut prendre des raccourcis. Mais ce n'était pas à cela qu'il songeait en avançant. Ce drame le laissait pantois, effondré, parce qu'il bouleversait l'ordre des choses. Il arborait à cet instant sa tête des jours noirs, la bouche mince et coupante, les yeux sombres, image même de la contrariété qui ne cherchait pas à se cacher. Quand il s'était levé, le journal lui avait appris la suppression des arrêtés Miot, et sans qu'il soit un grand propriétaire, il avait fait faire l'évaluation du terrain que lui avait légué sa tante, avant de réaliser qu'il ne pourrait pas espérer le garder, car il était dans l'impossibilité d'en payer les droits. Par ailleurs le marché étant mou, il aurait aussi du mal à le vendre… Il avait beau se dire que c'était la possession qui lui compliquait la vie, à l'instar de ses compatriotes, la terre pour lui était sacrée, il avait avec elle les rapports entre le géant Antée et sa mère et tout cela le contrariait beaucoup. Ensuite, on avait encore tué en Haute-Corse, des noms bien trop connus qui ne devraient pas trop casser la cervelle de ceux qui étaient sur l'enquête… Quoiqu'aucun d'entre eux ne soit d'ici, et qu'ils auraient probablement à chercher un peu, eux. Il savait que l'affaire concernait certains de ses compatriotes, et il n'avait pas envie que la guerre revienne chez lui. Enfin, et avec une accablante désinvolture, Angelo l'avait traité de vieux, à ce même funeste petit-déjeuner, il l'avait dit avec une aimable et tendre condescendance, sans aucune volonté de faire du mal, juste, non, il préférait ne pas être accompagné à la sortie qu'il envisageait dans les montagnes avec ses amis, parce qu'ils ne prendraient pas *des chemins de vieux, et que, hein, Papa ne pourrait pas suivre.* Tout cela énoncé avec une affection si évidente, un amusement si manifeste, qu'il n'avait pas même eu le courage de répliquer, et ce, d'autant plus qu'il avait raison. Voilà en plus que son camarade d'enfance venait *irruptionner* avec ses contrariétés de bureau…

Tout cela, c'était la faute à Sofia ! Cette vie ronronnante et huilée, ces kilos insidieux, le confort de fauteuils dont il était impossible de s'extraire, le chauffage dans TOUTES les pièces et la climatisation en été, la chienne qui provoquait des froncements de sourcils du véto chaque fois qu'il le voyait, en raison de sa surcharge pondérale (le fait était qu'elle ressemblait à un parpaing jaune et mou), et puis ce train-train, ce terrible train-train où les habitudes remplaçaient les envies, et d'ailleurs, en avait-il encore des envies ? Parce que le VRAI problème, il était là… il ne voulait pas y penser, il refusait d'y penser, mais il ne pensait qu'à cela, CELA tournait en boucle dans sa tête, il n'était plus un homme, il avait eu une panne, *une panne,* lui ! Voilà, c'était fini, bientôt le déambulateur, les gouttes dans le verre au petit-déjeuner et les gélules de toutes les couleurs, les culottes à poche, peut-être même les couches senior sans odeur, les pantalons qui pendent sur l'arrière du cul, les chaussons qui traînent en chuintant sur le sol et dont le bout est couvert de pisse, les taches sur le ventre, qu'on ne nettoie plus — pour qui et pour quoi ? Elle était là l'étape suivante, l'arrivée, la ligne et le ruban. Sofia avait été très gentille — Sofia était TOUJOURS très gentille ! — très compréhensive, elle lui avait gentiment caressé la joue — la JOUE ! Ce n'était pas sa joue qui avait besoin de caresse ! Elle lui avait dit qu'il était fatigué, qu'il n'y avait aucune raison de s'inquiéter. Que dans une vie d'homme il y avait ainsi des passages où — mais elle y connaissait quoi au juste, à une vie d'homme, et combien de bande-mou avait-elle fréquentés pour avoir une telle assurance ? Le problème ne venait pas de lui, ça, il en était sûr, il venait d'elle ! De la crème douceâtre qu'elle se mettait le soir et qui lui soulevait le cœur, des draps bien tirés du lit, de la chemise de nuit dont le coton fin et les broderies élégantes annonçaient le luxe, et qu'il ne fallait pas brusquer, pas déchirer — tu sais combien ça coûte, on voit que ce n'est pas toi qui payes — du repas diététique qu'elle mitonnait avec amour, l'obligeant à s'envoyer un en-cas avant le repas, et un après. Elle avait le sex-appeal d'un banc d'huîtres ! Non, mieux, d'un bisounours ! Qui a envie de faire des folies à un bisounours ? Qui imagine un bisounours avec un canard dans un bain voluptueux ? Elle avait pasteurisé sa libido, désinfecté ses rêves obscènes, peigné ses fantasmes, leur avait mis une barrette, assassiné le cochon en lui et l'avait transformé en rôti trop cuit, avait tué sa virilité. Avec tendresse.

Si on les avait coupées à Andria, c'est que même si l'usage qu'il en faisait était illicite, au moins s'en servait-il, lui !

Au fait, quelle chambre Barcelli ? C'est Barcelli qu'il était venu voir.

L'image qui lui frappa la rétine le figea dans la stupéfaction et l'horreur. On juge un homme à ses ennemis, et bien voilà le sien ! Parfaitement accordé, mieux, on ne pouvait le rêver ! Il avait frappé et à l'injonction de la voix rocailleuse, était entré. Mais il ne s'attendait pas à cela ! Il resta statufié sur le seuil. L'autre n'avait rien perdu de son intelligence, une vie à guetter le temps qu'il fait sur le visage du moindre des grouillots qu'il côtoyait afin d'éviter les ennuis ne s'oublie pas comme cela, même dans une chemise de nuit couverte de petits trains bleus.

« Entre petit, la vieillesse n'est pas contagieuse, elle est inéluctable, pas contagieuse ! C'est aussi effrayant, mais au moins je ne serai pas coupable. » La voix qu'il avait grasseyante s'était encore accentuée, on avait l'impression qu'une glaire allait sortir plutôt qu'un mot, et la vision de sa bouche aux dents manquantes, car il ne faisait plus l'effort de ne porter son dentier que quand il mangeait, était affreuse. Tous les vieux sont-ils aussi laids, aussi impudiques, aussi désastreusement concentrés sur leurs organes ? Il fallait ouvrir les fenêtres, cela puait… Le commissaire n'osa cependant bouger, tant il était mal à l'aise. « *Posa !* » lui ordonna le Vieux. Il coinça un quart de fesse au bord du lit, sur la couverture d'hôpital en acrylique écrasé, à carreaux roses et bleus, on devrait en faire un drapeau, moche, criard, agressif, fané, c'est l'emblème de la chambre… « Alors, c'est l'Andria qui te fait bouger ? »

« *Ié* ! — en dépit de son séjour ici, il avait gardé toute sa tête et continuait à faire peser sur le monde son autorité, comme il l'avait fait tout au long de son existence de vieux capo, de chef mafieux local qui savait tout et manipulait les marionnettes humaines au bout de ses doigts sanglants — Les trois quarts du temps, quand il arrive *quelque chose,* vous le savez comme moi, ce n'est pas une vraie surprise ! Il arrive ici qu'on prenne son temps pour rendre une politesse. Mais Maxiola, ce n'est pas possible. C'est comme si vous me disiez que le "grain de sable» a été volé dans la nuit et qu'on a collé un panneau publicitaire à la place. Le genre de choses qui n'arrive pas. Bon fils, bon père, bon mari, bon citoyen ! J'ai pensé…

— Que j'étais le seul à savoir, au cas où il aurait une double vie, de quelle nature elle était ?

— C'est cela. Il va de soi que tout sera épluché, donc s'il a double comptabilité, ou un appartement occupé quelque part avec une maîtresse, ou encore des actions dans une "affaire» on finira par trouver… Mais en général, je suis au courant avant, et je ne cherche que ce que je sais trouver. Et là, cela me paraît impossible. » Et puis, gêné, il ajouta : « Et sinon, vous, ça va ?

— Écoute Pierucci, quand je croisais le Babu, et qu'il marchait péniblement avec sa canne, faisait tremper son pain dur dans la soupe ou le café pour pouvoir le manger, j'avais l'impression qu'il appartenait à un monde clos. Le monde des vieillards. Une partie de l'île réservée aux mains pleines de veines, aux caroncules et aux peaux qui pendent. Regarde mes mains — il en tendit une devant lui — on dirait bien que j'ai accosté à la terre maudite sans m'en apercevoir. » Il réfléchit une seconde. « Le pire, pour moi, c'est que dans ce monde-là tu deviens transparent. Pour les femmes je veux dire. Quand j'essaye de coller ma main, de chatouiller, on me regarde comme un vieux porc lubrique, on me pousse dans mon fauteuil, et on m'arrose comme une plante. Devenir vieux, petit, c'est quitter le monde des hommes, ta queue te lâche progressivement, et puis les autres ne te voient plus que comme un morceau de viande, dont la date de péremption est dépassée depuis longtemps, mais qu'on a interdiction de foutre à la poubelle… » Il fit une pause que Pierucci n'osa interrompre. « Si je te dis que je suis encore amoureux ? Mon cœur bat comme quand j'avais seize ans chaque fois que je la vois. Mais pour elle je suis le vieux débris qui pisse dans une poche. Tout part… » Un autre silence. « Maxiola, pour dire vrai, je ne sais rien non plus, rien que ce que tout le monde sait, qu'il est parfait sous tous rapports. Ne t'égare pas du côté de sa femme, c'est une fille bien, une mère de famille respectable et je la connais depuis longtemps. Elle est parfaitement incapable d'un acte semblable. Je trouve, moi, que cela sent le déguisement, cette mise en scène, comme si on te poussait du mauvais côté. Il n'y a qu'une chose qui m'interpelle depuis un moment déjà, c'est que Maxiola, d'après ce que j'ai entendu, voulait sortir de la restauration. En avait-il assez de côté ? Un projet ?

— Donc, chercher d'où vient l'argent… Il avait trop d'argent ? Vous pensez qu'il a mis le pied dans une bouse ?

— Non, peut-être pas, ou peut-être oui, la famille est ancienne, ils ont du bien, mais justement… ce bien-là attire peut-être quelqu'un…

— Un associé alors ? » Le vieux ne l'écoutait plus, il regardait ailleurs, et puis il reprit la parole.

« *Crepo filiu, je crève, fiston* ces choses-là ne peuvent m'arrêter longtemps, reviens cependant si tu as la réponse, cela me distraira un peu... *Ma, io credo bene*... En Corse il n'y a que trois raisons de tuer, les femmes en sont la première, l'argent la seconde, et la politique, la troisième. Il ne faisait pas de politique, cherche le reste ! »

Alors que son visage s'était animé, il reprit son allure de crapaud en attente de mouche, et ne tourna même plus le regard vers son visiteur. Cependant, si celui-ci avait été moins saisi par sa comédie, il aurait été interpellé par l'œil plus vif, le souffle plus court, et aurait compris que Barcelli était loin d'être indifférent aux aventures de Maxiola. Mais comme le vieillard restait mutique, il sortit comme appesanti par l'image du *Capo* déclinant, sachant mieux que personne ce qu'il représentait.

Faisant retentir son pas sonore dans le couloir, il frissonna, lui qui avait connu Barcelli au sommet de sa puissance, c'était triste. Pour la victime, son sentiment était très voisin, lui aussi avait eu le sentiment que le corps avait été déguisé avec soin, mais un sentiment, qu'est-ce que cela représente ? Et puis il revint à lui. Il était Pierucci, il revenait toujours à lui... « *U mascu, un so micca, ma a capra micca*... » Je ne suis plus un homme, mais pas une chèvre ! Et il prit son portable, décidant qu'il serait vieux plus tard, et qu'il allait à défaut de satisfaire sa libido, du moins contenter sa panse. Puisqu'il avait échappé à Sofia, il allait bâfrer. Pendant qu'il marchait en direction de sa voiture, ne pouvant s'empêcher d'admirer le panorama merveilleux qui s'offrait en contrebas, l'hôpital étant bâti sur les hauteurs d'Ajaccio et surplombant la baie bénie des Dieux, jusqu'au massif montagneux encore couronné de neige, il appela le Napoléon pour y réserver une table. Barcelli et lui, c'était une histoire qui remontait à l'époque où il était arrivé à Bonifacio. Le Capo avait toujours eu une longueur d'avance, mais quelquefois, il avait savouré quelques petites victoires. Certes Maxiola ne s'était jamais fait remarquer d'aucune façon, ni par un permis donné en dépit du plan d'occupation des sols, ni par un écart bancaire, ni une combine notoire quelconque, il n'en demeurait pas moins qu'il possédait une des plus grosses fortunes du coin, à présent...

Il songea à la formule traditionnelle qui accompagnait ce genre d'annonces dans les médias : « Un homme qui n'est pas connu des services de la police, mais les recherches sont en cours. » Coupable d'être mort... Les actualités étaient devenues une vraie farce. Il y avait peu, les nouvelles véritables durant environ une demi-heure, puis Pernaud et les autres s'étaient mis à proposer des magazines pour distraire le pauvre spectateur de ses cauchemars. À présent on amusait directement le mouton devant son poste, lui étouffant ce qui pourrait le mécontenter. Hausse d'impôts, baisse de popularité des dirigeants, violence dans les banlieues, prix de l'essence, récession, abandon du CDI, précarisation des travailleurs, tout cela était effleuré, caressé, et on interrogeait le bon peuple dans la rue, sur de longues minutes de désinformation à trente mots de vocabulaire qui donnaient la nausée. On avait le droit à des reportages sur les maisons les plus luxueuses, la tartiflette la plus goûteuse moins d'un quart d'heure à peine après le début du journal. Et dans la série des sujets bénis pour faire de la fumée, la Corse restait toujours **Le Bon Sujet** pour faire dévier les regards ailleurs. Pendant qu'on s'indigne de l'Île — « quand je pense qu'ils vivent de nos impôts, on ferait mieux de les laisser avec leurs sangliers et leurs châtaignes ! », on ne regarde pas son assiette vide. Le pire était que même ceux qui venaient ici pour faire des reportages arrivaient avec leurs idées toutes faites et se mettaient en chasse de matériaux pour les nourrir. Une spirale ! Une spirale impossible à enrayer, parce qu'il est impossible de lutter contre les lieux communs, puisqu'ils sont un puissant signe de reconnaissance d'une communauté.

La spirale, par un détour de l'esprit, qui lui était familier, lui fit penser à la plaie à l'aine. Un message assez clair, apparemment, Andria avait peut-être égaré son arrosoir dans un pot qui n'était pas autorisé… Il avait peut-être tort de refuser les solutions les plus simples. Il leva les yeux au ciel, les femmes, les maudites femmes, qu'elles le fassent franchement ou symboliquement, elles s'en prenaient toujours à vos couilles.

Et comme il était dans un de ces jours dont il avait le secret, un jour boule-bulle-caverne-rumination, que la contradiction ne l'effrayait pas, il n'alla pas manger, parce que depuis peu il avait décidé philosophiquement qu'il ne serait pas le produit de ses égarements alimentaires, et qu'une vie accrochée à ses médicaments antidiabétiques n'était pas une vie, il s'acheta en conséquence deux belles pommes et reprit sa voiture. Sur la route, tandis qu'il écoutait *Skyfall* d'Adèle, il tournait en boucle une série de questions ou de constats plus ou moins agréables. Du côté positif, on le soulageait de l'*homonculus* graisseux de Largo, et il n'aurait plus le spectacle de sa calvitie oléagineuse, de ses vestes immondes et de sa moustache néo-hitlérienne avant même que le café matinal ait eu le temps d'agir. Du côté positif aussi, Finelli avait promis un congé maladie longue durée, le temps qu'il s'y retrouve, entre les vagissements de sa maîtresse et les râles de son épouse. Il n'avait plus la tête au bon endroit, les deux succubes surgissaient à tout propos devant lui, se surveillant l'une l'autre, lui gâtant la vie, et dans la foulée celle de ses proches. Il aimait le petit bonhomme, *enfin celui qu'il avait connu tant d'années durant,* mais là, c'était devenu insupportable. Ce postulant à une jeunesse tardive et frelatée, qui ne se vêtait plus que de jeans déchirés, et qui compensait sa boule à zéro par une barbe de « toujours trois jours », lui avait inspiré de la pitié au début, à présent juste une immense fatigue. Il gardait Buttafuoco, dont il était de plus en plus proche, et pour les besoins d'une pareille ville, ils étaient assez de deux, selon lui. De Pieri, étrangement toujours aucune nouvelle ce qui était étonnant en ce lieu où tout le monde sait constamment ce que fait son voisin. Il repensa à Angelo, inscrit depuis peu au club de rugby, et écrivant des textes tous plus obscurs les uns que les autres, qui lors d'une bagarre « pour rire » de jeune animal plein de vie, au cours de laquelle il avait pris le dessus, avait traité son père de « soumis ». « Soumis » ! Il avait tellement encaissé le coup qu'il n'avait pas réagi, complètement médusé. Ensuite, eh bien, il y avait eu la fameuse nuit où il n'était parvenu à rien d'autre qu'une immense humiliation et où Sofia avait été si maternelle et compréhensive qu'elle l'avait renvoyé mentalement à son école primaire, un jour où sa mère l'avait obligé à porter un infâme manteau rouille qu'elle avait récupéré on ne sait où, et où l'intégralité de ses copains l'avait surnommé *Cagarella*.

Alors, l'institutrice l'avait enveloppé d'un regard si plein d'empathie qu'il avait eu l'impression de flotter dans un nuage rose bonbon, sentiment qui s'était instantanément mué en dégoût de lui-même quand il avait pris conscience des regards de ses commensaux. Guérit-on jamais de ses blessures d'enfance ? L'affaire Maxiola flottait dans ce magma, mais il fallait bien reconnaître qu'il n'était guère concentré. De plus, il était si certain que Barcelli lui aurait donné des indications précieuses qu'il avait fait le voyage jusqu'à Ajaccio en priorité, et se trouvait un peu dépité devant l'ineptie de ses informations. Barcelli ! Tiens, tu m'étonnes que je n'aie pas envie d'y songer, quelle décadence, quelle décrépitude, mais quelle vie que celle-là... Il contempla la pomme qu'il avait achetée. La regarda avec rancune. Était-il devenu fou ? Ouf ! une pomme ! Il n'en était tout de même pas là, et comme il arrivait à la Forge, à Petreto, il mit le clignotant. La patronne qui avait l'œil ne demanda rien, elle avait l'habitude, et lui servit peu après un copieux sandwich de fromage de brebis et de charcuterie, dans un pain rustique tout frais, avec un ballon de Capitoro. Il remercia d'un signe de tête, et décida de mettre au clair toutes les idées qui lui venaient à propos du meurtre, ayant bien conscience que sans s'astreindre à cet exercice un peu scolaire, il se laissait un peu trop facilement distraire. Il sortit donc de sa poche un carnet de cuir florentin et son stylo favori, le stylo qu'il avait rêvé d'avoir des années durant et qui ne quittait plus sa poche depuis qu'il l'avait trouvé chez un revendeur, car le modèle n'existait plus. Un Montblanc collection Dandy, argent et noir, dont il lui semblait que, uniquement en le regardant, il devenait intelligent. Il connut là, à sa table, avec son vin, son pain, son papier et son stylo, un de ces moments de bonheur épicurien et onaniste, où le reste du monde disparaît totalement, dans un brouillard plus ou moins hostile, et où, face à soi-même et la minute présente, on bâtit un monde.

Il résuma les sévices subis sur une page, réservant celle qui lui faisait face à l'interprétation, sachant que la manière de tuer est toujours un message. Puis il fit un rapide topo de ce qu'il savait de la victime, ainsi que des gens qu'il pensait devoir rencontrer dans un premier temps, celui durant lequel la gendarmerie allait retracer l'emploi du temps de Maxiola. Sans qu'il s'en rendît compte, il tourna la page et se mit à faire une liste. « Stabilité d'Angelo — sécurité de la vie quotidienne — pas de solitude — rythme régulier — tendresse — bon repas — maison propre. » Il revint au meurtre et rajouta une question : « Qu'en est-il VRAIMENT de sa vie conjugale ? » Tandis que revenant à sa liste seconde, il inscrivait : « Ennui — routine — plus de désir — pyjama — odeur de crème écœurante — mère — mort. » Ce dernier mot le fit sursauter, et le rappela à lui. Mort ! Sa vie conjugale le faisait penser à la mort ? Pourquoi associait-il toujours mère et mort ? Il resta perplexe, poussa les notes devant lui et s'en prit à son sandwich avec voracité.

Il faisait une belle journée début d'été, fraîche comme un mois de mars, mais douce à ce moment, et pleine de promesses. Il lui restait encore une heure trente de voyage pour rentrer, et prendre connaissance de ce que la gendarmerie avait découvert. Il résista à l'envie de s'arrêter pour prendre un café sur la place Porta à Sartè, constata avec plaisir, en passant en voiture au centre que la ville bruissait de la vie douce de l'été. Les Corses de la diaspora avaient pris leurs quartiers, les enfants jouaient joyeusement tandis que les adultes sirotaient en terrasse. L'Alta Rocca lui était de plus en plus indispensable.

Son cellulaire gronda, et il vit que Sofia l'avait appelé trois fois, durant sa pause. Il retourna l'écran, rageur. Il avait déjà eu de ces crises, de ces vagues de dégoût devant la morne platitude des jours qui se suivent, tous semblables, de ces rejets de Sofia la parfaite, Sofia l'idéale. Il n'était pas injuste au point de ne pas savoir à quel point il était changeant, lunatique, à quel point il avait besoin de rêver, combien il était à la fois autoritaire et inféodé au viscéral besoin de paix, combien il était lâche… Et alors ? Il était lui, un point c'est tout, et il s'ennuyait. Il n'avait pas oublié les traumatismes subis par son fils et son besoin absolu d'une vie régulière. Mais lui ? Alors, dès qu'on a des enfants, on n'existe plus ? On n'est plus là que pour nourrir, assurer un toit, et veiller à ce que les tartines soient prêtes le matin ? Lui n'avait pas eu pareille enfance, il avait connu privations et solitudes et cela ne l'empêchait pas d'être parfaitement normal… On fait un monde de tout ! Il se leva, paya et reprit son véhicule. Il connaissait la route par cœur, aussi laissa-t-il vagabonder son imagination.

L'assassinat de Sainte-Lucie le laissait songeur, quoiqu'il fût à peu près sûr qu'il n'y eut aucun lien entre les deux crimes. De mémoire il tenta de nommer les vingt meurtres qui avaient eu lieu l'année précédente, du président de la chambre de commerce, Antoine Sollacaro, l'avocat, y adjoignit ceux qui étaient tombés ces deux derniers mois. Le ministre Valls avait admis « une forme d'échec depuis longtemps » mais il n'avait comme les autres à son actif qu'un aller-retour Paris-Corse, après une nuit bleue particulièrement agitée, quelques déclarations tonitruantes, aussi affirmatives que vides de sens, comparables à celles qui avaient été entendues avant lui, et des consignes bureaucratiques renforcées, voilà toute la nouveauté. On s'était exclamé que les élus corses devraient condamner plus fermement les attentats, et se libérer des ambiguïtés qui étaient les leurs. Que la violence ici était génétique. Personne n'avait crié au racisme, et pourtant ! Difficile de faire plus con ! Mais là encore, la technique éculée du magicien qui attire le regard sur la main gauche tandis que la droite escamote se vérifiait, le bon peuple ne trouvait rien à redire. Comment une personne qui ne connaît rien aux moteurs, aux coutumes et aux antécédents d'un pays, pouvait-il de toute manière émettre autre chose que des propos stupides ? À une époque où n'existent que ceux qui parlent, le silence est néfaste, mais seuls les bouffons autrefois, n'existaient que par leurs mots. Accidenti !

7

« On lui fait un pot d'adieu ? », demanda Butafuoco quand il le retrouva au bureau et qu'ils eurent la confirmation du départ de Winch.

« *Abbastanza*, même pas en rêve, il n'a fait que passer ici le *Gaulois*, qu'il reparte, répondit avec sécheresse Pierucci. Tout le monde sait que j'ai considéré Morales comme un frère, alors qu'il n'était pas corse, et que même après tout ce qui nous est arrivé, je lui garde encore une forme de tendresse. Mais celui-là, il a été vomi par l'administration, un jour d'indigestion d'humanité indigente ! Qu'il s'en aille juste, sans faire de bruit, son salaire tombera quoi qu'il ne fasse pas. On fera récurer son bureau et son siège. La seule bouteille que j'achèterai pour son départ, ce sera du désinfectant. »

Son collègue le regarda sans rien dire, surpris tout de même d'une telle véhémence.

« Barcelli, il savait quelque chose ?

— *Nunda !* Il se demande pour l'argent, mais *niènte de piu.*

— L'avez senti sincère ?

— Complètement ! Tous ses esprits, lucide, il n'y a que le corps qui parte, pas la tête. Triste quand même.

— Vous le plaignez ! Barcelli ? »

Pierucci réfléchit, puis répondit dans un accès de sincérité.

« Non ! Au final, quand je le vois, c'est moi que je plains, parce que ce que j'ai vu, cela peut être moi, dans vingt ou trente ans. De ce vieux salopard, je n'ai que faire — quoique… on sait ce qu'on perd… — mais ce que je ne suis pas arrivé à supporter, c'est de savoir que lui, c'est juste le futur !

— Tous les vieux ne sont pas des débris dégueulasses concentrés sur leur ventre !

— Malheureusement, au très grand âge, j'ai peu d'exemples en tête, pour combattre l'image… On respecte leur déchéance au regard de ce qu'ils nous ont donné durant toute leur vie…

— Votre oncle ! Il est tout de même d'une autre trempe !

Ié, un vehjone ma une micca cechju zènnicu, c'est un vieux, mais un vieux bouc, pas comme l'autre ! Répondit le commissaire avec sa bonne foi habituelle. Mais l'image le rassura, car elle écartait la fatalité. Il faudra qu'on cherche du côté de la rafale de règlements de comptes, mais je n'y crois pas. Si c'était de là que venait le problème, ils lui auraient mis une balle dans la tête, comme aux autres, ils n'auraient pas fait un tel carnage. Mets-toi en contact avec les impôts et renseigne-toi pour savoir s'il ne fait pas l'objet d'une procédure quelconque du côté du fisc, il y a peut-être quelque chose à creuser par là… Tu as été voir son épouse ? Qu'en penses-tu ?

Elle est effondrée, complètement effondrée, elle ne comprend rien.

Il n'était pas inquiet ? Pas de lettre menaçante, pas d'indice d'un problème qui couvait ?

Elle m'a dit qu'ils allaient bien, qu'ils s'entendaient bien, qu'en dépit du temps, ils s'aimaient toujours autant, et le pire…

Le pire ?

C'est que je l'ai crue. Vraiment. Et le fameux soir, elle a un alibi vérifié.

J'aime autant cela, leur couple est une image que j'aurais eu de la peine à ébrécher.

Les gendarmes ont envoyé du nouveau ?

Pas pour l'instant. Personne ne comprend dans sa famille, c'est la consternation.

Ceci dit, je passe quand même tout à la loupe, on ne sait jamais…

Tu as raison. En apparence, tous les couples sont unis, il faut soulever le drap, pour voir les taches du matelas conjugal… »

Buttafuoco leva un sourcil perplexe, il n'avait pas l'habitude des métaphores philosophiques.

« Si vous ne voulez pas être là quand Winch va partir, il vaut mieux qu'on aille finir de faire le point au Café Niçois. Sinon, il va nous tomber dessus. Et je n'ai pas envie de croiser son pauvre regard de chien gamelle. On n'a pas vraiment été sympas avec lui.

— Pas plus que lui avec nous. »

Ils montèrent à pied, par l'ancien chemin de ronde qui débouchait juste à côté de la station d'épuration, empruntant les marches séculaires, rendues glissantes par les fortes pluies des dernières semaines. Ils étaient parfois obligés d'écarter des épineux ou l'exubérance d'herbes hautes, qui avaient repris possession des coins abrités du vent, avant la grosse chaleur de l'été. En bas, les vagues battaient avec fracas le calcaire érodé, et ils luttaient contre le vent, ils ne purent se dire un mot. De plus, ils étaient un peu essoufflés, et surveillaient, l'air de ne pas y toucher, l'avancée et la difficulté de l'autre. Petite compétition masculine. Bonifacio, de ses remparts, reste la reine de la mer et sa vue apaise bien des âmes. Ils remontèrent la rue Saint-Do, et prirent à gauche vers Le Niçois.

Quand ils poussèrent la porte, c'était Émilienne qui tenait le comptoir. Elle les embrassa l'un après l'autre et posa devant eux le pastis et l'eau sans qu'ils aient à demander. Puis elle s'éloigna.

« Je ne sais pas pourquoi, moi, je sens comme une histoire de femme. L'émasculation, la couture sur la bouche… On dirait une vengeance. Rajoutez à cela qu'on l'a endormi avant de l'étouffer… Il se sera égaré dans un pot interdit, et en aura parlé ? », commença Butta, qui n'était pas de l'avis de Barcelli.

« Quoi que ce soit plutôt les femmes qui parlent, en général ! », dit Pierucci en faisant couler l'eau qui troubla le liquide laiteux.

— Toutes ne parlent pas ! », ronchonna son compère qui n'aimait pas les raccourcis, et qui, désespérant de trouver compagne, n'avait pas les mêmes a priori et les mêmes raisons d'en vouloir au sexe. Sans compter que l'amour était pour lui un tabou absolu.

« Chaque fois que tu trouves un homme sans couilles, cherche la femme derrière, répéta le commissaire avec force. Elles se vengent du fait de ne pas en avoir, en te les coupant.

Je vois qu'on fait dans la psychologie de niveau universitaire ! Mais j'ai eu une autre idée. Maxiola, si mes souvenirs sont bons, cela ne fait pas très longtemps qu'il est rentré en Corse. Il a fait fortune sur le continent et il n'a racheté la « Galiote » que depuis quelques années, c'est cela ?

Exact !

Et avant, il était où ?

Je crois à Aix, il avait déjà un restaurant. Mais ils ont du bien chez eux, cela dit, plutôt du terrain. Et comme ils n'ont pas vendu… »

Buttafuoco siffla. Tout le monde avait en mémoire les histoires corses d'Aix.

« Non, à ma connaissance, il n'a jamais été impliqué dans le racket des établissements aixois, et il a tenu son restau de la manière la plus traditionnelle. Quand il est arrivé ici, par curiosité, nous avions demandé un rapport des collègues, et ils avaient affirmé qu'ils n'avaient rien sur lui. Enfin presque. Un contrôle d'Urssaf un peu chaud, une voiture de fonction qui avait servi plus qu'il ne l'aurait fallu, mais rien de plus. Et puis je rabâche, mais s'il était lié au milieu, il aurait pris une balle. »

Le téléphone, posé sur la table, se remit à sonner, et constatant que c'était une nouvelle fois sa compagne, il l'éteignit purement et simplement, devant le lieutenant, qui regardait ailleurs. Émilienne venait pour les resservir.

« Dis-moi, Armand, on te l'a dit que le Rompifeste, il crie les morts ! » commença-t-elle.

« *Ié,* j'ai entendu ça, est-ce qu'il dérange quelqu'un ?

— *Inno,* pas à ma connaissance, jusqu'à présent, sauf que la dernière liste qu'il a criée, elle contenait le nom du pauvre Andria, et personne ne le savait, à ce moment-là, qu'il flottait à Maora ! »

Les deux hommes laissèrent l'information faire chemin, dans un épais silence.

« Tu es sûre de cela ?

— Ce n'est pas moi qui l'ai entendu, il va de carrefour en carrefour, mais Nénette me l'a téléphoné, et après elle, Francine et Marie, tu connais Marie, qui habite au-dessus de la place du marché ?

— Oui ! Marie Santini ? Et elle aussi l'a remarqué ?

— Pas sur le moment, elles ont pensé simplement qu'Andria était bien jeune pour partir, et qu'elles n'avaient sûrement pas vu l'annonce mortuaire. Mais quand le crime a été connu, soit donc après la mort de la pauvre Joséphine, elle a compris que quelque chose n'allait pas.

Et où il se trouve le Rompifeste, en ce moment ?

— Ça aussi, c'est bizarre, on ne l'a pas revu, alors qu'il erre dans les rues tous les jours et qu'il est presque impossible de ne pas le croiser.

— Comment ça marche son petit commerce ? Les gens vont le trouver, le payent et il crie toute la journée ? Il y a des tarifs, des modalités ?

Pas du tout, non, en fait il a pris l'habitude de lire le journal ici, et il apprend les noms. Et puis ensuite il sort, et on l'entend. Au début il a fait une drôle d'impression, il a manqué se faire frapper, et puis on a trouvé comme une étrange douceur à l'entendre parler de ceux qui ne sont plus. Alors, on lui donne la pièce, de menus cadeaux, il mange et boit sans payer, je ne sais où il loge, mais il s'est rendu si indispensable que je ne doute pas qu'il sache où dormir. Enfin toujours est-il que depuis qu'il a crié la mort d'Andria, on ne l'a plus revu. »

Les deux policiers ne trouvèrent rien à répondre, rien à demander. Il fallait chercher de leur côté, et d'une certaine manière Pierucci s'accablait de reproches, parce qu'au fond de lui, il avait su dès son arrivée que le Rompifeste était de ces hommes avec qui il faut parler sans remettre au lendemain, car leur présence en un lieu n'est jamais anodine… Mais il avait tout de même remis au lendemain, selon une maladie qui lui était bien familière. Et de lendemain en lendemain…

« Per oghje avèmu compiu » Ils en avaient fini pour ce jour-là, aussi rentrèrent-ils chez eux. Cependant, quand il ouvrit sa voiture et démarra, il constata qu'un autre véhicule lui emboîtait le pas, sans se cacher vraiment, et fixant la silhouette du conducteur dans le rétro, il constata, avec contrariété, que Hugo la fouine s'était bien attaché à ses pas. Certaines personnes n'existent que dans la nuisance, et celui-là, clairement, n'allait pas écrire un article aimable.

8

Ce soir-là, quand Angelo débarqua du bus, il trouva son père songeur, affalé dans un des canapés régressifs du salon, le contenu d'une boîte sale et noire répandu devant lui. Il connaissait son homme par cœur, et contourna l'obstacle d'une question trop franche qui n'aurait eu pour seul effet que de le replier sur ses secrets, en le titillant :

« Est-ce que Sofia est d'accord pour te voir cochonner son salon avec le résultat de tes fouilles archéologiques ?

— Primo Sofia n'est pas rentrée — et s'apercevant de la défaite implicite contenue dans sa réponse — et puis je suis chez moi, je fais ce que je veux, je supporte déjà ce mobilier de chambre d'enfant. Et si tu crois mon fils que je ne comprends pas ton petit manège… File, espèce d'ado malfaisant ! »

« Moi aussi je t'aime, Papa ! », brailla Angelo avec le sourire, sachant qu'il ne finirait pas savoir…

La valise, ou la boîte, on ne savait trop, semblait faite de vieux cuirs bouillis ayant longuement séjourné en lieux humides, et qui pelaient comme un lépreux. Son contenu d'apparence beaucoup plus inoffensif, papiers, factures, dossiers moisis, comme une sorte de vieille comptabilité sortie du passé, s'étalait sur toutes les surfaces. Aussi, bien sûr, Sofia ne manqua-t-elle pas de froncer le nez en voyant les traces noires laissées sur la surface des coussins, mais la tête de son compagnon était si sombre, et son humeur si sauvage, qu'elle sentit les ennuis dès la porte. De plus, elle connaissait cette malle, et savait que son exhumation n'était pas le fruit d'un caprice. S'il l'avait ouverte là, et non dans son bureau, où il aurait pu répandre sa poussière comme il l'aurait voulu, c'est qu'il avait besoin de la lumière de la maison, et du va-et-vient de sa famille autour de lui. Car la malle était la seule possession transmise par sa mère. Elle ne dit rien, et partit s'affairer en cuisine, pensant qu'un bon plat rend souvent le monde moins hostile, et qu'il fallait bien cela pour lutter contre les miasmes délétères de feu sa belle-mère. Angelo, l'entendant arriver, vint se frotter à elle comme le jeune chiot qu'il était encore.

« Les impôts ? », demanda-t-il *sotto voce* ?

« Non ! On dirait des nouvelles de ta grand-mère, ou en tout cas quelque chose qui s'y rapporte. Cette horreur boueuse est la valise qu'il a ramenée d'Ajaccio et enterrée quelque part du côté du tout-à-l'égout. Je ne sais pour quelle raison il l'a ressortie, mais ce doit être une raison grave.

— De sa part à elle, même après sa mort, on ne peut s'attendre qu'à des catastrophes. »

Il n'était pas nécessaire qu'ils évoquent la calamiteuse génitrice de Pierucci, vindicative, cupide et néfaste qui, après lui avoir offert une triste enfance, s'était ingéniée à le discréditer dans sa famille, à accumuler le plus de potins, de ragots et de venin auprès de tous ceux qui le connaissaient, jouant sur son âge, sur son allure de dame d'un certain âge pour lui pourrir la vie de toutes les façons qu'une imagination torturée et maladive ait pu inventer. Jusqu'à son suicide, après qu'il l'eut sommée de réparer la dernière injustice qu'elle avait commise et qui, mise en scène avec une maestria démente, avait eu pour but de le déstabiliser définitivement, ce qu'elle était presque parvenue à réussir. Une schizophrène qui ne s'était jamais soignée, sociopathe, incapable d'éprouver amour ou affection pour qui que ce soit, nymphomane déguisée sous des dehors de dame patronnesse, prédatrice et patiente, comme l'araignée. Sa fin avait été un soulagement. Pourquoi alors ressortir les dossiers ?

Après deux verres de Castellu di Baricci, alors qu'ils partageaient une moelleuse polenta et des figatelli cuits à point, ils le découvrirent :

« J'ai reçu un commandement de payer invraisemblable, dans lequel elle est mentionnée, et je n'arrive pas à trouver à quoi cela correspond !

— Ce n'est pas le premier qui nous arrive, à croire qu'elle ait inventé le concept de facture à retardement, d'ordinaire tu règles sans même regarder ! » De menues dettes n'avaient cessé de parvenir à leur domicile l'année passée, et cependant jamais il ne vérifiait ni ne regardait. Il payait, essayant d'effacer l'image de sa mère de son esprit, quand il le faisait.

« Effectivement, mais là, il s'agit d'une dette d'environ dix mille euros ! »

Le somme les laissa muets.

« L'huissier est venu me le faire signer au travail, n'ayant trouvé personne à la maison. Regarde ! »

Il fit passer le document.

« Société Ristorcelli ! Il y en a des dizaines sur Internet !

— Avec cette adresse et ce numéro de Siret ? »

Pierucci n'aimait pas se servir d'un ordinateur, et renonçait facilement au prétexte qu'il avait les doigts trop gros pour taper sur les touches, ce que son fils n'ignorait pas. Il se sécurisait dans un univers concret de papiers, de crayons, et détestait le virtuel ; il prit donc la feuille et monta dans sa chambre, pour revenir quelques instants plus tard, perplexe.

« Il s'agit d'une entreprise de pompes funèbres… Mais tu n'as pas de facture de cette entreprise ?

— Non, j'ai juste reçu ce document de l'huissier, certifiant que ma créance m'avait été signifiée à deux reprises, que je n'en avais pas tenu compte et donc, que la justice avait été saisie. Quand il est passé, il n'y avait plus personne au numéro indiqué sur le papier…

— Tu appelleras demain matin, il sera temps alors de te faire du souci ! » Sofia réfléchit quelques secondes… Ce n'était pas le nom de l'entreprise qui s'était occupée des funérailles et de la crémation pourtant ! Il ne peut s'agir que d'une erreur…

— Avec la personne dont il est question, il n'y a jamais d'erreur, même après sa mort. J'étais très étonné aussi qu'elle soit aussi tranquille ! »

Et personne ne releva la contradiction de cette phrase, car tous à table se surprenaient de sa justesse, il y a certaines personnes pour qui la mort n'est pas un obstacle.

Le lendemain matin, il eut à différer ses projets, car un nouveau meurtre avait endeuillé la ville, s'ajoutant à la liste de plus en plus longue de ceux qui affectaient les insulaires. Certes, il suffisait de taper sur Google : « faits divers + meurtres » à la date du même jour pour se rendre compte qu'aucune région n'était épargnée et qui si on n'en parlait plus ici, on en commettait tout autant ailleurs, il n'en demeurait pas moins que le climat s'alourdissait considérablement. Il resta sur une impression pénible, et ce d'autant plus que si les journaux locaux évoquèrent le meurtre, ce ne fut pas le cas du continent, lequel était focalisé sur la farce d'une magistrale évasion fiscale qui faisait comprendre à tous que tricher sur un plein d'essence aux frais réels était très grave, alors que faire disparaître des dizaines de millions d'euros était juste la preuve d'une grande intelligence. La mort d'un homme avait moins d'importance que la tartiflette ou la dorure à la feuille dans les journaux télévisés indigents, on promenait le spectateur sur les ultimes épiphénomènes provinciaux d'une culture du boire et du manger, qui n'existait plus que dans les rêves des touristes, tandis que le pays sombrait dans le chaos, et que le président coupait des rubans de satin on ne savait où. Ainsi, il fallut attendre le milieu de l'après-midi pour que la maison Ristorcelli lui faxe une facture détaillée dont un simple aperçu lui fit comprendre que la somme n'était pas surévaluée, et qu'il ne s'agissait pas d'une erreur, personne au monde ne commet de pareilles erreurs. Il avertit qu'il prenait la fin de l'après-midi pour affaire personnelle grave.

« *Sènte a voglia di aiutu ?* Voulez-vous de l'aide ? », demanda Buttafuoco.

« *Inno ! Persunale !* », répondit Armand sans s'étendre. En effet comment aurait-il pu expliquer que la somme qu'on lui réclamait provenait de *l'exhumation de son père du caveau familial de Sartè, pour une crémation à Marseille*, événements sur lesquels il n'avait pas eu la moindre information, et dont la demande avait été faite conjointement, si on en croyait l'acte reproduit sous ses yeux, par sa mère et lui-même, ce dont sa signature et celle de cette dernière attestaient sans l'ombre d'une erreur. La facture avait été envoyée à deux reprises à son domicile et il était certain de n'avoir jamais signé de recommandé à ce sujet, pas plus qu'il n'était possible que sa mère disparue depuis presque deux ans ait payé les arrhes du devis, comme il était attesté sur ce document.

Tout cela n'avait aucun sens, absolument aucun. En conséquence de quoi il fonça sur Sartè. Il ignorait tout de la farce cruelle qui se jouait, mais était étreint d'une angoisse qu'il n'avait pas ressentie depuis la maladie d'Angelo.

Cela faisait plus de vingt ans que son père avait disparu. Il se souvenait de la soirée où il avait appris sa mort, comme si elle n'avait eu lieu que la veille. Il était installé sur la terrasse, seul avec Clébard, devant une assiette de raie à l'ail et une bouteille de Marfisi. Le téléphone avait sonné, et la voix d'un homme lui avait appris que son père avait été retrouvé dans la rue, foudroyé par une hémorragie cérébrale qui ne lui avait laissé aucune chance et dont il allait décéder quelques heures plus tard. Il était arrivé pour dire un dernier au revoir à un corps figé, caché par une couverture de satin à dentelles incongrues dans les confins d'une morgue d'hôpital aussi difficile à trouver que la chambre mortuaire d'une pyramide. De plus, la peinture aux couleurs atroces qui décorait la scène n'arrangeait pas les choses. Un éclairage rosâtre tentait d'adoucir l'âpreté du moment, faisant clapoter les sensations dans une alternance orangée, larmoyante et distancée, le cadavre ayant presque l'air vivant. Tellement, qu'il s'était approché, avait caressé sa tête, mais de l'intérieur de la bouche qui avait pris une vilaine couleur mauve, de la chair affaissée, la peau froide, rien ne pouvait être adouci, et il eut un sursaut. Quand il avait cherché sa main, sous la soie crème, il avait découvert le corps ficelé dans un drap grossièrement noué sur la nudité mal cachée.

Alors, cet homme qu'il connaissait fort peu de son vivant s'était mis à lui manquer, d'une manière qu'il n'aurait pu imaginer. Il avait des choses à lui dire, beaucoup de choses, cela ne pouvait pas s'interrompre comme cela. Il n'avait pas pleuré, il s'était trouvé seul et bête. Il avait pensé : « Pardonne-moi d'être arrivé en retard ! » Il avait eu envie de lui dire comme il l'avait fait si souvent : « Ne t'inquiète pas, je te rappelle ! » Mais il n'y avait plus de plus tard. Le corps était froid, la mort y faisait son œuvre. Jamais il n'avait eu le sentiment que la vie était une impasse autant qu'à ce moment dans cette pièce minuscule aux lueurs de fête foraine, devant le corps immobile.

On ne doit pas remettre au lendemain les gestes affectueux et les pensées pour nos proches, parce que personne ne sait quand la faux passe ni quand la lame s'abat.

Alors, il avait veillé sur une chaise en plastique, dans la tiédeur fœtale, anesthésié, plein d'une confuse envie d'en finir, douché par sa mauvaise conscience. Face à celui qu'il connaissait si peu et si mal, dont il ne s'était senti le fils qu'unilatéralement, et presque à son corps défendant, parce qu'il faut bien être le fils de quelqu'un, il restait incertain, orphelin, plein de questions qui se recroquevillaient en un peloton amer, niché pour toujours dans un coin de son cœur. Pourquoi ? Aurait-il voulu demander, pourquoi n'as-tu pas eu de temps pour moi, pas de geste, trop occupé de ta femme, pour voir au-delà d'elle, à côté d'elle ? Pourquoi ai-je été un enfant dont tu n'as pas voulu ? Pourquoi ai-je vécu ainsi, seul dès l'enfance, osant tout, du moment que c'était loin de toi, et que cela ne contrariait pas le cours de ta propre vie ? Qu'est-ce qui, en moi, a fait que je ne méritais pas ton attention, je n'ose pas même parler de ton amour ? Pourquoi ne t'es-tu jamais inquiété de ce qui pouvait m'arriver ? Pourquoi ne m'as-tu rien laissé de toi, rien transmis ? J'aimerais ne pas t'en vouloir, j'aimerais être apaisé devant toi et te laisser partir en paix, mais tu me laisses à présent avec toutes ces interrogations, qui s'ouvrent comme autant de gouffres...

Bien sûr il n'était plus temps pour le dialogue ou l'espoir de réponse, et c'était cela plus que tout qui faisait mal.

Sa mère n'était pas venue, il ne pouvait la joindre. Il s'était occupé de tout, avait choisi l'essence du bois, le garnissage, et la housse de propreté, effaré de l'industrie qui se découvrait sous ses yeux, avait accompagné ensuite le cercueil en bateau, puis jusqu'au cimetière de Sartè. Comme dans la plupart des nécropoles corses, celui-ci était couvert de petites maisons plus ou moins luxueuses, lesquelles affichaient les noms des clans, et se gardaient parfois d'une grille en fer forgé.

C'était le cas de celle des Pierucci, et là, devant les amis et la famille assemblés, que sa mère avait fait son apparition. Déguisée en veuve plus que veuve, ainsi qu'elle aurait pu l'être si elle avait acheté la panoplie sur un catalogue, ou tourné un film néoréaliste italien, voilée de noir, reniflant dans un mouchoir, elle ne s'était occupée de rien, son fils ignorait même où elle était passée et n'avait pas eu même l'idée de l'appeler pour prendre les dispositions de rigueur. Il avait fait le chèque de caution sur une paye de fonctionnaire débutant, ignorant tout des usages, aidé cependant par les oncles et sa tante, et voyant comme eux arriver cette femme comme on voit arriver le succube, avec un frisson d'angoisse. Contrairement à la coutume, les invités s'étaient dispersés, il n'y avait pas eu d'ultime rassemblement devant un buffet ou un bar et il s'était retrouvé seul face à elle. Elle l'avait alors saisi par le bras avec la force d'une pince de fer, et avait grincé : « A-t-il fait un testament ? » Pierucci s'était alors rebiffé :

« Comment veux-tu que je sache ce que voulait mon père puisque tu as tout fait pour que je le connaisse aussi peu que possible ! » Mais je ne doute pas un seul instant qu'il ait tout mis en œuvre pour ton confort ! » Sur ce, il s'était libéré et sans plus se soucier d'elle, il avait quitté les lieux.

« Je n'ai pas d'argent pour l'hôtel ! », avait-elle crié encore. Mais il ne s'était pas retourné. Et de fait, il s'était trompé, car son père avait fait en sorte que sa mère ne reçoive que ce qu'il était strictement obligé de lui laisser. Terres et biens corses étaient revenus à son fils, au grand dam de l'épouse qui resta un long moment à cuver sa colère, et qui n'hésita pas à contester le testament, en justice, contre son fils, sans succès toutefois. C'est ainsi qu'il reçut la maison qu'il occupait toujours, et qui à cette époque, ne l'accueillait qu'au temps des vacances. Mais c'est à partir de ce moment aussi qu'elle pesa sur son budget pour une prime mensuelle, comme s'il fallait qu'il compense la décision paternelle, qu'elle n'avait pas acceptée.

Comme tous les insulaires, Pierucci avait avec la mort des rapports familiers. Il s'occupait de la tombe familiale, veillait à son entretien et allait souvent poursuivre avec son père la conversation commencée à la morgue. En Corse les morts sont partout. Dans les rites religieux, dans les superstitions et les croyances, dans la vie quotidienne ; ici, tout le monde ou presque connaît les volontés *post mortem* de ses proches, parce qu'on en parle facilement. Aussi pouvait-il dire avec certitude que son père n'avait jamais envisagé la crémation, du reste, il avait anticipé son décès en faisant graver sur la tombe son nom, pour plus tard. Hélas, quand il eut ouvert l'antique grille de fer forgé, il fut obligé de constater que la cellule occupée auparavant était à présent béante. Le cercueil avait disparu ! Il restait là, éberlué, absurdement impuissant, ne comprenant pas comment cette situation était possible, et si remué au fond de lui-même qu'il sentait des nœuds violents et douloureux se tendre au fond de son estomac. Quand enfin l'énergie lui revint, il se précipita à la mairie, où Mme Dominici lui sourit comme elle l'avait toujours fait.

« *Bonghjòrnu Armandu, cumu state* ?

— *Bè* », mais il n'avait pas la patience de se lancer dans les politesses, l'aigreur lui brûlait la gorge et les lèvres. « Arlette, pouvez-vous me dire qui est venu faire signer l'autorisation d'exhumer mon père du cimetière, s'il vous plaît ? Je viens de passer et… »

Elle le regarda comme on regarde un fou, n'osant parler, et pourtant brûlant de le faire. Alors, elle se contenta de tourner vers lui un document qu'elle tira d'un dossier, sans oser relever la tête vraiment. Son index verni pointait une signature : la sienne !

« Tu as dit que ta mère avait besoin d'avoir son mari près d'elle, que, vieillissant, elle en faisait une obsession, qu'elle garderait l'urne dans sa chambre, et que vous aviez retrouvé des papiers manifestant de sa part une volonté formelle d'incinération, que vous engagiez donc les frais pour respecter la volonté de ton père… Ta mère était très bien, d'ailleurs, très bien ! Je ne l'avais pas revue depuis l'enterrement, mais on aurait dit que le temps n'avait pas passé sur elle de la même manière que sur nous ! Et tellement amoureuse de ton père encore… Malgré le temps ! »

Comment dire à quelqu'un qu'il a été le jouet d'une morte et d'un fantôme ? Il ne dit rien. Inciné ! Comme s'il n'avait jamais existé, disparu à jamais. Annuler l'existence de cet homme dans sa trace dernière, priver le fils du droit de rester auprès des restes de son père. Rien à dire, et quelle que soit sa méthode, sa mère était douée ! Il tenta de se rappeler ce à quoi ressemblait sa génitrice à leur dernière entrevue… Il était incapable de s'en souvenir. Quand il l'avait installée à Ajaccio à côté de Castelluciu, afin qu'elle s'occupe du dernier homme qu'elle avait pris dans ses filets… Amoureuse de son père ! Quelle dérision, quelle atroce plaisanterie ! Sa mère était incapable de ressentir la moindre émotion pour qui que ce fût ! Quant à savoir de quoi elle avait l'air, alors qu'il passait son temps à éviter son souvenir… il se rendit compte en fait qu'il n'en savait rien, qu'il avait évité de la regarder, ayant bien trop peur de trouver en lui des éléments de ressemblance avec elle. La voir réveillait trop de passions négatives en lui. Une sale bonne femme, voilà à quoi elle ressemblait. Une des pires créatures qui existent, déguisée sous les apparences d'une petite vieille un peu bavarde, avec des cheveux blanc roulottés, des oreilles trop longues, un nez en tremplin de ski et des yeux faussement naïfs, comme il en coulait de tous les bus de touristes à chaque début et fin de saison. Un corps banal, cachant une schizophrène, une sociopathe, une manipulatrice, une dépravée, une… fausse morte, une voleuse de cadavre… Et il n'y comprenait rien, rien !

Quel était le sens de cette macabre farce et qui l'avait conçue ?

L'entreprise de pompes funèbres ne put que confirmer l'incinération du corps à Vidauban puisqu'il n'y avait pas de crématorium en Corse et la remise de l'urne aux membres de la famille présents. Les membres de la famille présents ! Cauchemar !

Il décida de contester ! De ne pas payer la facture, et saisit un avocat. Me Luisi était un ami de longue date, fort au courant des affaires de la famille et qui avait lui-même aidé Picrucci à mettre en place les mesures à l'égard de sa mère, quand le besoin s'en était fait sentir. Mais l'histoire qu'on lui narra le prit totalement au dépourvu, et son visage éberlué montrait un ahurissement total. Il promit cependant de mettre tout en œuvre de son côté pour aider le commissaire. Ainsi, et alors que cette obsédante tragédie lui avait occupé l'esprit durant toute la semaine, n'était-il cependant pas plus avancé quand le week-end arriva. Il culpabilisait de piétiner de la sorte, de donner ainsi raison à ses supérieurs qui l'accusaient d'incurie, mais il lui semblait que son cerveau était bloqué sur l'horloge de ses soucis.

Le temps s'était dégagé, tandis qu'assis sur sa terrasse, il prenait son café matinal. Il ne pouvait cesser de se repasser le film du suicide de sa mère, deux ans auparavant. On lui avait téléphoné de Castelluciu, pour lui apprendre qu'elle avait administré une dose fatale de benzodiazépine à son dernier mari, puis à elle-même, pour échapper à ses responsabilités et à sa vie. Il était accouru, avait pris toutes les dispositions, avait respecté les souhaits de la dernière lettre qu'elle lui avait adressée, à l'exception de celui où elle disait vouloir qu'on répande ses cendres dans le jardin de son fils. Là, il n'avait pas pu. Et puis, soudain, il se souvint d'avoir refusé de voir le corps à la morgue, il n'avait pas été lui faire ses derniers adieux ! Il avait pris les dispositions qu'elle avait souhaitées, sans jamais revoir son visage… Ainsi, il ne savait comment, était-il possible que ce ne soit pas elle, qui se soit trouvée là-bas ! Pas elle ! Absurde. Quelqu'un était mort, qui avait été incinéré !

Mais alors qui ? Qui aurait été assez fou et pour quelle raison, droguer un pauvre vieux dans un asile, trouver un cadavre qui fasse illusion, et comment le personnel aurait-il pu faire la confusion ? Il n'y comprenait rien, mais était certain, à présent, par la convulsion de son ventre, par l'étau qui resserrait son cœur, *qu'elle pouvait être* encore vivante. Non seulement vivante, mais non loin de lui, de surcroît, car il repensait aux recommandés qui ne lui étaient pas parvenus… Quelle toile tissait cette affreuse mégère ? Un frisson le parcourut, il songea à Angelo.

Et si ce n'était pas elle ? Qui le connaissait assez pour mettre en scène un scénario aussi macabre ? Qui l'approchait d'assez près, pour impliquer ses proches dans un jeu aussi diabolique ?

Sofia dormait encore quand il arriva dans la chambre. Elle respirait par la bouche, assez fort, le visage crispé. Il eut un accès de tendresse, rapide.

« Réveille-toi Sofia, c'est important ! »

Elle maugréa quelque chose, mais reprit conscience assez vite. Il lui expliqua où il en était de ses réflexions, du puissant sentiment de danger qui lui étreignait le cœur et la convainquit de la nécessité de partir jusqu'à ce que la vérité soit découverte, avec Angelo, dans sa maison de Florence. Le gosse ne serait pas content, mais il valait mieux l'écarter des soucis qui s'annonçaient, ils avaient eu trop de mal à lui redonner le sourire. Elle l'inscrirait au lycée international Victor-Hugo, via della Scala, et elle aussi prendrait bien garde à rester hors de portée. Tant qu'il ignorait la nature réelle de ce qui se produisait, il fallait qu'ils soient tous deux à l'abri.

Comme elle était lasse de toutes les turbulences qui semblaient inéluctablement accompagner cet homme, et qu'elle n'était pas aveugle et avait bien senti sa tendresse se ramollir, ses gestes devenir plus brusques, elle se dit que ce n'était pas une mauvaise chose de prendre un peu de distance, d'aller respirer au calme et que dans sa ville, dans son élément, elle retrouverait un peu de la joie qui était le fond naturel de son caractère. Quand le feu ne réchauffe plus, il brûle. Elle était un peu inquiète, bien sûr, cependant trop consciente que la noirceur de son compagnon lui était nécessaire, qu'il pataugeait en son sein avec le même enthousiasme qu'un sanglier dans sa soue. En conséquence de quoi, elle prit sans discuter des dispositions qui conduisirent à leur embarquement rapide, à elle et à son fils. Celui-ci, qui avait consulté le site de son établissement, laissait sans aucun regret le collège de Bonifacio derrière lui, et après avoir embrassé rapidement son père, lui criait : « Je t'appellerai ! » comme il l'avait fait en d'autres temps lui-même. La vie, souvent, n'est qu'un éternel recommencement.

Alors, Pierucci fut seul. Tellement seul qu'il eut peur de ce vide qui l'absorbait. Dans la maison vide, l'écho du vent sifflait sous les portes, tandis que les arbres se couchaient sous les bourrasques. Clignant les yeux, alors qu'il venait à peine de se lever et qu'il se dirigeait vers la cuisine, il crut voir la silhouette de Sofia près de la machine à café, mais ce n'était qu'une ombre. Il se fit couler une tasse et sortit au jardin. Il aimait cette heure du jour, où le monde entier semble une propriété privée. C'est alors qu'il aperçut, adossé à un arbre, un immense chien beige, au poil en broussaille, à l'œil mauvais, squelettique, hagard, ramassé sur lui-même, et vraisemblablement à bout de forces. Il sortit, curieux, constata que sa chienne était en vadrouille ailleurs, et s'approcha. La taille de la bête l'impressionna, elle avait l'air vieille, épuisée. Il avança la main, mais la lueur dans le regard de l'animal le retint. Imprudent. Alors, agacé, il fit semblant de prendre une pierre et cria : « Fora ! Va-t'en ! Dégage ! » Mais l'autre ne bougea pas, comme si l'intégralité de l'énergie dont il disposait l'avait conduit là et qu'il n'avait plus les moyens d'aller plus loin. Il se laissa finalement lourdement tomber sur le sol et soupirant, plaça la tête entre ses pattes, tout en ne perdant pas l'homme du regard. Incertain, celui-ci se demandait ce qu'il allait décider, songeant même à aller chercher le fusil afin de tirer une rafale en l'air, pour l'effrayer et l'écarter, mais il aperçut alors le dessous des pattes. Elles étaient sanglantes, les ongles si usés qu'on les distinguait à peine. Cet animal n'irait pas plus loin. Pauvre chose, après quoi avait-il couru pour être dans cet état ? Il décida de lui porter de l'eau et de la nourriture, il verrait bien si en rentrant ce soir, il le trouverait toujours là. Le chien ne lui manifesta plus aucun intérêt, même quand il posa devant lui deux gamelles. Mais quand la voiture s'éloigna, il dévora et but son content, avant de s'endormir au soleil.

9

L'*uomo con baffettinacci,* l'horrible moustachu, Largo avait disparu du bureau depuis quelques jours, dans l'indifférence absolue, ne laissant pour l'heure que Buttafuoco, qui peinait sur l'affaire Maxiola. Aucune piste ne se dégageait, pas de témoin, pas de mobile, pis encore, d'élogieux témoignages qui arrivaient de tous sens, faisant de lui le portrait d'un bon père, bon fils, bon mari… C'était à ni rien comprendre. Sa femme avait même conté qu'il refusait les propositions féminines qui ne manquaient pas de lui parvenir, quand l'occasion se présentait, et qu'il lui en parlait en souriant. On avait assassiné un saint en lui cousant la bouche… L'examen des comptes n'avait rien donné, il n'avait jamais renvoyé qui que ce soit en de mauvais termes… L'impasse était complète. Et le temps passait, ce qui n'était jamais une bonne chose dans ce genre d'affaires car les chances de résoudre le meurtre s'affaiblissaient chaque jour. Le Rompifeste n'avait pas non plus réapparu, et en dépit de recherches avancées, on n'avait pu trouver sa trace. C'est une erreur commune de *pinzuti* de penser que la touffeur du maquis corse permet d'y abandonner des cadavres plus facilement qu'ailleurs, sans qu'on les retrouve. D'abord parce que le premier moyen de les voir disparaître à jamais dans une terre normalement peu humide était de leur trouver une mare, un coin bien envasé, qui accélérerait les processus naturels, et que par ici, il y en avait peu. Ensuite, parce que l'aridité favorise la conservation, et qu'enfin, avec le nombre de chasseurs qui parcouraient la maccia en tous sens, rien ne restait jamais perdu bien longtemps là-dedans, sauf le touriste. En conséquence de quoi on était presque certain qu'on finirait par avoir de ses nouvelles. Entre-temps, les dossiers liés à la contrebande s'étaient accumulés, et c'est plongé dans l'un d'entre eux que se trouva Pierucci, quand la porte de son bureau claqua avec une force qu'il avait sue par cœur.

Il leva la tête, abasourdi, et se trouva face à un Pieri très en chair, hilare et ému. En dépit du poids qu'il avait pris, il était resté l'immense et pataud bonhomme, émouvant et agaçant, qu'il avait toujours été. Les deux hommes s'embrassèrent comme s'il n'y avait jamais eu entre eux qu'une amitié sereine, et que rien n'ait jamais ombragé leurs sentiments. Comme si Le Gros n'était jamais parti sans donner de nouvelles. Pieri ! La fantaisie enrobée de bonne viande bien drue, la folie du simple, l'emportement du torrent qui rompt la digue. Pieri quoi, qu'il croyait perdu à jamais !

« Patron ! Que je suis content ! Que cela fait du bien de vous revoir ! » Et la grosse voix tonna joyeusement dans les locaux qui le connaissaient si bien et qui semblaient s'enrouler autour de lui de bonheur. Ils s'assirent, emplis du plaisir de se voir. Et Pieri apprit à Pierucci qu'il était de retour. Il avait raté son concours de commissaire, avait été en poste un peu ici et un peu là, s'était trouvé mal loin de chez lui, alors que sa femme le harcelait pour rentrer à Bonifacio, et donc il avait saisi l'opportunité d'un mouvement de fonctionnaires, et en l'occurrence, celle du départ de Largo, pour rentrer. Il avait récupéré son bureau, vide à présent, et n'attendait que les ordres…

Le commissaire en avait les larmes à l'œil.

« Pas de poupée gonflable, d'amours parallèles, d'activité littéraire envahissante, pas de loisirs particuliers cette fois ? lui demanda-t-il, tu ne vas pas encore me faire une surprise à ta façon ? Tu as rangé ta panoplie de *scemu*, de fou ?

— Rien, *padronè*, rien que moi. Et c'est déjà bien suffisant. Mais dites-moi, je m'attendais à trouver mon *frate*, mon frère, mon ami, il est où mon petit Finelli ?

— Vous ne vous êtes pas parlé ces derniers temps au téléphone ? »

Le gros visage brun marqua un embarras certain.

« C'est-à-dire qu'on n'était pas vraiment d'accord et je pensais qu'en se voyant, on arriverait à faire la paix ! »

Voilà qui augurait du meilleur ! Comment lui expliquer l'interminable crise conjugale, le mal de la quarantaine, les jeans de jeune, la barbe de trois jours, les dépenses dans les boîtes, l'humeur noire en permanence, le début d'alcoolisme, la maigreur et les joues creuses et ce mal de vivre qui le voyait user du congé de maladie sans qu'il fût vraiment malade, sans être cependant non plus en bonne santé... il préféra changer de conversation et passer à autre chose. Épuisant. Pourtant, il vit dans le retour du Gros un signe d'encouragement du destin.

Il était certain de ne pas avoir l'énergie de narrer les diverses péripéties de l'andropause de leur comparse, non parce qu'il s'en souciait peu, mais parce que Pieri commenterait, s'exclamerait, émettrait des avis, qu'il ne manquerait pas d'adjoindre les considérations inévitables sur l'homme qui vieillit, la perte des valeurs, la société de consommation, les diktats de la publicité, le jeunisme et tous ces lieux communs que l'on profère immanquablement quand on a ce genre de considérations, comme s'il fallait signer son appartenance à un groupe par le psittacisme des mêmes conneries. Au fond, se disait-il, n'a-t-il pas le droit de croire qu'il est encore en âge de s'agiter dans la mare aux caïmans ? Ses crocs ne sont pas encore limés, et pourquoi non ? Tout le monde ne se résigne pas, et certains vieux sont encore très jeunes.

« Comment se fait-il que je n'aie pas été averti de ton retour ?

— Vous devez pourtant avoir reçu tous les documents ! », s'amusa Pieri qui connaissait son bonhomme. Ils doivent traîner quelque part. »

« As-tu rencontré ton prédécesseur ?

— *Puzzicòsu ?* (Le puant) ! *Certu, r*apidement, mais l'essentiel de ce qui vous occupe en ce moment je le sais par les *puttaghji* ! Tout le monde parle de la mort affreuse d'Andria.

— *Veru !* Triste affaire. Installe-toi et quand tu auras retrouvé tes marques, on fera le point. Mais, tu peux me le dire, à présent : *Induve te sente* (Comment te sens-tu ?)

— D'être avec vous ? Comme un roi. » Et son large sourire prouvait abondamment la véracité de ses dires. « Je vais lire un peu les dossiers, et je reviens vous voir. »

En voyant le dos massif s'encastrer entre les montants de la porte, Pierucci ressentit un fugitif sentiment de sérénité, assez comparable à la paix de l'orteil quand il quitte une chaussure étroite pour entrer dans une pantoufle.

Il décida donc de s'attaquer à son courrier en retard, ce qu'il remettait toujours à plus tard, et avala une partie de la pile sans s'en rendre compte, avec une énergie qu'il n'investissait plus dans son travail depuis un certain temps.

Qui aurait dit que le Gros reviendrait ainsi et qui plus est, d'une manière aussi satisfaisante ? De temps en temps les choses s'arrangent à notre convenance, si Diu vòle. C'est pourquoi il découvrit la lettre que lui avait adressée le notaire, sans idée préconçue et sans appréhension, en dépit du fait que celle-ci lui avait été adressée personnellement sur son lieu de travail.

10

ÉTUDE DE MAÎTRE PAVODANI

Quai Branda
20169 Bonifacio
Tel 0495731716
Fax 0495731414
Courriel : notaire-padovani@me.com

Monsieur Armand Pierucci
Route de Sartè
La Trinité
20169 Bonifacio

Réf : succession Maxiola-Raphael
1254

Monsieur,

Veuillez trouver ci-joint une fiche de renseignements d'état civil à compléter et à renvoyer de toute urgence accompagnée de ses documents justificatifs. Par ailleurs, veuillez avoir l'obligeance de vous rendre à notre étude dans les plus brefs délais muni de ces papiers, en vue de la communication d'une disposition vous concernant.

Trouvez ici l'expression de nos salutations distinguées.

Maître Pavodani

Pierucci ne comprenait rien au document, ou plutôt il ne saisissait pas la raison pour laquelle ce document lui était adressé, comme s'il était héritier. « Disposition, dans la succession Maxiola père ! Cela n'avait aucun sens ! » Il tourna et retourna la lettre de tous les côtés. N'y vit rien qui pût ressembler à une farce. Il tenta d'appeler l'étude, mais tomba sur le répondeur, et de toute manière, il se voyait mal poser des questions personnelles par téléphone. Déconfit, il éplucha le reste de son courrier avec moins de fougue. Pourquoi était-il question du père au moment où le fils disparaissait ? D'autant que Raphael était mort depuis au moins deux ans, voire plus, pour autant qu'il s'en souvienne ! Il le connaissait bien, et depuis l'enfance. Ayant le même âge qu'Andria, il avait croisé sa famille à maintes reprises, à l'école, lors des fêtes de Noël, aux cérémonies religieuses. Il avait toujours trouvé dans cet homme un regard bienveillant et amical, deux yeux veloutés, doux et tendres, et il s'en souvenait avec plaisir. Mais quand il s'était rendu à l'enterrement, il l'avait fait au milieu de la masse des autres Bonifaciens. Sans plus !

11

IL FALLAIT QU'IL SONGE à autre chose. Hélas, cette « autre chose » prit la forme de la monstrueuse facture laissée par l'entreprise qui avait enlevé le corps de son père, et dont il n'avait aucune nouvelle. Ou encore la forme d'une convocation notariée, d'un fils dans une école dont il ne connaissait rien, d'une compagne qui s'éloignait et d'une vie qui filait comme de l'eau dans une main ouverte. Il avait beau tenter de trouver une réponse, rien ne lui venait. C'est alors qu'il sursauta, quand Pieri revint sans prévenir et se trouva devant lui sans qu'il s'en soit rendu compte.

« Vous avez l'air soucieux !

— Je le suis un peu ! Il s'en est passé depuis ton départ, va, Jean, et quelquefois, je fatigue.

— C'est votre mère ? »

Pieri faisait partie du monde de Pierucci depuis si longtemps qu'il n'ignorait rien des souffrances générées par cette vilaine femme. Armand ne se souvenait plus s'il avait eu l'occasion de raconter son décès à son camarade, ou s'il était déjà parti, il comprit vite que l'autre, s'il l'avait su, l'avait oublié. Alors, il lui raconta tout, le mari atteint de dégénérescence sénile, l'enfermement de celui-ci à Castelluciu, pour le soigner, et la punition de sa mère, après qu'il eut découvert que l'auteur de ses jours l'avait épousé pour l'argent et abandonné devant la porte de son fils comme un paquet de linge sale. La clause de versement de la pension, alors qu'elle avait tout dépensé, subordonnée à des visites régulières et au soin vérifié à l'infirme. Enfin son dramatique suicide, ou ce qui semblait être un dramatique suicide, puis, après réflexion, la disparition du cadavre, et ses conditions étranges. Mises pour à bout, les parcelles de son récit semblaient incohérentes et impossibles à croire, mais Pieri ne bougea pas, parce qu'il avait vérifié maintes fois que la réalité dépasse toujours la fiction, freinée qu'est celle-ci par l'obligation d'être crue. Et le Gros avait vu Mme Pierucci à l'œuvre.

Le simple fait d'avoir énoncé les faits, d'avoir mis des mots sur ses sentiments, sur ses questionnements, et tout simplement, d'avoir été écouté lui fit le plus grand bien. Pierucci réalisa qu'il s'était refusé à reconnaître que Finelli et Pieri lui manquaient beaucoup. Quitter la tranquille protection de sa maison pour retrouver sans cesse des têtes à amadouer, à comprendre, s'adapter aux délires de chacun, c'était épuisant. Ces deux-là, c'étaient ses frères, ses complices, ses amis. Pieri réfléchissait.

« Le coup de l'enlèvement de Sartè, je ne vois qu'elle pour l'avoir fait. Et si elle n'était pas morte ? Si elle avait mis en scène ce meurtre et ce suicide, pour disparaître, se mettre hors de votre portée et aller couler ailleurs des jours paisibles ?

— Impossible, les infirmières l'ont trouvée allongée aux côtés de feu son mari, et les deux avaient absorbé des quantités considérables de benzodiazépine.

— Cela ne rend pas l'évasion impossible…

— Bah bè tout de même !

— Vous avez souvent visité des centres de gériatrie ?

— Pas vraiment, non !

— Quand ils souffrent de troubles mentaux, malheureusement, ils finissent par se ressembler beaucoup. Et pour peu qu'ils ne puissent plus reconnaître leurs affaires et que le personnel gère leur linge, il arrive qu'on les confonde. Les personnes très âgées blanchissent, leur structure osseuse transparaît davantage dans le visage, et si vous avez deux morphotypes voisins, vous trouvez des signes de ressemblance superficiels. Je dis cela, je ne dis rien, imaginez que votre mère ait trouvé dans les lieux où elle rencontrait son mari sur votre ordre tous les jours, une petite vieille qui lui ressemble plus ou moins, qui ait perdu la tête et qui somnole la bouche ouverte entre deux prises de cachets. Elle repère les changements de service, elle attend les départs en vacances, les remplacements, que sais-je ? Elle a eu le temps de mettre son plan au point. Ainsi, elle va visiter son époux, mais disparaît dans un coin, en attendant la nuit. Là, elle profite du calme et de la surveillance réduite pour conduire sa remplaçante dans le lit de l'homme, après l'avoir légèrement droguée, pour qu'elle puisse encore bouger, elle lui passe ses propres vêtements, dont elle a pris soin qu'ils restent en mémoire chez ceux qu'elle a vus tous les jours, genre un affreux gilet mauve à fleurs oranges, une jupe à carreaux innommables que personne ne peut oublier, puis elle rajoute la dose finale, quand elle se trouve à ses côtés. Elle fait pivoter la femme qui doit la remplacer, ou s'arrange pour que la figure soit peu visible. En revanche, le gilet ou la jupe ont donné une indication avant qu'on regarde le visage. Elle a soigneusement coiffé, voire maquillé sa victime. Et puis elle pose sur le couple un document qui dit à ceux qui vont les trouver, quoi en penser. Une lettre par exemple…

— Elle a effectivement posé sur leurs corps une lettre et ses papiers d'identité.

— Ah ! Voyez ? Une fois que sa mise en scène est prête, elle enfile la blouse de la morte, ébouriffe ses propres cheveux et prend un air hagard et dolent, tête pendante pour qu'on ne la regarde pas trop. Et quand bien même quelqu'un se poserait la question, qui peut avoir envie de prendre la place d'une vieille folle dans un mouroir ? Personne ne manque à l'appel. Les infirmières ne se croiraient pas elles-mêmes si elles en avaient l'idée. Elle demeure ainsi avec patience et quelque temps plus tard, sans se presser, elle reprend pied petit à petit dans la vie, se repeigne, et finit, il suffit d'attendre, par pouvoir ressortir.

— Impossible, une substitution pareille ! Il y a les dossiers médicaux !

— Elle aura pris le soin de trouver une personne qu'on ne visite pas, qui ne nécessite pas de soins particuliers, sauf la surveillance de ses débordements qui sont si fréquents. Je ne dis pas que cela est simple. Il faut un groupe sanguin identique. Mais un petit O + qui est si commun. Mais vous n'avez pas non plus une mère ordinaire, et pour se venger, elle a pu prendre tout son temps. Sinon, alors je ne comprends pas comment elle a pu être reconnue par la secrétaire de Sartè… Et qui voudrait déterrer votre pauvre père ? C'est vrai que cela paraît difficile à croire, mais à mon sens, parfaitement plausible. Vous me dites vous-même que vous n'avez pas vu son corps, quand vous l'avez retrouvée.

— Tu réalises un peu ce que tu dis ? Des vieux interchangeables, un double meurtre, une évasion planifiée et enfin mon père ? Impossible.

— On voit que vous n'allez pas souvent dans ces lieux-là ! Ma belle-mère y vit : un personnel débordé, des vieux agressifs, mauvais, sales, qui ne lèvent plus le petit doigt pour faire eux-mêmes la moindre chose, sonnant ou appelant et voulant être servis tous à la fois, vêtus parfois de la même chemise de nuit longue, fermée dans le dos, des mêmes pantoufles à carreaux, traînant dans les mêmes fauteuils et les mêmes couloirs, leurs mêmes cheveux rêches hérissés par le contact permanent de l'oreiller… Les meurtres de vieux, c'est rarissime, mais c'est qu'en général, à un certain âge, ils se calment. Votre mère, *Die*, c'est un sacré numéro ! »

Bien qu'effarant, Pierucci reconnut que ce scénario pouvait fournir un début d'explication à la disparition du corps du caveau. Il transformait un événement satanique en une très mauvaise action. Sans qu'il en connût les causes, il pouvait admettre que l'auteur de ses jours ne manquait ni d'intelligence, ni de patience. Elle pouvait effectivement avoir repéré une proie que personne ne visite jamais, placée sous tutelle, végétant dans un fauteuil et qui avait avec elle des signes de ressemblance. Elle pouvait avoir songé à se débarrasser ainsi à la fois de son mari, et de son fils. Récupérer son indépendance, sa liberté, et peut-être même de l'argent. Mais alors, pourquoi se signaler ensuite à son attention par l'enlèvement du cercueil ?

La vérité ne se force pas. Il vérifierait cette théorie, et tenterait alors d'élucider ce mystère. Mais le fait d'avoir débattu de la situation lui avait fait un bien énorme. Il regarda le Gros avec reconnaissance. Il décida d'embarquer ses deux compagnons pour déjeuner afin de les accoutumer un peu l'un à l'autre. Ils montèrent au café de la Poste, empruntant le véhicule de Butta, avant qu'il n'aille le déposer au parking de la Légion. La salle était quasi pleine et ils n'avaient pas envie de s'installer sur la terrasse, trop près de la route, le patron leur trouva une petite table près de la fenêtre qui donnait sur le Goulet. Ils commandèrent des tripes qui n'étaient pas de saison, mais comme cette dernière ne l'était pas non plus et qu'il rôdait de froids coulis, cela allait très bien. Le silence entre eux était complet, fait de la part des deux nouveaux collègues d'observation et de distance, ils se jaugeaient comme des chiens dans un chenil, et de Pierucci, d'un sentiment d'apaisement bien étranger aux regards lourds et attentifs que se lançaient les deux autres.

« *Mi*, ce qui m'a le plus estomaqué, c'est ce qu'ils ont fait à ce pauvre Andria qui était un homme si distingué. La bouche et le *catzu,* fallait-il qu'on lui en veuille !

— Pour moi, cela relève de l'invraisemblable, mais qui connaît vraiment l'autre ?

— Moi je n'espère rien, je ne crois rien, je ne m'attache qu'aux faits prouvés et aux indices, le reste, c'est de la conversation », émit Buttafuoco avec un petit air docte que Pierucci ne lui avait jamais vu, et qui lui dit que le lieutenant voyait d'un mauvais œil l'arrivée du Gros.

12

L'ATR DE 18 H 30 en provenance de Nice se posa en douceur sur le tarmac, les deux roues bien alignées, à la plus grande satisfaction des passagers un peu blancs et, entre autres, de Marine Lachaud, qui avait déjà attrapé son sac sur ses genoux, anticipant avec fébrilité le plaisir de retrouver le sol ferme. La traversée avait été agitée et le mistral qui agitait la baie de Figari avait donné des sueurs froides à l'ensemble des occupants de la cabine. Ils s'échappèrent de la carlingue comme une bande de rats évacuant une bouche d'égout dans laquelle serait tombé un chat affamé. Pour un œil averti, il était facile de reconnaître *les locaux* des nouveaux arrivants. Les Corses aiment le vêtement, et n'hésitent pas à arborer des marques tapageuses, dans une élégance un peu voyante, que l'on retrouve aussi bien chez les plus jeunes que chez les gens plus âgés. On les reconnaît assez facilement et ce, d'autant que quitter le sol natal est pour eux, toujours, une souffrance, leur retour les illumine, comme un rond-point en période de fête. Les touristes de leur côté se répartissent (entendons ici, celui qui descend de l'avion, pas celui qui arrive par bateau avec voiture, ou sans voiture, avec moto, avec vélo, à pied, d'un tout autre ordre) en deux catégories. Propriétaire de résidence secondaire — Cala Rossa, Marina di Fiori, pour Porto-Vecchio, Sperone, Pianottoli bord de mer, pour l'extrême sud — on le distingue à sa femme blonde, mince à anorexique (aussi appelée « Rayon X » car on voit à travers), vêtue de lin, de coton et de mocassins de marque en été, de jean et de peau lainée bien coupée en hiver, dont les rides sont inversement proportionnelles à son âge, lisse et lasse comme une polenta ratée, arborant une lèvre supérieure en pin parasol, dont elle touche convulsivement la ride en forme de banane qu'elle sent entre son nez et ses dents, et qu'il accompagne les pieds nus dans le cuir, en pantalon clair, valise Vuitton traînée négligemment, tandis qu'il passe les doigts dans ses cheveux poivre et sel, et qu'il réajuste le cachemire qu'il porte noué autour des épaules. Ceux-là tutoient l'indigène, ont un copain restaurateur, un autre pêcheur, et savent flatter le plombier dans le sens du poil.

Les autres tout aussi repérables ont des habitudes différentes. Tribu itinérante, guide du routard dans une poche, locataires quelque part, et dans ce cas, la valise est plus solide que belle, les enfants courent bruyamment sans que le père puisse endiguer leur vitalité, il les voit peu le reste de l'année, il a du mal à sévir aujourd'hui, l'épouse a les yeux un peu fatigués, elle rêve de calme, de plage, et éventuellement de noyer la turbulente progéniture quelques heures, à condition que ce ne soit pas définitif. Ils jouissent la plupart du temps d'une semaine à tarif préférentiel, sont au courant des moindres de leurs droits et des devoirs que l'humanité doit leur rendre. Le mari dose la condescendance et l'agressivité dans le moindre de ses mots, il porte la quarantaine de celui qui a laissé sa maîtresse à la consigne, et que tout fatigue, à commencer par celle à qui il octroie ces vacances familiales, dont le premier effet est de laver sa conscience de la culpabilité qui l'alourdit tout le reste de l'année. Parce qu'il est contraint de supporter sa famille, il va répercuter sa morgue condescendante sur tous ceux qui croiseront son chemin. Ceux-là finiront aux urgences, après avoir laissé cuire leur enfant en bas âge trop longtemps en plein soleil, peu soucieux de perdre la moindre journée de vacances, ils repartiront en vantant la beauté des paysages corses et la brutalité de ses habitants, nourrissant la légende de la cruauté de l'insulaire, pour donner l'impression qu'ils rentrent d'un safari au Kenya qui n'est pas dans leurs moyens.

Descendent encore, et après les autres, tous ceux qui vont se faire soigner sur le continent et qui arrivent de l'hôpital, avec de bonnes ou de mauvaises nouvelles, soulagés de rentrer chez eux, à petits pas, avec un minuscule bagage, et à la main, un bouquet, de menus achats, accomplis entre la porte du centre médical et celle de l'aéroport. Aucun Corse ne se trompe jamais, un coup d'œil et il sait. On ne demande pas à ceux-là s'ils vont bien, ils sont ceux qu'un taxi payé par la Sécu emporte vers les centres de soins et qu'on suit d'un œil attristé.

Il y a encore les étudiants, que la famille attend avec impatience, ils sont grandis, changés, mais respirent l'air ici comme s'il était d'une autre qualité…

Marine Lachaud, elle, ne rentrait dans aucune catégorie. Arborant sa volonté d'exister dans le regard des autres, son opulence canalisée chirurgicalement, sa mode provinciale et subtilement obsolète, son assurance de personne qui a plus de réponses que de questions, son front bas coiffé savamment d'une frange teintée d'un roux léger, et ses bijoux perlés, elle pose un pied conquérant sur le ciment coloré. La pauvre chère chose avait une vie si intense, elle avait tant besoin de se ressourcer, dans cette île si aimée. Elle avait réservé une petite villa admirablement située, sur une pointe qui domine la mer, au-dessus de Bancarello, d'où elle voyait toute la ville, ramassée en contrebas comme un gros lièvre blanc tout recroquevillé. Avant de partir récupérer sa valise, elle salua avec effusion sa voisine de siège, à qui elle a psychanalysé des difficultés conjugales, et des problèmes endocriniens que son époux se fera un plaisir de référencer — quatre-vingt-dix euros, non conventionnés —, elle a donné des conseils à l'hôtesse, et se trouve absolument sûre d'être reconnue à son prochain voyage, tant elle s'est rendue utile à l'un ou à l'autre. Elle sourit, heureuse, Corse, à nous deux…

13

« *Patrònu !* » PIERI SE DANDINAIT en tous sens comme s'il était pris d'une urgence organique. L'après-midi avait filé sans qu'on y prenne garde, et il se tenait devant la porte, avec ce même air, cette même attitude que Pierucci avait eu mille fois l'occasion d'admirer et qui lui avait mille fois évoqué des mélanges de tendresse et d'agacement qu'il ne pouvait refréner, parce que c'est ainsi, on attend des gens, des choses, qu'ils soient par exemple conformes à ce qu'ils sont censés être, comme le fait qu'un lieutenant de police doit avoir un comportement mature…

« Pour ce dont nous avons parlé, tout est là. Regardez ! J'ai fait des recherches, et tout est exactement comme nous l'avions pensé ! Rien de certain, bien sûr, mais tout reste possible. Aucune de nos hypothèses n'est reniée. Il avança une liasse de feuilles. Dans le pavillon B du service de gériatrie, celui de votre beau-père Norbert, chambre 17 c, c'est-à-dire dans le même couloir, quelques portes plus loin, une madame Casamozza diagnostiquée comme dégénérescente sénile, patiente bien tranquille, que personne ne remarquait particulièrement en dehors des soins qu'elle recevait tous les jours, a vu son état s'améliorer de jour en jour, au point qu'on l'ait laissée sortir un peu plus de trois mois après la date qui nous occupe, en dépit du fait qu'elle n'ait aucune famille, aucun parent proche ou lointain qui puisse s'en occuper. Jugée donc valide. À ce qu'il paraît, ils pullulent, les vieux tout seuls, qui n'ont personne, pas de visite, rien. Elle faisait partie de ces hordes de vieilles échevelées et la bouche ouverte, bavant d'un bout de la journée à l'autre sur sa chaise, et puis lentement, la vie est revenue dans son regard. Ils n'ont pas été surpris, cela arrive, parfois il suffit de les réalimenter convenablement durant quelques semaines, avant qu'ils aillent mieux. Seuls, ils se laissent aller, dépérissent. Personne n'a pu me dire à quoi elle ressemblait vraiment… Des cheveux blancs plutôt courts, un air naïf et enfantin, des rides… Elle a une adresse sur Ajaccio ; ils me l'ont donnée.

— Tu as dit pourquoi tu appelais ?

— *Inno, sanza tante patarachje*[1], j'ai dit que j'étais de la police, on nous avait rapporté… etc. Qu'il ne fallait pas qu'ils s'inquiètent, un truc de routine. N'ont pas fait tant de chichis ! Je pense qu'ils ont trop de boulot pour faire dans le compliqué…

— Ils n'ont même pas vérifié que tu appelais bien d'un commissariat ?

— Si, si, pas de souci… Mais c'est pas la question…

1. Sans boniment.

— Oui, j'ai compris, selon toi, c'est elle. Tu en es certain. Aucun doute, hélas ! Un plan parfait. » Pierucci soupira.

« Je ne mets pas en doute l'intelligence du projet, mais la conséquence de mes découvertes fait...

— De ma mère, une double meurtrière. J'ai bien compris. Nous sommes seuls à savoir, certes, mais le fait est là... *À nisun patte*[1], que cela sorte pour l'instant, mi ! » Il était complètement défait, décomposé, abasourdi, incapable de penser à rien et surtout pas à Maxiola. Pas étonnant que le « Tueur de douleur » soit passé à l'acte, c'était inscrit génétiquement dans son être, joli cadeau, merci Maman.

Durant des mois, après le décès présumé de l'auteur de ses jours, aussi brutal qu'inattendu, Pierucci avait combattu l'alternance de contradictions, de rancœurs, et de culpabilité que ce deuil avait générées en lui. Aurait-il dû faire la paix ? Se rapprocher de sa mère ? Tenter un geste d'apaisement ? Avait-il été trop dur, trop intransigeant ? Sa mère était-elle aussi coupable qu'il en avait jugé ? Une seconde plus tard, la rancune le submergeait. Ne l'avait-elle pas abandonné dès sa naissance, le laissant livré à lui-même sans s'en soucier, n'avait-elle pas manifesté une absence d'intérêt totale à tout ce qui ne se rapportait pas à elle, compromettant parfois même sa sécurité à lui, dans son égoïsme ? Elle

1. À aucun prix.

ne lui avait jamais donné que ce qu'elle était socialement obligée de donner, et encore s'y était-elle soustraite autant qu'elle le pouvait. Pis même, dès qu'elle avait pu, elle avait tiré de lui tout ce qu'elle avait voulu, l'essorant de toutes les manières possibles jusqu'à ce qu'il ne se laisse plus faire. Elle s'était immiscée dans sa vie, dans sa carrière, dans ses relations personnelles, avait traité son fils de la pire des manières…

Certes, mais elle avait été malheureuse et si seule qu'elle en était morte. Morte par sa faute, en raison de la punition qu'il lui avait infligée… Elle le lui avait écrit. Et c'était tout de même sa mère. Une mère ne se remplace pas.

Une mère, oui, mais la sienne ne l'était pas, pas plus qu'elle n'avait été une épouse convenable, et c'était bien elle qui avait épousé une pauvre ombre vide de son âme et de son intelligence, pour le dépouiller de tout, avant de le déposer comme un sac-poubelle, devant la porte de son fils. C'était elle qui avait profité de cet argent pour des voyages et une vie qu'elle ne méritait pas.

Cependant, elle vieillissait, et on peut changer. Les épreuves bonifient les gens… Les âmes s'améliorent au contact de la douleur…

La vieillesse ne bonifie personne, elle durcit nos pires défauts et les gens qui vieillissent bien étaient préalablement des personnes agréables et aimantes au moment de leur jeunesse. Certaines âmes peuvent s'affiner, pas la sienne. Elle n'avait fait que tailler les pointes de ses défauts, oublier le peu de qualités qu'elle avait possédées, perdre en route toute compassion, toute générosité, toute gentillesse, sécher et figer comme un organisme privé d'eau, se roulant en coque, pour mordre plus fort, virus inextinguible. Comment aurait-elle pu acquérir vieille ce qui lui avait fait défaut toute sa vie ? Personne ne s'améliore en vieillissant, la vieillesse est un naufrage.

Et les arguments opposant son cœur et sa tête s'accumulaient dans la chaudière de son crâne, jusqu'à l'explosion, durant des heures, des heures et des heures, le persécutant la nuit, le jour, à toute occasion.

Voilà ce qui l'agitait depuis ce jour fatal où on l'avait appelé à Ajaccio, et il constatait à présent, combien tout cela n'avait servi à rien, combien ses agitations émotionnelles étaient loin de la réalité. Cette femme machiavélique était bien vivante, avait deux meurtres à son actif et se promenait dans la nature bien tranquillement. Pourquoi avait-il eu tant de peine à l'admettre ? Tout simplement parce qu'on répugne à admettre la folie comme comportement causal de nos proches. Parce qu'il fallait un sens à tout et que la folie n'a pas de sens. Elle va contre les lois sociales, contre les lois humaines, ne se justifie que par elle-même, ne se nourrit que d'elle-même. C'était ainsi ! Il se souvenait du temps où sa mère se contentait de séduire les maris de ses amies, semant subtilement le trouble dans les ménages, le temps où elle rassemblait de vieilles bourgeoises enrobées lors de dîners compassés qui avaient pour première vertu de célébrer sa générosité et son altruisme. Des dîners où elle se plaignait immanquablement de son comportement à lui, et quand il croisait une de ces montagnes de réprobation, il était vain de leur expliquer quoi que ce soit… Elle était tellement formidable, sa mère ! Le mal venait de lui, toujours de lui ! Qui ose penser que, sous les vieux jupons d'une vieille femme, peut se cacher le venin du vice et de l'envie ? Il serrait les poings à s'incruster les ongles dans les paumes.

Il aurait fallu qu'il fasse un rapport, un signalement… Qu'il déclare aux autorités l'objet de sa découverte. Mais il refusait. Il rendrait justice lui-même ! Et puis on n'avait rien de sûr ! Il persistait à croire qu'il y avait une autre explication. Il décida de changer de sujet de conversation.

« Tu as retrouvé ta maison, Jean ?

— *Ié*, comme si je ne l'avais jamais quittée, et figurez-vous que le chien que j'avais laissé à mes locataires s'étant échappé, j'avais cru ne jamais le revoir. Eh bien, il est revenu de lui-même… »

Ce qui rappela à Pierucci son visiteur poilu… Il n'était pas sans évoquer son défunt Clébard, par la taille et le poids. Avec quelque chose de plus vieux dans les yeux, de plus pesant, comme si l'existence et ses misères ne recelaient plus aucun secret pour la pauvre bête. Avant même de le formuler, Pierucci sut qu'il ne repousserait pas l'animal, s'il était encore chez lui à son retour. Il s'accrocha à cela, retrouver ses animaux en rentrant le soir, se restaurer à leurs accueils, car il était au bord de l'effondrement. Pieri le regarda bizarrement, mais n'ajouta rien.

14

MARINE LACHAUD CHANTAIT. Ou plutôt elle se tenait debout auprès d'un groupe de femmes corses qui chantaient en corse, dans une église corse. N'étant pas corse elle-même, elle retrouvait pour l'heure de prétendues lointaines camarades d'enfance, qu'elle aurait connues lors de l'une des affectations de son père, fonctionnaire de police. C'était elle, la petite boulotte aux cheveux frisés, assise au premier rang, entre Angèle et Dominique, dans la cour de l'école, photo année 1962.

« Je ne t'aurais jamais reconnue ! » lui avait dit Françoise, quand elles s'étaient retrouvées, en lorgnant la parfaite coupe de cheveux bien lissés par un coiffeur méticuleux, la manucure, la liposuccion, le lifting, et toute cette panoplie de bourgeoise satisfaite d'elle-même, venue voir ce qu'étaient devenues les autres. Françoise l'inspectait sans bienveillance, elle que la vie avait marquée et griffée, et qui travaillait dans un laboratoire d'huiles essentielles, passant beaucoup de temps dans la maccia, pour ramasser les plantes. Il se dégageait de sa personne une force et une énergie sauvage et attirante. Elle avait la vigueur et l'intransigeance des femmes du pays. Elle menait le chœur des femmes.

Tous les anthropologues ont observé que les petites communautés reproduisent le même schéma : celui du « cercle des bœufs musqués ». Ces animaux redoutables se battent avec violence, font montre d'une grande férocité qui, alliée à une masse et à une vélocité remarquable, peut être extrêmement dangereuse. Les mâles combattent parfois jusqu'à la mort. Mais qu'une hyène approche, ou n'importe quel prédateur, n'importe quel élément étranger au troupeau et tous forment un cercle, au centre duquel ils enferment les petits, les plus faibles, et qu'ils défendent, épaule contre épaule, unis dans un sentiment d'appartenance que rien ne peut rompre.

Il en va de même dans les villages, dans les communautés restreintes, où chacun mène sa vie sans se soucier des autres, se chicane, se vole parfois, se vilipende, jusqu'au moment où l'élément étranger tente sa percée. Alors, le cercle se forme et fait front. Souvent le nouvel arrivant ne se rend compte de rien, dans le troupeau des hommes. Il lui semble qu'il est un parmi d'autres, et il identifie en face de lui un groupe plus ou moins familier, incapable de saisir ce qui lie ce cercle, il n'en perçoit pas la force. Tandis que de l'autre côté, tous qui se connaissent, qui se sont toujours vus vivre, n'identifient qu'un intrus, et tous le rejettent, avant qu'il ne se doute de rien. On le laisse ainsi, le *pinzutu*, croire qu'il a pu acheter l'amitié, la confiance, s'infiltrer, alors qu'il reste à jamais l'écharde dans le sabot du bœuf musqué. Cela ne se fait pas par malice, par méchanceté... C'est ainsi, comme la maccia qui fleurit au printemps, ou le goût des sangliers pour les glands. Une histoire pluriséculaire de résistance, d'invasion, de tentative de captation, à laquelle la population a toujours fait face. Ainsi, un Alsacien qui choisit, il y a bien longtemps, de s'installer en Corse, subit l'ostracisme des habitants, leur rejet, mais persista. Trois générations plus tard, et après bien des unions locales, on ne comble plus son puits de pierres, mais on appelle toujours ses enfants et petits-enfants, la famille de l'Alsacien. Il est bien certain que la Bretagne, la Lorraine, l'Aquitaine ne pensent pas autrement. Que chaque microcosme se constitue autour de son noyau dur. En dépit de toutes les maisons de tous les migrants, il restera toujours un cœur plus ardent, un cénacle ultime, un cercle de bœufs musqués, où les autres n'entreront pas.

Pourtant, en dépit de la permanence de comportements récurrents et reconnaissables partout, chacun pense être d'une espèce différente, d'une essence plus subtile, convaincu que Lui fera l'unanimité, que les autres ne savaient pas ce qu'il sait, Lui. Nous sommes tous certains d'être de super-héros, ceux que l'humanité ordinaire attendait. Convaincus ainsi qu'il suffira que le troupeau nous voie, pour que le cercle s'ouvre. Les autres n'ont pas pu percer la barrière de défense, nous, nous le ferons. Nous avons le bon regard, la bonne attitude…

Il n'en est rien. On vous le laisse croire. Plus ou moins longtemps… C'est tout.

Ainsi si Marine Lachaud était persuadée que ce cercle de femmes, auxquelles elle s'était agrégée pour panser des années plus tard les plaies d'un ego enfantin malmené, s'était enfin ouvert à elle… elle se trompait. Car ces femmes, comme chaque fois qu'elle était venue, lui montrèrent un visage souriant, lui ouvrirent leur maison, reçurent ses cadeaux, mais se regroupèrent le soir, ou s'appelèrent, et défirent en quelques mots tout ce qu'elle pensait avoir acquis durant la journée. « Mi, monta sega ! » « Regarde l'autre m'as-tu-vu ! », commenta Léonie, en guise de de profundis pour tous les soins propres à les éblouir, qu'avait apportés l'ex-fille de policier à son apparence, alors qu'elle racontait à son mari et à ses enfants sa journée. Et la mer en contrebas des falaises battait sa chanson, qui berçait les habitants. Cependant que, forte de ses illusions, Marine étalait sur une chaise les vêtements qu'elle comptait porter le lendemain. Car tout cela n'était qu'une entrée, un hors-d'œuvre, un apéritif, une première passe d'armes. La scène principale de la représentation n'était pas encore jouée. Elle avait des projets autrement plus conséquents.

15

Cela avait été très vite, si vite que les trois compagnons n'avaient pas eu le temps de réagir. La feuille de congé de maladie officielle émanant de Finelli était arrivée le lundi, et le lundi suivant sa remplaçante gravissait les marches blanches du bureau. Elle avait débarqué pile à l'heure, les hommes étaient arrivés alors qu'elle attendait déjà devant les locaux fermés, et médusés, l'avaient trouvée, la figure réprobatrice, devant la porte, les bras croisés. Eux étaient légèrement en retard, mais comme ils le disaient toujours, « ce n'est pas comme si on faisait la queue pour aller les voir ». Pour elle il en allait autrement, elle était payée pour faire un certain nombre d'heures, et elle les faisait méticuleusement. Elle avait tendu sa feuille d'affectation au commissaire sans dire un mot. Son nom s'affichait bien net sur la première page du dossier : « Élodie Trigano-Nada ». Bien sûr et comme pour Pieri, il avait été dûment averti, officiellement et dans les règles, mais pensant sincèrement qu'avec Pieri et Buttafuoco ils suffisaient à la tâche, il n'avait pas imaginé qu'on mettrait tant de diligence à leur expédier une personne supplémentaire. Il pensait qu'on était à l'ère de l'économie, pas dans la problématique de poster en vacances dans le Sud des fonctionnaires inutiles. Et le papier, ou le mail, ou n'importe quoi qui pût les avertir de cette arrivée, avait été perdu, enfin, pas *perdu* au sens propre du terme, rangé dans un endroit peu accessible comme presque tout ce qui était à la fois administratif et inéluctable dans ce bureau, en partant du principe que puisque cela arrivait tout de même, il était bien inutile de se prendre la tête préalablement et de gaspiller ainsi une énergie bien plus utile ailleurs. Cependant, l'arrivée de la saison avait décidé la hiérarchie à renforcer l'équipe. Cela et sûrement les meurtres qui s'accumulaient depuis le mois de janvier. La douane et la gendarmerie avaient constaté eux aussi l'arrivée des renforts.

La nouvelle venue était une femme de taille moyenne, mince, nerveuse, presque sèche. Coiffée d'une volumineuse masse de boucles brunes retenues par un chiffon entortillé autour de la tête, encadrant un visage agréable, menu, aigu. Elle portait un assortiment de vêtements superposés qui semblaient avant tout destinés à brouiller les codes du masculin et du féminin. Des dentelles qui apparaissaient sous un infâme tee-shirt beige, des rangers verdâtres terminaient les longues jambes fleuries d'un pantalon mi-collant mi-large, étrange et inversant les codes habituels de ce qui révèle ou de ce qui cache, clairement et d'un point de vue masculin pour qui la mode comptait peu, parfaitement moche. Quand il la décrivit à Sofia au téléphone, Pierucci parla d'un « genre de souris », revêtue de couches successives, et dont la voix acrimonieuse révélait d'ores et déjà un bel autoritarisme. Bref, elle lui avait beaucoup plu. Lui qui aimait les femmes voluptueuses et nonchalantes, il était servi. Pieri, qui durant son éloignement avait acquis du vocabulaire, parla de « bas-bleu », de « suffragette ». Buttafuoco marmonna : « *Chi di gallina nasce in terra ruspa !* »[1] Elle n'était pas corse, ils n'osèrent lui demander d'où elle venait, elle portait un nom banal qui ne disait rien, et les regardait comme un entrepreneur en BTP qui prend possession d'un chantier juste avant le démaquisage obligatoire. Ils frémirent. Et Pierucci fut de nouveau accablé par un sentiment de malédiction qui lui était aussi familier que sa propre peau. Après la découverte des locaux, les politesses d'usage et la rencontre avec la machine à café, ils se retrouvèrent dans le bureau du commissaire, qui servait de salle de réunion et dans laquelle un joyeux soleil ondulait lubriquement.

Ils firent un point des affaires en cours expliquant les mots, comme si elle lisait depuis quelques jours à peine, elle ne broncha pas, n'exprima aucune opinion, attrapa les dossiers qu'on lui avait donnés, et passa le reste de l'après-midi à ranger-nettoyer-désinfecter comme si elle luttait contre le virus de la peste, dans les

1. Qui naît poule aime à gratter la terre.

locaux qu'on lui avait alloués. Puis, posément, elle alla brancher une bouilloire et se fit du thé. Ils se gardèrent bien d'aller la déranger.

Le soir, quand il prit la route du retour, empruntant le bord de mer, puisqu'il avait garé sa voiture au parking près de la guérite du Portière, il s'arrêta quelques minutes papoter avec celui-ci.

« *Allorù*, commissaire, il s'en passe des choses chez vous depuis quelques jours ! » Pierucci ne fit même pas semblant de s'interroger sur l'origine des rumeurs, ou de s'insurger sur leur étalage, c'était ainsi, à Bonifacio, les secrets passent sous les portes d'eux-mêmes, rien ne sert de tenter de les retenir.

« *Ié*, je suis content pour Pieri !

— Il s'entend avec Butta ?

— Cela viendra, là, ils s'observent…

— Et la nouvelle, elle est mignonne ?

— Tu sais quelque chose sur elle ? »

L'autre prit un air finaud. Aïe, *piriculu,* se mit à clignoter dans son esprit, comme le voyant de la jauge d'essence.

« Elle est mariée à un fonctionnaire haut placé quelque part. Et elle a une grande langue. Attention, je ne dis pas qu'elle *puttagjha* à tout va, c'est plus subtil, elle parle aux bonnes personnes, ne dit que des vérités, mais de celles qui font mal… Ne comptez pas garder secret quelque chose qui se passe chez vous, si elle est dans les parages. Elle raconte tout à son mari, parce qu'elle se prend pour le chef, elle-même. Et agitez-vous, c'est tout le conseil que je peux vous donner… Ne faites pas semblant de bosser, sinon il y aura de la mutation dans l'air.

— Il vit en Corse, le mari ? »

Portière fit un signe de la main, on a beau être lui, on ne pouvait pas tout savoir… Ou du moins, pas tout de suite !

Cagarella il ne manquait plus que cela, un « Zorro », avec le problème de sa mère sur les bras ! Elle ne pouvait mieux tomber. S'il y avait bien une chose qui ne lui était pas nécessaire en ce moment, c'était une balance. Il sentit la contrariété moudre ses tempes. Et puis il se souvint qu'il avait ses séances chez le psy à honorer, s'il ne voulait pas essuyer de sévères sanctions. Décidément, la période était faste. Néanmoins, il appela immédiatement le praticien, prétextant des empêchements d'une voix assez ferme pour être crédible, et convint d'un rendez-vous. Il s'était éloigné de la petite cabane pour passer l'appel, et y revint aussitôt.

« Dis-moi, tu n'as rien entendu d'autre, qui pourrait avoir un lien avec l'affaire ?

— Non, franchement, et c'est étrange. Vous savez à quelle vitesse on voit filer les tenants et les aboutissants ici, eh bien, là, rien !

— Et du Rompifeste, des nouvelles ?

— On m'a dit qu'il a été vu en Sardaigne, mais qu'il va revenir !

— Pendant que j'y suis, Dondolo, tu as entendu des bruits ?

— On dit par ici qu'un médecin qui ne peut afficher une plaque n'a pas les diplômes pour avoir une plaque... Il fait office pour ceux qui ne peuvent se rendre ailleurs. Mais il a des relations...

— Il a de la clientèle ?

— Bah ! *Un la sò !* »

Pierucci était ravi, comme presque chaque fois qu'il avait une conversation avec cet homme prodigieux qu'était Portière. Il avait un don. Il expurgeait le *puttaghju* jusqu'à l'os pour ne garder que ce qui pouvait ressembler à une information. Il ne citait pas de sources, mais uniquement les bruits recoupés par la *vox populi*, et lui épargnait de longues investigations et des excès de bavardages. Il nota intérieurement de signaler à ses collègues de ne pas rater le Rompifeste quand il reviendrait, de peur qu'il ne l'oublie lui-même. Il salua enfin et récupéra son véhicule, bien contrarié tout de même par le mot « relations » qui expliquait ses obligations actuelles.

Il fit trois courses chez son cousin, à la boulangerie, en remontant l'avenue Sylver-Bohn, bien content d'y trouver pain et *fugazzi*, ce gâteau très sec qu'il adorait surtout à la sortie du four, comme à présent. Enfin, il remonta chez lui un peu triste de s'y trouver seul.

La grosse Paolina, son bâtard se précipita sur lui dès qu'il descendit du siège, mais il eut la surprise de constater que le chien étranger était toujours là, auprès du même arbre, semblant ne pas avoir bougé. Il entra, leur prépara à chacun une gamelle, et porta à l'étrange animal de l'eau et de la nourriture, avant d'aller se préparer lui-même un plateau de fromage, de pain et de vin. Il s'assit sous les lueurs du soleil couchant, et prit des notes sur ce qu'il ne devait oublier sous aucun prétexte le lendemain. Puis, étreint par la solitude de ce soir rougissant qui coulait sur la mer, il décida qu'il lui fallait entendre les voix de sa famille.

Il appela son fils, le trouva toujours aussi heureux de son dépaysement.

« *Figliu*, tu peux me faire une recherche sur Internet, s'il te plaît… Tu sais ce Dondolo qu'on m'a demandé d'aller voir, je t'en ai parlé ? Eh bien, je voudrais que tu me le « Googlises »… Tout de suite ? Ah… OK… *Grazie filiu, bacchi !* »

La nature était en paix, il ne régnait pas encore une température suffisante pour que les grillons se mettent à chanter, ou peut-être étaient-ils déjà morts, allez savoir, il était obsédé par cette histoire de grillons, mais quelques crapauds siffleurs se répondaient dans la douceur du soir. Il repensa à l'histoire écrite par Angelo, l'homme dont l'ambition était de faire de l'ombre au soleil, se demanda où il allait chercher tout ça, et laissa son esprit traîner sur la journée ; tous ces événements qui s'étaient succédé et qui l'épuisaient.

C'est alors qu'il vit la voiture remonter son allée au ralenti, une tête se pencher à la portière, cherchant son chemin, un regard le fixer, avant qu'une silhouette ne s'avance vers lui. Tout cela ne faisait pas sens, il était fatigué, il ne pensa pas même à se lever. La nouvelle arrivante, car c'était une femme, progressait vers lui rapidement, avec un immense sourire. Il détailla les courbes généreuses, la bouche en bouton de rose, la joie du visage, et se demanda qui elle pouvait être. Personne d'ici en tout cas.

« Armand ? C'est bien toi ! Je t'aurais reconnu entre mille ! »

Il ne répondit pas, craignant de commettre un impair, attendant la suite.

« Marine ! se présenta-t-elle, Marine Lachaud. Nous étions ensemble à l'école primaire… »

Décidément, il ne retrouvait rien de familier dans ce visage, mais resta souriant.

« Voulez-vous vous asseoir ? » Poli parce que ne se supportant pas tout seul et qu'elle n'était pas laide.

— Volontiers ! Quelle belle vue, comme on est bien ici ! Mais cette maison était-elle déjà à toi autrefois ? Je ne m'en souviens pas ! J'ai demandé aux gens, et ils m'ont dit où je pouvais te trouver avec tant de gentillesse ! » « Encore une rumeur qui allait filer à toute vitesse sous les portes ! », songea Pierucci.

« À mon père, mais il la louait à des gens du continent.

— Je ne te dérange pas ?

— Nullement, voulez-vous du vin ? » Politesse de rigueur, il se leva pour aller chercher un verre supplémentaire, peu ravi de partager cette bonne bouteille de Castellu di Baricci, qu'il pensait vider tout seul. Mais éduqué tout de même. Par ailleurs, il n'aimait pas ce tutoiement.

« Tu ne me reconnais pas ? » demanda-t-elle après une gorgée.

— Non, je suis désolé. Vraiment ! Mais j'ai peu de souvenirs précis de mon enfance, ce n'est pas propre à vous. C'est général.

— Moi, gazouilla-t-elle, c'est tout le contraire. J'ai passé ma vie à regretter la Corse et je me suis toujours dit qu'un jour je reviendrais.

— Vous habitez sur le continent ?

— Mon mari est chirurgien en Bretagne. » Elle avait prononcé le mot chirurgien, comme on exhibe un bijou, et se rengorgea inconsciemment. Il ne sut qu'ajouter. Dit-on « félicitations » dans ces cas-là ? Et « condoléances » dans le cas d'une autre profession ?

« Toi et Andria Maxiola, vous étiez les idoles de toutes les petites filles, tu t'en souviens ?

— Euh ! Non, pas vraiment. Je crois que les garçons sont moins éveillés que les filles, et du moment qu'ils ont un camion ou un ballon… Je ne sais pas si vous le savez, mais…

— Il a été assassiné ! Oui, je sais, j'ai vu des amies de l'époque, elles me l'ont dit. Quelle horreur ! Un homme si gentil. Mais je l'avais revu.

— Ah, avant son…

— Oui, cela fait plusieurs fois que je reviens ici, je loue chez Piro. Et à ma dernière visite j'avais repris contact avec lui, quel homme charmant, et comme ce crime est incompréhensible. Mais puisque tu es sur l'affaire, les criminels doivent trembler. »

Elle ne plaisantait même pas en proférant ces mots, elle arrondissait sa bouche, et laissait s'échapper les sons comme des ronds de fumée. Elle dégageait une indéniable sensualité, à laquelle il n'était pas insensible. Il lui proposa de partager son repas, ce qu'elle accepta sans façon. La soirée passa vite et agréablement, et quand elle reprit la route, il en eut presque un regret… Le regret du chasseur qui voit s'éloigner sa proie.

Il avait pris rendez-vous chez celui qu'il se refusait à nommer autrement que « le charlatan », Dondolo donc, au point du jour, afin de disposer de toute sa journée. Le bureau était à quelques minutes de son domicile, du côté de Santa Manza, il s'y rendit à contrecœur, mais avec le sourire, retrouvant la même misère, le même air de désolation, et subissant le même cérémonial destiné à lui faire comprendre qui était le mâle dominant, avec une distance et un sens de l'autodérision qui eut au moins pour effet de lui faire garder son calme. Cependant, et bien qu'il fût conscient qu'on avait avalisé en haut lieu ces séances, la donne avait changé, L'homme n'existait pas sur le Net, pas de raison sociale, nulle part, aussi était-il souriant. L'autre affecta un accent encore plus difficile à comprendre, des tournures de phrases encore plus alambiquées, désirant manifestement le mettre en situation d'infériorité par un vocabulaire et une diction qui était destinée à impressionner. Pierucci fit le bon élève, demanda à préciser, à reformuler, à rétrécir le champ de l'interrogation, il faisait le besogneux, l'assidu, le type un peu coincé, la tête obéissante, mais stupide, le fonctionnaire discipliné perdu dans le jargon. Il s'amusa, l'heure passa très vite. Quand les aiguilles eurent tourné, il se leva, sortit sans demander, et s'assit dans son véhicule, où il extirpa de sa poche le petit enregistreur numérique qu'il avait mis en marche. Il s'arrêta, après avoir vérifié que le volume sonore était convenable et repartit le sourire aux lèvres. Alors mon gars, on se fait passer pour ce qu'on n'est pas ? Eh ! Qui il était ? Il revint au bureau, sourire aux lèvres.

Sourire qui s'évanouit en constatant le chantier qui se trouvait dans les locaux : « C'est quoi, ça ? », s'étonna-t-il en voyant son bureau noyé sous une nappe de papiers jetés plutôt que posés, et dans laquelle il trouva de tout. Cela passait par le mode d'emploi de la photocopieuse, jusqu'aux arrêtés de nomination. Élodie passa une tête accusatrice :

« J'en ai trouvé partout, y compris dans le placard à café ! Une honte ! Pas étonnant que vous ne sachiez pas que j'arrivais.

— Comme quoi ils avaient raison de vous envoyer. Eh bien, maintenant il ne vous reste plus qu'à me classer tout cela, le mettre en chemises et réorganiser l'armoire aux dossiers suspendus…

— Hé ! Je ne suis pas secrétaire !

— Comment, mais vous êtes bien la remplaçante de Finelli, non ? Eh bien, c'était son boulot à Finelli, de s'occuper de la paperasse, donc à présent, c'est le vôtre », jabota Pierucci avec la plus grande mauvaise foi. « Et je vous prie de changer de ton quand vous vous adressez à moi. Ah ! En revanche, madame Trigano...

— Nada ! Trigano-Nada !

— Madame, nous avons une femme de ménage, et je ne voudrais pas que vous nous regardiez comme de vilains machistes, mais elle doit faire son travail, vous le vôtre. En conséquence de quoi, concentrez-vous sur cela, et soyez gentille, récupérez-moi tout votre bordel, tout de suite. »

Il avait pris le regard des mauvais jours, celui qui dit « ÉVITEZ DE ME CONTRARIER » et elle sut intégrer l'info. Elle embarqua tout, de mauvais gré, puis Pieri et Buttafuoco vinrent le rejoindre dans son bureau.

Il s'était remis à pleuvoir des trombes et l'humidité rendait le temps pénible et froid. Les gens s'étonnaient dans les rues de voir tant d'eau, au point que le sol refoulait de toute part comme un estomac trop plein qui ne peut plus rien avaler, en créant de nombreux dégâts. Ils s'assirent à la table ronde.

Buttafuoco tournait le dos à la fenêtre, faisant face au commissaire. Il attendit que Pieri prenne la parole en premier.

« Voilà ! Nous nous étions demandés dans quelle mesure le traitement infligé au corps était un message quant au meurtrier. Nous avons su par le rapport d'expertise qu'un taux assez fort de benzodiazépine avait été injecté dans le sang, ce qui faisait de Maxiola une proie facile à l'heure de son assassinat. Ce que nous ignorons, c'est qui la lui a fait prendre, et comment il a pu conduire ce soir-là. Sa famille proche — femme, enfants — est hors de cause, elle se trouvait au cinéma puis au restaurant à Porto-Vecchio, nous avons tous les justificatifs et témoignages nécessaires. Il était seul pour la fermeture de l'établissement, ses collaborateurs étant rentrés avant lui et ayant fait l'objet d'un contrôle de police dont les gendarmes se souviennent. Le petit personnel était dans l'appartement loué par l'entreprise, et selon leurs dires, aucun n'était manquant. Donc, si on fait le point à ce stade : un inconnu…

— Ou une inconnue…

— Oui, un ou une, a obtenu un rendez-vous, l'a rencontré, l'a tué et a disparu dans la nature après s'être débarrassé du corps.

— Que dit le téléphone ?

— Rien, pas d'appel reçu ni émis sans qu'on puisse identifier et vérifier l'interlocuteur. Pas de mail, pas de courrier… Pour l'instant on ne sait pas comment il a été contacté… Bref, tout ceci vous le savez. Mais moi je me disais que ce parfait citoyen avait peut-être été à un moment un parfait salopard et qu'il traînait un cadavre dans ses placards. Genre viol à venger, ou je ne sais pas quoi du même tonneau. C'est donc la piste que j'ai suivie. J'ai interrogé des gens de sa génération qui ont fait leurs études à Aix comme lui, des filles de son âge, j'ai ramassé quelques photos — il montra une belle boîte, pleine à ras bord — des noms, et les listes des étudiants, ainsi que des disparitions, des accidents, des plaintes en tout genre qui pourraient le concerner dans les lieux où il avait vécu. Je reste sur la piste de la femme. En fait, j'ai des masses de documents à compulser, donc je voudrais savoir si on s'y met ensemble, ou si je travaille avec l'*Érinye* ?

— Qui ?

— Elle, Élodie machin, la reine du ménage et de la vengeance… »

Pierucci consulta Butta de l'oeil, vit qu'il avait lui aussi une piste, haussa les épaules en signe d'acquiescement.

« *Ebbè ! Eccellènte ! E tu ?*[1]

— J'épluche tout ce qui a trait aux biens. J'ai pensé à quelque chose qu'il aurait eu sans droit, ou au contraire qu'on veut lui prendre… J'ai cherché s'il s'était approprié une terre, un immeuble, ou une valeur qui ne lui appartenait pas au détriment de quelqu'un d'autre. Il a beaucoup de terrains, beaucoup de champs, de la forêt, il est dans plusieurs indivisions. C'est un long travail…

— *Éa ?*[2] J'ai commencé à voir dans ce sens-là, moi aussi, suivant toujours l'idée du vieux Barcelli, mais

1. Eh bien, excellente, et toi ?
2. Vraiment ? Marque l'incrédulité.

je me suis axé sur les zones sensibles, les endroits à problèmes. Peut-être une histoire de permis. De toute manière, il va falloir envoyer un mémo pour Aix, qu'ils fouillent localement…

— Je ne pense pas que le meurtre soit lié à une affaire continentale, il s'y rendait souvent, habitudes régulières, pied-à-terre, apéritifs en terrasse, ils avaient l'occasion autant qu'en Corse. Mais on n'écarte rien… »

Pierucci trouva que l'absence de Pieri lui avait été profitable, il avait les idées claires, de la méthode, il était devenu plus rapide… une vraie mutation.

« Ça m'étonnerait que tout soit aussi transparent que cela en a l'air. Personne n'est transparent à ce point ! s'exclama Butta, même les bleus qui sont sur l'affaire sont surpris. On ne meurt pas de cette manière quand on est aussi propre sur soi. Pas possible.

— D'où l'histoire de cul quelque part… »

Le commissaire était ailleurs. Il se demandait s'il fallait mettre Buttafuoco au courant pour ce qu'il avait découvert des crimes de sa propre mère. Mais il préféra garder cela entre Pieri et lui. Pieri, au moins, il la connaissait, ce qui rendait toute l'histoire crédible. Pour quelqu'un qui la découvrait, cela relevait de l'élucubration pure et simple. Il n'en demeurait pas moins qu'il fallait qu'il s'occupe de cela aussi ! Ils avaient trouvé l'adresse à laquelle la présumée Mme Casamozza s'était rendue au sortir de Castellucciu, mais n'avaient pas encore pu vérifier si quelqu'un s'y trouvait encore et si c'était bien elle. Il devait attendre le week-end, parce qu'avec Élodie… Pas question de gruger le contribuable. Le Gros dut l'entendre penser, car il demanda :

« Au fait je compte toujours sur vous, pour le baptême de Constance à Ajaccio ce week-end ? »

Constance, comme Constance Casamozza. Pierucci acquiesça, reconnaissant. On ne le laissait pas seul.

« Au fait ! *Patrònu*, vous y êtes sur quelques-unes de ces photos ! Vous voulez les voir ?

— Je les regarderai, mais pas aujourd'hui ! J'ai à faire… »

Ils convinrent de déjeuner ensemble, et puisque Antonnella avait transformé la Merandella en magasin de vêtements, ils décidèrent d'opter pour le Kissing Pigs qui, en dépit de son nom simplement ridicule, proposait le *spuntinu* à la corse, et pas de ces hamburgers internationaux qu'ils ne supportaient plus. Ils commandèrent un Abbatucci à l'arôme parfait, et commentèrent les travaux du port, comme à peu près tous les Bonifaciens quand ils ne parlent pas des changements climatiques. De fait, le lieu était métamorphosé. Les terrasses disparates, les toiles multicolores, les auvents et marquises anarchistes installés dans tous les coins avaient disparu, sagement remplacés par des terrasses uniformisées, et des trottoirs de bois gris. Cela donnait un air de luxe et de propreté tout à fait innovant, même si la joyeuse pagaille colorée et les surenchères d'autrefois avaient aussi leur charme.

« Vous avez vu comme cela se construit de partout ? Si on ne passe pas dans un coin pendant six mois, on ne reconnaît plus rien ensuite.

— À ce propos, il y a une manifestation à Figari, vous êtes au courant ? Ils veulent construire un complexe hôtelier sur la pointe.

— Quoi ? Défigurer ce site ?

— Ne te fais pas d'illusions, bientôt on sera bétonné de partout. On aura des "ports Fréjus» à tous les coins de la Corse, avec des immeubles bâtis sur eau, comme à Venise.

— *Ié*, sauf, que s'il continue de pleuvoir comme ça, on aura le climat de la Normandie et personne pour les acheter, ces merveilles immobilières. »

Le silence tomba sur leur table, car Élodie venait de faire son apparition, et s'était installée seule, un peu plus loin. Aucun d'entre eux n'eut le moindre regret de l'avoir ignorée, et même, sa présence trop proche les dérangea... Le jambon, la coppa, le *prisuttu* étaient parfaits, de toute manière il n'y avait pas d'urgence à parler.

Ils touillaient mollement leurs cafés, quand Marine Lachaud fit son apparition. Elle les aperçut de dehors, fit un signe de la main et entra sans façon. Pierucci était un peu ennuyé de ses manières trop directes, mais les autres sourirent, alors elle s'assit parmi eux. Elle était ce jour-là, vêtue d'une robe collante rouge et blanche, un peu boudinée à la taille et aux bras, mais qui avait l'avantage d'être gaie et lumineuse. Elle raconta quelques anecdotes de la petite école, dans leur jeunesse et cela amusa les lieutenants d'imaginer un Pierucci attaché comme un furieux à son goûter, au point de perdre sa concentration, dans l'hypothèse où on le lui aurait arraché. Lui, peinait à se reconnaître, voire à se souvenir des anecdotes qu'elle narrait en souriant, elles auraient pu sortir d'un feuilleton à la télé, mais il n'aurait pas pu jurer non plus qu'elles ne s'étaient pas produites. Elle avait une jolie bouche pulpeuse et cela faisait accepter bien des inepties, on est homme, n'est-ce pas ? Pieri était sous le charme, il s'était déjà fait refiler une méthode de relaxation et un régime infaillibles, en quittant la table, on aurait dit que ces deux-là étaient justement ceux qui se connaissaient depuis l'enfance. Mais quelle que soit l'énergie amicale que la femme dispensait, le commissaire était mal à l'aise.

« Donc, si j'ai bien compris, énonça-t-elle, Jean Pieri ici présent vient juste de revenir au bureau avec vous ? Mais cela mérite une petite fête ? Et se tournant vers Pierucci : si tu veux, je fais la cuisine chez toi, ce sera sympa ! »

Il en perdit ses moyens. Pour être directe, elle était directe. Les deux autres opinèrent, ni refusant, ni acceptant, attendant que leur chef se débrouille de la suite.

« Là tout de suite ce ne sera pas possible, on est débordés, mais on va y penser… »

Elle leur fit la bise, un sourire mutin, les abandonnant, un peu vexée de ne parvenir à ses fins, reprenant la Marine dans le sens contraire.

« J'aimerais juste voir la tête de Sofia, si elle apprend que ta belle amie d'enfance a touché à ses casseroles. Je pense qu'elle préférerait encore qu'on te touche toi ! », émit Pieri en regardant le ciel… Pierucci en frémit.

Armand prit le chemin de l'étude notariale, songeant au temps où elle se trouvait aux portes de Bonifacio, gardée par un personnage dont l'empreinte avait marqué la ville. Elle avait fait l'objet d'un grand nombre de reprises ces derniers temps, mais il semblait que les deux associés présents fussent là pour durer. En l'occurrence, dans le bureau dépouillé et en chantier où on l'avait fait pénétrer, il n'y avait que Me Pavodani. C'était un homme de petite taille, enveloppé, plutôt que vêtu, d'un costume dont l'excellence du tissu indiquait le prix, en dépit des accordéons que le pantalon faisait sur les chaussures. Brun, le nez fort, il était volubile, et affirmatif. Des liasses étalées partout, y compris en vrac par terre, un très bel écran d'ordinateur, quelques objets de bureautique de marque, un fauteuil de cuir et deux fauteuils visiteurs moches et inconfortables composaient l'ameublement de la pièce.

Il n'avait rien gardé du lourd mobilier de bois sombre d'autrefois, de l'ambiance compassée de riche notaire de province, Balzac était oublié. Pierucci fut étonné de se trouver seul, ayant inconsciemment pensé qu'il y aurait d'autres appelés, mais n'osait poser de questions, tant l'incongruité de la situation le prenait à la gorge. Qu'avait-il à faire ici ?

Le notaire farfouillait dans les feuilles placées devant lui. Dehors, il pleuvait encore. De la pente pierreuse sur laquelle donnait la fenêtre, de petits ruisseaux dévalaient, en entraînant mille menus objets et en ravinant le sol trop mou. Tout était d'un vert ardent.

« Ah ! Voilà ! Si vous avez été convoqué, monsieur Pierucci, c'est en raison d'une clause spéciale du testament de Raphael Maxiola, lequel est décédé il y a un peu moins de deux ans de cela.

— La répartition de l'héritage n'a pas encore été faite ? », ne put se garder d'intervenir Pierucci.

« Veuillez me laisser lire, s'il vous plaît. Ainsi que je le disais, et comme le confirment les divers extraits d'état civil que je me suis procuré, vous êtes appelé à la succession de M. Maxiola…

— À quel titre ?

— Hum, et bien… en qualité de fils adultérin.

— De quoi ? »

Il n'avait pas vu arriver le coup et prit l'uppercut en plein foie. C'était une farce ! Quelqu'un allait finir par dire que sa vie n'était qu'une succession d'événements improbables et hautement ridicules, il n'écoutait plus, et l'homme de loi s'en rendit compte, qui manifesta clairement sa réprobation.

« M. Maxiola a fait ici même une déclaration sous serment, vous reconnaissant comme fils et héritier né durant le mariage de votre mère avec M. Pierucci, mais bien de ses œuvres. Il demandait, dans cet acte, que vous soyez averti du fait, uniquement si son fils reconnu ne serait pas en mesure de recueillir le legs en question, où si, décédé avant vous, il ne laisserait pas d'héritier mâle. Sans cette déclaration, vous n'auriez probablement rien su, vous ne pouvez donc vous estimer lésé de quelque manière que ce soit des délais dans cette affaire… ou d'une part insuffisante. » Le ton était froid, distant, comme si Armand avait eu l'idée d'aller contester quoi que ce soit à cette famille dont hier encore il ignorait l'existence. Comme si même il voulait récupérer le moindre centime provenant d'un homme qui n'avait pas trouvé le moyen de le rencontrer de son vivant. On nageait dans le délire.

« Je ne suis pas un charognard, maître, et je pense qu'une pareille nouvelle…

— Je ne doute pas un seul instant, si vous l'ignoriez, des effets qu'elle peut produire sur vous…

— Que les choses soient claires, dès maintenant. Je refuse d'accepter quoi que ce soit, j'ignore quel lot de consolation tardif, une fois que tous les héritiers légitimes y sont passés, il me réservait, mais quoi que ce soit, cela ne m'importe pas, je ne suis pas concerné, et je ne veux plus rien entendre.

— Il avait envisagé cette hypothèse. Ainsi, il vous avait écrit — ici, il tendit une lettre que Pierucci sonné, prit — et m'avait demandé de vous expliquer avec toute l'insistance nécessaire les faits suivants : la villa Maxiola, qui se trouve sur les hauteurs de Bonifacio…

— Je la connais… Et je m'en fous…

— … a été bâtie par l'ancêtre génois de la famille, en des temps très reculés. Ce bien a une valeur symbolique telle que tous ceux qui en ont eu la garde ont accepté les conditions qui s'y sont rapportées. Depuis que votre ancêtre est arrivé de Gênes, depuis qu'il a été le premier à construire cette belle demeure, elle a toujours été transmise de père en fils. La tradition a voulu qu'elle ne soit jamais la propriété d'une femme, qu'elle soit toujours donnée à un garçon, ou à défaut un neveu. Le reste des biens de cette famille a toujours été suffisamment conséquent pour que la propriété ne fasse jamais l'objet d'une contestation, et chaque nouveau propriétaire s'en est senti le gardien dans le respect de la tradition. Je dois dire qu'il s'agit d'une maison très ancienne, dont l'entretien est coûteux, ainsi, pour subvenir à l'entretien de la villa, il est prévu un compte en banque destiné à son maintien dans la famille, ses réparations, à l'exclusion de tout autre usage, le legs est supervisé par un conseil d'administration, au sein d'une société civile. Raphael en a hérité de son père, et celui-ci de son oncle, car la branche aînée avait perdu son fils dans des conditions compliquées il y a trois générations, que vous pourrez comprendre dans les documents joints ici. M. Maxiola n'avait pas l'intention de venir perturber votre vie, et sans le décès de son fils, lequel n'a pas d'héritier mâle, il ne se serait probablement pas fait connaître… Vous n'auriez rien su. Vous verrez que l'histoire familiale est longue et complexe et que ce qui vous arrive n'est pas une première, parfois même des drames sont nés de cette transmission un peu archaïque, mais la famille s'y est toujours pliée. Vous connaissez l'attachement de nos familles à leurs traditions...

— Je n'en veux pas ! Il se trompe, et je ne veux pas d'un héritage pris à d'autres, vous vous égarez maître. Je n'ai jamais entendu une histoire pareille, obsolète, archaïsante et qui ne me concerne en rien.

— Sachez que votre frère, le pauvre Andria, était au courant de cette clause, et il m'a manifesté depuis longtemps, dans la lettre que voici, sa volonté de respecter la volonté de son père. Il a trois filles et, s'entendant très bien avec son épouse, ne songeait pas à rompre leurs liens pour avoir un fils, ainsi l'hypothèse de l'impasse avait-elle déjà été envisagée par lui, il comptait vous en parler, mais ces derniers temps, il était très occupé. Le bien, si vous l'acceptez, est inaliénable, il sera transmis à votre fils dans les mêmes conditions.

— Cette histoire n'a aucun sens, je refuse.

— Avec le domaine, sont rattachées quelques possessions sans valeur à l'ouest, derrière Rocca Pina, qui elles aussi sont passées ainsi de main en main depuis le Moyen Âge, poursuivit le notaire imperturbable. Voici un double de l'arbre généalogique, où le testataire a noté les changements successifs de propriétaires, vous trouverez la curieuse histoire de ce domaine, et voici une lettre de M. Andria Maxiola. Ayant prévu les sentiments qui vous agiteraient, Raphael Maxiola m'a suggéré de vous recevoir autant que vous le souhaiterez pour répondre à vos interrogations, il vous demande de réfléchir calmement durant huit jours, avant de donner une réponse, je n'ai pas le droit de recevoir un refus avant cette date, et la proposition ne s'éteindra que sur un acte de renonciation formel. Le domaine, faute d'héritier mâle, sera alors attribué à une fondation… En réalité, votre statut est celui d'un usufruitier, car la nue-propriété et la gestion sont entièrement du ressort de la société qui en a la charge.

— L'épouse d'Andria connaissait-elle les spécificités de cette demeure ?

— Je le pense, puisqu'ils ne l'habitaient pas, et qu'elle avait sa propre villa. Quoiqu'elle ignore, je pense, votre lien de parenté. »

Pierucci se transformait lentement en pierre. Il n'avait rien vu arriver, et cela lui tombait sur la tête comme un plafond en béton. Rien n'était vrai dans toute cette histoire. Rien ! Il lui était incapable de proférer le moindre mot, le moindre son. Il se leva comme une marionnette, serra la main de l'homme de loi, ou plutôt celui-ci secoua-t-il la sienne, et remonta en voiture. Il avait posé, sur le siège passager, les documents dont on l'avait muni. Rien ne faisait sens, tout n'était qu'une succession de bruits, de parasites. Il avait l'impression de flotter, plein de questions, plein d'angoisses. Il y a des choses qui n'arrivent pas à un certain âge, on doit être au moins protégé de ce genre de découverte. Il appela le bureau pour dire qu'il avait besoin de la fin de la matinée, qu'il serait de retour si possible au début de l'après-midi. Pieri qui avait pris l'appel comprit qu'il n'allait pas bien.

« Vous avez besoin de moi ?

— *Inno, Ghjovannu, inno*, je reviens tout à l'heure. »

Chez lui, il s'assit sur le canapé, enveloppe fermée sur les genoux, et respira à grande goulée. La tête lui tournait. Sa mère avec Raphael ! Son père... Ce qui restait de l'image du couple de ses parents avait volé en éclats, quoique d'une certaine façon il comprenne mieux l'indifférence de son père officiel. Il chercha son visage dans la poubelle de ses souvenirs, mais ne trouva qu'un masque tout lézardé, tout chiffonné. Il tripota la lettre, et se décida à ouvrir. Il y avait plusieurs feuilles.

Éccu Armand,

Pendant des années, j'ai fait avec toi la marche du crabe. Un pas en avant, deux en arrière. J'y vais, je n'y vais pas ! J'ai été lâche, j'ai reculé devant l'idée de ton regard en apprenant la vérité, et je n'ai pas voulu non plus me heurter à l'inconfort de la situation. Rien de glorieux. Je confie cette lettre à mon notaire, espérant que j'aurai le temps de t'aborder, mais si ce n'est pas le cas, je veux que tu saches qu'il faut me pardonner. J'ai connu ta mère durant l'été qui a précédé ta naissance. Elle jouait une pièce de Feydeau en tournée, dans le sud de la France, avec des acteurs assez prestigieux, et avait atterri un soir, après la représentation dans mon bar, à Nice. Elle était très belle, très lumineuse, il était impossible de ne pas tomber sous son charme. La troupe avait fait la fête après son succès, elle portait une robe blanche décolletée aux épaules et ses cheveux ondulaient joliment. Je suis tombé amoureux immédiatement. Son spectacle s'arrêtait pour une semaine dans ma ville, mais il y eut des prolongations. Elle est donc revenue dans mon établissement, seule, et elle m'a écouté. Je ne savais pas qu'elle était mariée. Personne ne le savait, elle était connue sous un pseudonyme, Michèle Vernier, un nom comme on en trouvait ces années-là... Nous avons eu une relation, très forte, très intense, j'étais fou d'elle et quand ils se déplaçaient, j'allais la voir. Fréjus, Saint-Raphaël. Je la retrouvais après le spectacle. C'était un été magnifique. Je voulais l'épouser, la garder pour moi et un soir, je l'ai invitée dans un grand restaurant, et le lui ai demandé. Elle a dit « oui », j'étais le plus heureux des hommes de la terre. Le lendemain, j'ai trouvé sa porte fermée, elle n'a plus répondu au téléphone, et quoi que j'ai pu entreprendre, je n'ai pu la revoir, ni ce soir-là, ni plus tard. Je n'ai pas eu d'explication, pas un mot, rien. On m'avait dit qu'elle était mariée à un Corse, que je devais lâcher l'affaire. Comme tous ceux de la diaspora, je rentrais souvent, et c'est en Corse que je suis allé cuver mon chagrin. C'est là que j'ai fait la connaissance de celle qui est devenue ma femme, rencontre voulue par mes parents. Enceinte presque tout de suite, elle avait le droit à ma protection, j'ai pensé que c'était le destin, je l'ai épousée. Le temps est passé, on n'oublie rien, mais les regrets sont moins vifs. Un jour, j'ai vu un reportage photo dans un magazine, où ta mère posait en compagnie de ton père et de toi. J'ai su qu'elle était mariée depuis cinq ans quand je l'ai rencontrée, il n'y avait pas de date te concernant, pas d'âge, on aurait dit qu'elle était trop jeune pour être mère. J'ai ressenti de l'amertume, mais je le jure, je n'ai rien compris à ce moment, juste que non seulement elle avait un époux, mais un jeune enfant, j'étais écœuré. Et puis elle t'a inscrit à l'école de Bonifacio, mais ce n'était pas elle qui vivait avec toi, c'était une de tes tantes, je n'ai pas fait le rapprochement. Jusqu'au jour où elle est venue te chercher. Et toi, tu te tenais en haut des marches, avec Andria, votre ressemblance était tellement frappante, qu'alors cela a été aveuglant et j'ai pensé que tout le monde savait… Mais ce n'était pas le cas… Alors, j'ai sincèrement voulu m'occuper de toi, mais je ne savais comment faire. Ta mère qui a accepté de me rencontrer et qui a confirmé mes suppositions refusait absolument que son mari soit au courant, et qu'allais-je dire à ma femme ? J'ai été lâche ! Je t'ai vu grandir, il m'est arrivé de t'aider sans que tu le saches, et sans te mentir, j'ai toujours gardé un œil sur toi. L'ironie de la situation, c'est que si tu découvres qui je suis pour toi, cela voudra dire que tous ces crimes de ma vie n'ont servi à rien, et que j'ai fait du mal en pure perte… Ne sois pas amer, Armand, je suis heureux que la maison me rappelle à mes devoirs, et me rapproche de toi. Même si c'est trop tard. J'ignore comment un homme de ton âge pourra faire face à cela, et j'avoue que je préfère ne pas y penser, mais je sais que tu as un fils, toi aussi. Pense qu'il s'agit de son héritage, autant que du tien, et que pour une raison que tu comprendras, cette maison fait partie de nos os. Je compte sur ton intelligence, mon fils, et sur ton pardon.

RM

Une pochette avec d'autres lettres qui, examinées rapidement, émanaient des propriétaires successifs et se rapportaient à leur mise en possession, lui montra que le chemin de la villa avait été tortueux, mais qu'elle avait fait l'objet d'un amour ardent. Comme il put le voir rapidement, ce n'était pas la première fois que la situation échappait à la voie rectiligne…

Des papiers anciens, des papiers récents…

Une lettre d'Andria.

Un frisson désagréable lui parcourut le dos, les morts lui parlaient et il n'aimait pas cela. Il déplia le papier.

Mai 2001 Bonifacio
Armand,

Étrange révélation, n'est-ce pas ? Mon père vient de tout me raconter… Pardonne-moi, je ne parviens pas encore à dire « notre père ». Je savais pour la maison, j'ai toujours su à la fois qu'elle m'appartenait et qu'elle posait un problème, car je n'ai pas eu de fils, et sans cousin, (on dirait qu'on fait beaucoup de filles chez moi, depuis quelque temps…) En dépit de cela, il y avait dans l'attitude de mon père face à ce vide successoral une sérénité qui m'in-

terpellait, mais il ne m'avait pas parlé. J'ignorais pour toi... Quoique si j'interroge ma conscience il me semble qu'inconsciemment, j'ai toujours su, qu'il y a toujours eu ce rideau rouge que je n'avais qu'à tirer pour que la vérité se fasse... Trop de signes. J'étais jaloux. Quand nous avons fait le lycée de Sartè ensemble, que tu apparaissais, mal vêtu, les cheveux en bataille, bronzé à en être noir, comme tous les enfants qui vivent beaucoup dehors, et qu'il te voyait, alors il me semble que mes tripes se nouaient. Il me jetait un coup d'œil, et semblait me reprocher mon élégance, mon confort... C'est ainsi. J'étais content quand tu as poursuivi sur Marseille, que tu as provisoirement disparu, et puis tu as fait ta vie, moi aussi...

Or, voilà qu'après un repas en famille, mon père s'échauffe et nous arrivons à des mots durs, je n'ai « que » des filles, ai-je l'intention de réagir ? Je réponds que non, que je ne suis pas comme lui attaché à ce domaine, que je m'en fiche. Alors, il me parle de toi.

Ainsi donc, je ne suis pas surpris.

Tu dois trouver également étrange, n'est-ce pas, d'écrire « au cas où il m'arriverait quelque chose », comme me l'a suggéré mon père, dont j'ai l'impression qu'il le souhaite presque pour pouvoir te rendre le trône qui t'était dû. Rassure-toi, je n'ai aucune animosité contre toi, au contraire. Ainsi va la vie, nous ne maîtrisons rien. Et peut-être vais-je mourir centenaire après avoir engendré de nombreux fils... Peut-être cette lettre tardive et un peu amère finira-t-elle en poussière sans avoir été lue de personne. Mais...

Mais si ce n'est pas le cas, alors, accepte, Armand, si tu dois lire cette lettre, accepte, en pensant que j'étais d'accord, même si je n'ai pas vraiment eu le choix. Mais puisqu'il faut un prix à nos souffrances, que tout cela n'ait pas été pour rien.

A

Armand reposa la liasse et replaça le tout dans le dossier avec un soin méticuleux, comme si les événements pouvaient être tenus à distance par l'ordre, comme si la cruauté pouvait être rangée dans une boîte, comme si le ménage nettoyait le monde. Des images lui vinrent. Solitude, vagabondage dans la *maccia*, la chasse, les oncles... Alors, il n'était qu'un orphelin pour eux ? Ils n'étaient que des étrangers bienveillants ? Impossible, ils avaient trop de ressemblances. Il se frotta les yeux. Son père, enfin le mari de sa mère... Son indifférence. Sa constante indifférence. Mais on disait qu'il n'attachait pas d'importance à grand-chose... Et puis la lueur aveuglante : l'incinération récente, il en avait compris la cause. *Elle* s'était arrangée pour qu'il ne puisse pas procéder à un test génétique. Voilà la raison de sa manœuvre. Elle avait su pour le meurtre, elle savait pour le domaine, elle s'était arrangée pour qu'il ne puisse pas avoir de certitude du côté de son père. Qu'il ne puisse procéder à aucune analyse, qu'il reste dans le doute, dans la torture des questions.

Certes, mais il restait son frère présumé. Sans qu'il fût besoin de procéder à une exhumation de Raphael pour la confirmation, il y avait le corps de son frère putatif et il pourrait acquérir des certitudes par ce biais… Voire par ses enfants…

Si la famille était d'accord, pas autrement. Il n'aurait eu aucune demande à effectuer pour son propre père. Impossible, c'était le plan lui plus farfelu et le plus improbable dont il ait jamais entendu parler.

Bravo. Une fois de plus elle avait agi en maître. Elle le privait de plus de toute la paix qu'il avait reconquise, dans ses conversations sur la tombe, l'apaisement qu'il y avait trouvé était sans prix.

Non, il y avait autre chose, il sentit son cerveau s'effilocher. Il n'en fut que plus déterminé à lutter contre elle, par le biais de son avocat dans un premier temps, il ne paierait pas cette facture-là. En revanche, elle, elle paierait pour tout… Il se le promit.

Il n'avait pas la moindre idée de ce qu'il allait décider. Et sentit également qu'il ne servait de rien de brusquer la décision. Elle viendrait en son heure. Sans compter qu'il faudrait qu'il parle à Angelo. Et puis il divagua encore une fois… Il n'était donc plus un Pierucci ? Le sol lui sembla osciller sous ses pieds. Il n'avait pas faim, sa bouche était desséchée, il se sentait déraciné comme un arbre abattu par la tempête. Il s'allongea sur le canapé, oubliant les chiens dehors.

16

La réunion avait commencé au point du jour. Les douanes étaient descendues de Porto-Vecchio, représentées par deux hommes et une femme en uniforme. Ils étaient rassemblés avec l'équipe de Bonifacio dans le bureau de Pierucci, devenu bien petit subitement. Les quatre officiers locaux écoutaient le débriefing effectué par leurs collègues en prenant des notes.

« Cigarettes, alcool, c'est certain, notre indicateur a vu une liste. Voilà, il y a urgence, parce qu'il y a bien plus que cela. Nous avons la certitude qu'il y a de la drogue. En grosse quantité. Le chargement sera embarqué sur la côte est de la Sardaigne et débarqué entre ici et l'Île aux Moines. Notre informateur a entendu parler d'un voilier, ou même de plusieurs voiliers et…

— Ils vont rentrer au port ? Il suffit d'avoir une rogatoire ! dit Pierucci qui ne comprenait pas une telle panique pour une si simple intervention et qui, il fallait bien le dire, n'en avait strictement rien à faire.

— Pas forcément, ils peuvent débarquer n'importe où, plage, rocher, îlot…

— Mais avec le satellite, vous savez où ils vont se trouver !

— Il est bien sûr possible de suivre un navire identifié, pas un dont nous ignorons tout. Les renseignements que nous avons, hélas, ne mentionnent pas le nom ou le propriétaire, vous réfléchissez, commissaire ?

— En fait, on ne sait pas où, on ne sait pas à bord de quoi et on ne sait pas comment… C'est plus simple de le dire comme cela !

— Oui, mais on sait que c'est pour ce week-end !

— Pourquoi cette certitude ?

— La régate. »

Le silence tomba. Le tour de la Corse à la voile sans escale ! Dans les bonnes années jusqu'à une soixantaine de bateaux qui se bousculaient dans le port. Pas d'escale, certes, sauf pour avarie, pour problèmes divers et si le motif n'était pas de remporter la course, qu'importait aux navigateurs d'aller contre les règles ? Une flopée d'embarcations lâchées sous le nez de la police. Ah, ils étaient doués ! Ils n'auraient pu mieux choisir. Sans compter l'affluence, le festival de musique qui avait lieu concomitamment, bref, tous les ingrédients du désordre.

« On met des flics partout, un filet bien serré…

— Et on se retrouve avec la municipalité et la population à dos… Un événement touristique qui attire du monde, à un moment où il fait défaut ?

— Vous aviez une autre idée ?

— Enquêter sur les inscrits. Qui sont-ils ? Antécédents, casiers éventuels, etc. ? Les organisateurs vous donnent la liste, vous épluchez. Nous, on met en place la surveillance satellite, des hommes sur les voies d'accès les plus importantes, des contrôles. Mais pas dans la ville même.

— Vous pensez qu'ils seront assez stupides pour débarquer tranquillement dans le port avec leurs petites affaires ?

— On ne peut rien écarter. Rien du tout. Vous avez des urgences en cours ? demanda l'officier de la douane ?

— Non, ça va, on ne croule pas sous le travail ici ! », annonça bien clairement la voix cassante d'Élodie. Elle s'était rangée du côté des douaniers, montrant clairement sa réprobation devant le peu d'enthousiasme de ses collègues.

Tous les regards se fixèrent sur elle. Elle fit comme si de rien n'était, rassemblant ses feuilles en une pile bien nette.

« Tant mieux, alors vous avez tout le temps pour vous occuper de cela ! »

Ils prirent un café ensemble, dans un silence froid, puis repartirent.

17

Peu après, Nénette avait téléphoné à Jeanine que le Rompifeste faisait sa tournée, et comme la femme de Jean voulait lui donner la pièce rapport au décès de Matthieu, Pieri fut averti et put aller cueillir l'étrange bonhomme en haut de la rue Doria. Il hésita à le ramener au bureau, par respect pour les morts, pour sa fonction, et pour tout ce que sa haute et noire silhouette lui inspirait de crainte et de répulsion mêlée. L'autre semblait ne pas se déplacer seul et être accompagné d'ombres. Mais il fallait lui parler. Ainsi il appela Armand qui ne demandait qu'un prétexte pour pouvoir sortir du bureau, et les trois se retrouvèrent sur un banc, dos à la mer, sur la place du marché.

Les rues étaient encore peu animées, les saisonniers rinçaient le pavé à grande eau, qui dévalait la strada d'Oria, les mouettes à l'affût tournoyaient dans l'attente de morceaux perdus, avec de grands cris funèbres. Deux vieux soutenus par des cannes faisaient leur petit tour, le filet de commissions pendu au crochet noueux de la main. Ils touchèrent leur casquette en passant, tandis que les deux policiers rendaient le salut. Ils étaient trois peu auparavant, un nom de plus à réciter pour le Rompifeste.

Celui-ci gardait un silence obstiné, le visage enfoncé dans la masse broussailleuse de ses cheveux épais et bouclés. Les épaules rentrées, comme un lézard qui fait le mort et qui va se réveiller dès qu'on arrête de bouger, pensa Pierucci sans oser le dévisager, mais que le personnage mettait profondément mal à l'aise.

« Nous avions besoin de vous parler, au sujet de l'annonce faite pour le décès d'Andria Maxiola.

— …

— Monsieur… Quel est votre nom ? demanda le commissaire un peu sèchement.

— Graziu Maroccu, chuinta l'autre, qui laissait siffler les mots entre ses chicots, en tendant des papiers crasseux qui portaient ce nom.

— Vous parlez le français ? »

Il fit un signe de tête vague comme si les phrases ordinaires peinaient à sortir de sa bouche.

« Ainsi, monsieur Maroccu, je vous demande pourquoi vous avez récité le nom de Maxiola, alors que personne ici ne savait qu'il était décédé.

— N'est-il pas mort ?

— *Ié*, il l'est !

— *Alora ?*

— Au moment où vous l'avez dit, personne ne le savait. Et il n'était pas d'âge à mourir.

— Il n'y a pas d'âge pour mourir !

— On ne fait pas de philosophie, pourquoi as-tu récité son nom ?

— On me l'aura murmuré !

— Qui ?

— Une voix, dans la rue, *un lo so.*

— Et cela suffit, vous ne vérifiez pas ? Savez-vous qu'on peut porter plainte pour ce genre de chose ?

— Cela ne s'est jamais produit… » Il baissait la tête tellement bas, qu'on ne voyait plus son visage, masqué par les cheveux, comme s'il était contrit à un point extrême.

« Je m'excuserai auprès de la famille.

— Vous vous souvenez de l'endroit où on vous l'a suggéré ?

— … *Inno !*

— Vous ne regardez pas qui vous confie les noms, il ne vous est jamais arrivé d'être le jouet d'une mauvaise farce ?

— Dans nos cités, les gens ne plaisantent pas avec les morts. Ils ont trop peur qu'ils viennent les chercher.

— Alors, vous ignorez qui vous a demandé de citer le nom de l'homme tué cette nuit-là ?

— …

— Monsieur… Maroccu, je pourrais vous interroger au commissariat, et moins aimablement qu'ici, est-ce ce que vous voulez ?

— Je ne sais rien… Nunda. Je sais quand quelqu'un est mort, alors je dis le nom. J'ai un don. » Il interrompit la phrase et les deux autres cherchèrent vainement quoi jeter d'autre, pour obtenir une information que clairement, ils ne parviendraient à extraire. La capacité de silence de ce gars était incroyable. C'était comme parler à un puits et écouter l'écho de sa propre voix. Ils persistèrent, refusèrent de se lever, mais l'autre au bout de quelques instants, et comme animé d'un mécanisme secret, se dressa et progressa devant eux, sans qu'ils ne fissent rien pour le retenir, atterrés de leur propre inertie. Il ne se sauvait pas, il avançait, courbé, solennel, immense, comme un devin antique, une ombre qui a pris forme, et de pas en pas, il disparut au coin de la rue.

18

« Trigano, dans mon bureau ! » beugla Pierucci tendu comme une corde d'arbalète.

Elle arriva tranquillement, lançant devant elle ses grosses chaussures vernies, et se tint devant le bureau en le fixant sans rien dire.

« Vous êtes contente de vous ?

— Pour une raison particulière, commissaire ?

— Votre intervention avait-elle une finalité qui m'ait échappé ? Humilier vos collègues devant un autre groupe de policiers, cela vous fait du bien ?

— Ce n'était pas une intervention, c'était un constat de disponibilité.

— Que vous n'aviez pas à faire. Seriez-vous chef ici ?

— Pas pour l'instant, mais non, chef ! » Il ne releva pas le sous-entendu, préférant ne pas se laisser aller à la colère.

« En conséquence de quoi, je vous prie à l'avenir de ne pas outrepasser vos attributions. Vous n'avez pas à porter de jugement péjoratif en présence de tiers, pas plus qu'en ma présence. Par ailleurs, vous avez généré des problèmes ailleurs. Mme Rueni est venue me trouver, elle fait le ménage ici depuis des années, sans que cela n'ait jamais posé de problèmes. Pour la première fois, elle avait un plein cahier de doléances, sur notre saleté, le travail que nous lui donnons, le laisser-aller et j'en passe. Êtes-vous responsable de cela, lieutenant ?

— J'ai attiré son attention sur ce qu'on est en droit d'attendre d'elle, et ce qui va au-delà de sa charge, oui, commissaire ! » Il dut s'astreindre à respirer plus calmement. Et sa voix prit de dangereuses inflexions, quand il reprit la parole.

« Lieutenant Trigano, vous...

— Nada ! Trigano-Nada commissaire, c'est mon nom !

— Je ne le connais que trop, votre nom, lieutenant. Et je vais vous dire une chose. Vous êtes arrogante, n'avez aucun sens de l'esprit d'équipe, ne savez pas vous insérer dans un groupe de travail. Vous n'êtes là que depuis quelques semaines, mais n'avez qu'une prétention, mettre tout le monde au pas. À votre pas. Vous avez été au cœur d'un nombre important de frictions, votre franc-parler, qui ne supporte d'être qu'unilatéral, car on ne saurait vous répondre, crée le vide autour de vous. Mais cela encore vous regarde. Vous pensez que vous connaissez toutes les méthodes, toutes les ficelles et que nous autres, qui avons le double tort d'être hommes et dans une toute petite ville, avons tout à apprendre de vous. Mais ici nous avons l'habitude des gens de votre espèce, les personnes comme vous, lieutenant, nous les nommons les « Zorro », des justiciers qui veulent redresser les torts, nous mettre sur la voie de la civilisation, et nous apprendre à vivre. Vous l'apprendrez à vos dépens, d'ici, les Zorro repartent brisés. Pas parce que nous voulons leur nuire, mais tout simplement parce qu'à un moment, ils vont dire le mot de trop, à la personne qu'il ne faut pas. Cela fait déjà deux fois que je m'interpose pour votre tranquillité, à l'extérieur de ce bureau. Vous ne savez rien de la Corse, mais la Corse vous regarde. Et de veiller sur vous que je n'estime pas, cela me contrarie. Cela me contrarie vraiment, croyez-moi, il n'est pas bon que je me contrarie. De plus, vous nous balancez. J'ai eu des retours de mots prononcés ici, de faits avérés ici, qui ont fuité étrangement depuis votre arrivée, et sur lesquels on nous juge. Sachez que…

— Dès que vous en aurez la preuve, j'en répondrai bien volontiers. Et si vous ne voulez pas qu'on vous juge, adoptez un comportement irréprochable…

— Mais de quel droit me parlez-vous ainsi ? » Pierucci s'étouffait littéralement. « Sortez. Trouvez cette liste de compétiteurs, pour cette foutue course, et portez-la-moi, avant la fin de la matinée. Nous reprendrons cette conversation, soyez-en sûre. »

Elle le défia du regard, et tranquillement ressortit comme si rien ne s'était produit. Il la suivit et brailla depuis la porte :

« Pieri, tu fais trois groupes dans la liste et tu les répartis, chacun en prend une. Personne ne sort d'ici tant qu'on n'a pas tout identifié. » Il claqua la battant à en faire tomber le plâtre puis plongea la tête dans les mains. Il était dur de s'occuper efficacement d'un travail quand on a la tête pleine de soucis. Dehors le temps s'était brièvement levé et le soleil avait fait une tentative pour sécher toute l'eau qui ruisselait de partout, mais les nuages avaient relancé leur offensive et tout redevenait gris. On frappa à sa porte. Le gros entrebâilla le battant et demanda s'il pouvait recevoir une visite, il fit un signe de la tête, s'attendant à quelque chose de désagréable, mais compris quand il aperçut la veuve de la victime.

« Bonjour commissaire Pierucci,

— Bonjour madame Maxiola… »

Une jolie blonde élégante, mince, soignée, se tenait en face de lui. Il la connaissait depuis toujours sans l'avoir vraiment fréquentée. Ancienne reine de beauté dans le sud de la France, elle s'était mariée au sommet de son charme, et était restée une très belle femme, en dépit du chagrin qui creusait ses traits.

« Que puis-je faire pour vous ?

— Je suis venue à titre privé… Au sujet de la clause testamentaire… Il me semblait qu'il fallait que je vous parle… C'est une situation étrange, n'est-ce pas ?

Je suis désolé, madame, j'aurais dû venir vous présenter mes condoléances, mais les événements se sont un peu précipités, ces derniers temps… Sans que cela soit une excuse, bien sûr !

— Je comprends très bien — elle montrait une grande dignité, était très belle. J'ai longuement réfléchi, et j'ai pensé que vous risquiez de refuser de prendre votre place dans la filiation, par rapport à ma famille… Est-ce que je me trompe ?

— Vous êtes au courant de l'ensemble du dossier ?

— Commissaire, mon mari ne me cachait rien, nous étions très proches, en dépit du fait que mon beau-père aurait voulu le voir faire un fils à n'importe quel ventre disponible… Andria avait envers vous des sentiments complexes de l'ordre de la culpabilité, et de la jalousie. Il a songé à plusieurs reprises à venir s'entretenir avec vous, et cela ne s'est pas fait, il y avait toujours une autre priorité, la vie passe si vite… Connaissez-vous ce domaine, commissaire ?

— Comme tout le monde ici, en passant !

— Magnifique maison, écuries, oliveraie, orangeraie, j'en passe… Le symbole de puissance et de réussite d'une famille. Les revenus du domaine permettent sa charge, une propriété parfaite…

— Sauf la malédiction de la clause testamentaire !

— Exact ! Et on dirait que cette nécessité de faire des fils paralyse les hommes, qui guettent avec anxiété l'arrivée de l'héritier.

— Sauf pour Raphael…

— Sauf pour vous… Andria n'était pas le fils légitime de Maxiola. »

Un épais silence tomba sur ces mots, que Pierucci hésitait à rompre. Depuis quelque temps il avait l'impression de cumuler un nombre de contradictions et d'histoires glauques absolument terrifiantes.

« L'histoire est d'une affreuse banalité. C'est celle du silence, de la Corse qui se cache, et des mensonges. Ma belle-mère avait adoré Raphael en silence durant toute son enfance, son adolescence, il était le beau jeune homme qui vit en ville, qui a accès à la modernité, ce qui n'était pas son cas, et qui la regardait comme une petite fille un peu transparente. Elle avait appris qu'il était amoureux fou d'une autre, loin d'elle et par dépit, elle eut une relation avec un garçon d'ici, en cachette de ses parents, en cachette de tout le monde. Je crois qu'ils s'étaient rencontrés aux Palmiers, la petite boîte qu'il y avait sur la Marine Nord. Elle était très surveillée, mais pourtant, est arrivé ce qui devait arriver et il est fort possible que cette liaison ait conduit à un mariage, mais Raphael est revenu. Il était malheureux, s'est tourné vers elle. Elle s'est donnée à lui, affolée à l'idée qu'il était là et qu'elle pouvait le perdre, elle lui a fait croire que l'enfant était de lui. Il était dans un état second, tout lui était indifférent, il l'a épousée. Voilà l'histoire. Elle me l'a racontée, il y a un an, avant de mourir d'un cancer. Je n'en ai jamais parlé à Andria, je crois qu'il ne l'aurait pas supporté.

— Pourquoi vous en a-t-elle parlé ?

— Parce que je n'avais pas conçu de garçon et qu'elle avait mauvaise conscience, très mauvaise conscience. Elle se disait que c'était de sa faute, une malédiction qui la punissait, de vous avoir privé d'une vie normale, de votre héritage, et elle voulait que je vous parle. Que je prenne la décision pour elle. Mais tant que mon mari était vivant, j'étais décidée à me taire. Je sais par ma sœur qui est psychiatre que le cas n'est pas rare, surtout dans ces années-là, où le moindre faux pas était lourd de conséquences. Que si on devait faire des tests, on aurait des surprises en nombre. Parfois les familles découvrent le secret, parfois non, cela n'empêche personne de vivre, et la vie continue. Je n'avais pas de scrupule avec cela, ce n'était pas mon secret. Il en va autrement, à présent, mais je persiste à penser que chacun a fait ce qu'il pensait devoir être le mieux relatif, pour l'ensemble des siens…

— Il est un peu tôt pour moi, pour le juger ! », lui répondit Armand que ce tranquille égoïsme dérangeait tout de même. « Je n'ai pas eu le temps de m'intégrer dans cette histoire et je pense que d'une certaine façon je n'y crois pas. Je me sens assimilé à une roue de secours, le pion de rechange si le premier est pris ; il reste toujours ce petit Armand, fils de réserve… Je ressens un immense sentiment d'absurdité, pardonnez-moi, madame, et il est encore aggravé du fait de vos révélations. Sait-on qui est le père réel d'Andria ?

— Je crois que ce secret-là est définitivement enterré, je n'en ai pas la moindre idée…

— Mon adjoint vous a demandé déjà, je le sais, si vous avez la moindre idée de ce qui a pu conduire votre époux à une fin aussi brutale, si vous avez eu ne serait-ce que fugacement l'idée que cela ait pu arriver… Je me permets de vous poser à nouveau la question…

— Et je vous réponds de la même manière : j'ai eu beau torturer ma mémoire, je n'ai pas connaissance d'un moment où mon époux a manqué de respect à qui que ce soit, ou se soit fait un ennemi dont il m'ait parlé. C'était un homme décidé et volontaire, mais doux et attentif, qui adorait ses filles pour qui rien n'était trop beau. Non ! Je n'ai aucune suggestion, aucune. De plus, je sais qu'il était très heureux ces derniers temps, qu'il avait des projets, de l'enthousiasme...

— Des projets ?

— Il a dit qu'il me réservait une magnifique surprise, et qu'il ne pouvait parler de rien tant qu'il n'était pas certain que tout pût se mettre en place, mais qu'il allait arriver quelque chose de beau dans notre vie. On ne meurt pas de quelque chose de beau... »

Le commissaire piqua du nez, n'osant lui dire qu'il n'y avait qu'à Disneyland que les trottoirs étaient roses, et que même là-bas, la pluie tombait grise et sale. Mais elle en avait déjà vécu assez... Il éprouvait pour elle une grande compassion, et appréciait sa démarche, qui n'avait pas dû être facile.

« Je n'ai pas l'intention de m'intégrer dans la succession de ceux qui ont eu un lien avec cette maison et avec cette histoire, madame. Je suis trop vieux pour tout cela, bien trop vieux.

— Vous ne savez pas ce que vous pouvez trouver, alors attendez. La vie peut parfois être surprenante, et pas toujours dans le mauvais sens ! C'est étonnant venant de ma part, n'est-ce pas ? J'en veux profondément à celui qui a privé mon époux de tout ce qu'il aurait pu vivre, et j'en veux à cette personne d'avoir privé mes filles de leur père. Mais j'ai confiance en l'avenir, parce que mon existence a été belle, et que j'ai été gâtée.

Quel est votre intérêt ? Vous auriez pu tenter une contestation, et essayer de…

Non ! » Elle dit cela simplement, sans insistance, mais avec une fermeté étrange et inébranlable.

« Vous êtes une personne rare, madame Maxiola, et je vous en remercie.

— Non, monsieur Pierucci, j'ai juste tendance à penser qu'on fait facilement drame de tout. Les êtres humains ne sont pas des héros, ils vont de petits compromis à des petits faits de gloire, rien n'est jamais grand, c'est juste humain. Mes beaux-parents étaient des personnes qui n'aimaient pas les vagues, conscients de leur milieu, craignant les ragots et la mauvaise publicité, ils étaient conditionnés pour s'inscrire dans leur lignée. Et garder leurs secrets au même endroit que leurs pots de chambre : hors de la vue des autres. Je ne les blâme pas, ne les admire pas, ils étaient eux, vous êtes autrement, moi, je ne sais pas… mais sincèrement, commissaire, à votre place, je ne me poserais pas tant de questions. Raphael a dû empoisonner chaque minute de son existence avec son secret et ses regrets, il a été largement puni, si j'en juge l'homme que je connaissais ? Et voilà que le bateau ivre vous heurte et vous emporte. Acceptez le voyage… Vous ne spoliez personne, il n'y a personne qui veuille de cette maison… »

Elle se leva avec lenteur, le regardant de manière appuyée, et il fut impressionné plus encore qu'il n'aurait pu dire, content intimement d'avoir avec elle des liens lointains et diffus, mais existants. Elle aurait pu ne rien dire, se taire… Beaucoup d'informations en peu de temps… Il était trop impliqué émotionnellement, il perdait toute capacité de jugement. Ses idées étaient brouillées.

« Je vous remercie de votre démarche, sincèrement. Quelle que soit ma décision, nous restons en contact…

— Commissaire, j'espère… »

Il lui serra la main et elle repartit. Un sillage de parfum au muguet flottait derrière elle donnant l'impression qu'elle était toujours là…

Assis devant la baie, il laissa le brouet de ses émotions frissonner sous le feu de ses interrogations. Pleurait-il la perte d'un père ? Toutes ces révélations lui faisaient-elles perdre une appartenance à quelques liens qui lui étaient chers ? Pas à proprement parler ! Il était difficile de perdre ce qu'on n'a jamais possédé et à bien y réfléchir, son père avait été un touriste dans sa vie. Un visage fermé, un regard tourné sur le lac gelé de ses affections, une froideur que ne fissurait en aucune circonstance une quelconque fierté paternelle, un éclair de chaleur ou l'idée d'une complicité, sauf quand il avait un peu bu. Mais alors, c'était davantage l'universelle larmoyante humanité de l'alcoolique qui s'exprimait, que la note tirée de la vibration d'une éventuelle fibre paternelle. Avait-il toujours su ? Était-ce la raison de ce mutisme et de ce regard en horizon normand un jour de Toussaint ? Impossible à deviner ! Parfois l'indifférence n'est que ce à quoi elle ressemble : de l'indifférence. Il est inutile de lui trouver un autre nom. Son père adoptif était peut-être un de ces hommes entièrement tournés vers l'amour d'une femme, occupés d'eux et de leur univers, hermétique à toute autre sollicitation.

Et si, en plus, tout cela n'était encore qu'un des tours machiavéliques de sa mère ? Il la chercha dans les coins ombreux de la révélation du notaire, mais ne la trouva pas. Elle n'avait jamais confié à Raphael qu'Armand était son fils, il l'avait déduit par lui-même, elle s'était éloignée de lui dès qu'elle avait su qu'elle était enceinte. L'avait rejeté quand il avait tenté un rapprochement avec l'enfant. L'avait-elle aimé ? Pas moyen de le savoir. Et son père, avait-il compté pour elle ? Pourquoi était-elle revenue à son père, alors qu'une vie possible s'était ouverte du côté de Maxiola qui ne manquait pas de biens et qui lui aurait assuré un avenir tranquille ? C'était étrange, de sa part, une renonciation. D'autant qu'il ait pu savoir, elle n'avait pas roulé sur l'or entre sa carrière poussive et le peu d'ambitions de son mari. Certes, il possédait un patrimoine foncier, mais à une époque où la Corse n'avait pas de valeur... Quelle que soit la raison qui avait conduit à son retour au foyer conjugal, elle devait être forte pour qu'elle, qui était l'inconstance incarnée, ait tenu bon si longtemps sans rien dire ! Il y avait à creuser par là ! Les séismes des spéculations creusent des abysses quand elles touchent au fondement même de nos existences.

Cela l'ennuyait de n'être plus Pierucci. Il aimait être un Pierucci, Le Pierucci. C'est important, un nom, le sien lui plaisait beaucoup. Armand, comme le cardinal de Richelieu, Pierucci, comme lui, cela roulait, c'était doux. Il n'y avait pas de plus joli patronyme au monde. On ne lui avait pas demandé de porter le nom... Devrait-il le faire ? Il n'en savait rien. Le ferait-il s'il acceptait ? Pas de réponse non plus ! Et puis, il aimait sincèrement sa terre de l'Alta, ses oncles, cette famille sincère, la seule qu'il eût toujours connue, et ne voulait pas être le hasard d'un orphelin recueilli pour eux. Il décida de refuser. Tout. Tout rejeter et ne plus y penser. Il était trop tard pour qu'il change, pour qu'il soit quelqu'un d'autre, et de toute manière, ce n'était que des morts. Le brasillement des rayons lumineux réfractés par la surface de la mer ondulait sur les murs et sur le plafond.

Pourquoi ne pouvait-on être comme les poissons ? Né, vivant, mourant comme une parenthèse entre deux abîmes de néant. Allait-il le dire à Angelo ? Qu'allait-il dire à Angelo ? Les repères de son fils n'étaient-ils pas déjà assez confus, assez brouillés, pour rajouter cela ? Angelo voulait-il être une algue flottante, collée par les courants à un rocher jusqu'au courant suivant ? Les algues arrachées sèchent sur la plage…

Elle était vraiment charmante, la veuve d'Andria. Vraiment charmante ? N'y avait-il rien derrière cela ? Et qu'était son défunt son mari par rapport à lui, au final ? Il revit les yeux bleus, les cheveux soigneusement coiffés, pas un frère, rien, au final, rien ! Le fils de la femme de son père… La filiation n'est-elle toujours qu'une interminable malédiction, la découverte constante de la différence, du mensonge, de la cruauté ? Il se corrigea, Angelo était l'or né de la semence du pendu… Parfois, il est de divines surprises. Il décida qu'il y avait urgence à entendre tinter les cloches de son rire dans le marais fuligineux de son existence. Il prit son téléphone, composa le numéro, appela. Tomba sur Sofia… Assez froide Sofia, si froide qu'il ne put rien lui confier, et même n'osa lui dire qu'une seule chose, de lui passer son fils, où était son fils ?

« Mais il est à l'école ! Tu as oublié de regarder l'heure, et je te rassure, il est en pleine forme, ce séjour lui fait un bien fou…

— Et toi, tu vas bien ? Tu ne m'en veux pas trop d'avoir dû partir ?

— Non, c'est une bonne chose. Souvent j'ai envie de revenir un peu ici, mais avec le petit, j'ai mauvaise conscience. En revanche, toi, tu as une voix étrange ! *Che ti preoccupa adesso ?*[1] »

Il hésita. Se confier, dire tout ce qui était arrivé depuis la découverte de l'enlèvement du corps, mais alors, elle serait partagée, et voudrait peut-être rentrer — quoique la froideur de sa voix ne soit pas engageante, et ne force pas aux confidences. De plus, il lui semblait qu'il valait mieux régler cela seul, personne ne pourrait l'aider à y voir plus clair. Il pouvait ensuite aller pester contre Sainte Sofia s'il allait se réfugier dans ses jupes à la moindre occasion ! Il se demanda brutalement s'il avait encore confiance en elle.

« *Niente* ! Rien, ne t'inquiète pas. » Et puis elle avait eu le ton de celui, poli, qui interroge parce que les conventions notent qu'on doit interroger, une voix de fausse curiosité, de faux intérêts qui aurait pu tout aussi bien dire : « Vous avez subi la grêle, n'est-ce pas ! Quel dur métier que d'être paysan ! » Il ne sentait pas dans sa voix de passion véritable. Elle avait l'air heureux. Il en ressentit du dépit, elle ne pouvait pas être heureuse sans lui, était-il heureux sans elle ? Il raccrocha rapidement.

Il avait le téléphone en main et le regardait comme on regarde une guêpe qui vient de vous piquer. On frappa à la porte et sans attendre la réponse, on entra. Élodie posa une grande assiettée de gâteaux sablés aux pignons de pins devant lui, et appela les autres. Il la

---

1. Qu'est-ce qui te préoccupe en ce moment ?

fixa, ne comprenant pas ce qu'elle faisait, pourquoi elle était passée de l'hostilité à la générosité. Cela cachait-il une intention malveillante ? Devait-il rester sur ses gardes ? Il n'en savait rien, il était épuisé de ce qui ressemblait à de la paranoïa permanente. Les biscuits étaient bons. Parfois la vie n'est que cela : le goût d'un biscuit sur la langue.

Juste le bon goût d'un biscuit sur la langue.

19

ALORS QU'IL FAISAIT REVENIR L'AIL destiné à donner du goût à la sauce des spaghettis aux arcelles qu'il avait prévus pour son dîner, car il attendait Butta et Pieri, on frappa à la porte. Cela ne pouvait être aucun des deux, il était trop tôt, et le coup porté contre l'huis était à la fois trop sec et trop faible, trop méticuleux, pour émaner d'aucun d'entre eux. Il songea alors à Trigano, qui avait sûrement entendu qu'ils se réunissaient le soir même, et pensa qu'elle tentait de s'incruster. Amusé, il beugla un : « Entrez » qui aurait fait reculer n'importe qui, mais le battant s'ouvrit quand même, sur une femme qu'il ne reconnut pas immédiatement et puis, il se souvint. Ronde et moulée au plus juste dans ses vêtements, elle était surtout remarquable par son abondante chevelure et sa bouche purpurine, qui semblait laisser filer les mots après les avoir sucés.

« Bonjour, je dérange ?

— Euh ! Vous désirez ? » Il s'était vite essuyé les mains et tentait de s'interposer devant l'intrusion cavalière. Mais elle l'avait déjà contourné, s'était saisie du presse-ail, d'une casserole et se tenait fermement devant la cuisinière. Désarçonné, il resta les bras ballants devant la porte encore ouverte, qu'il se décida finalement à refermer.

« Tes souvenirs d'enfance sont rafraîchis ? Tu te rappelles, à présent ? »

Il eut envie assez brutalement de lui dire à quel point elle était loin de ses pensées, de ses préoccupations, voire de l'envie de se souvenir, mais il était homme, donc fondamentalement incapable d'affronter une femme attirante, une femme à séduire, pour des raisons aussi légères. Finalement, que lui importait qu'elle soit en train de faire le repas, il n'avait rien à se reprocher et n'avait pas envie de perdre son énergie avec cette femme, elle se lasserait d'elle-même. Quand les deux compères arrivèrent, ils eurent la surprise d'être accueillis par Marine elle-même, Pierucci étant en train de servir du vin dans des verres de cristal. Ils ressentirent un choc. Encore !

Encore une femme ! Le pensant au moins *acagnardé*, à défaut d'être amoureux, et donc enfin tranquille, d'un point de vue affectif, s'entend. Aussi marquèrent-ils leur désapprobation par un froncement de sourcils, un ton un peu sec, une défiance hostile, un regard qui en disait long, mais la soirée ne fut pas longue à s'avancer avant qu'ils ne comprennent que leur patron n'y était pour rien, car il se montra à peine poli. Ils passèrent cependant tous une soirée agréable, il est difficile de résister à l'attrait d'un bon repas, d'un bon vin, et d'une conversation alerte. Finalement, la présence de la dame en leur évitant de parler travail ou soucis personnels leur changea-t-elle les esprits. Personne n'aurait pu dire, en voyant l'assurance avec laquelle elle avait pris en main l'organisation de la soirée, qu'elle n'avait pas été là toute sa vie, et n'aurait été l'hostilité sourde dont faisait preuve le commissaire, elle aurait pu passer pour une amie. Mais clairement, plus elle le frôlait plus il se renfrognait. Buttafuoco manifestait aussi son déplaisir, par un front bas qu'on ne lui connaissait pas. Quand ils se préparèrent à partir et en dépit des protestations du maître de maison qui affirmait qu'il pouvait terminer seul, elle resta là. Fermement.

Jamais Pierucci ne s'était senti aussi semblable à une *Caulerpa profilera* arrachée du fond marin par la tempête, et flottant entre deux courants. Son corps s'était mis en pilote automatique, et il ne prêtait attention à rien. Il se servit d'un peu de grappa dans un ballon qui traînait sur le comptoir et sursauta quand il la trouva assise à ses côtés. Alors, seulement, il prit conscience de leur solitude et de leur proximité, se renfrogna encore plus et dit :

« Je me lève tôt demain, il va être l'heure d'aller se coucher, merci de votre aide !

— Tu ne cesses pas de me vouvoyer, c'est un peu formel, non ? Nous sommes amis d'enfance, il n'est pas nécessaire d'être aussi cavalier ! » Parlant, elle lui flattait l'épaule d'un doigt soigneusement manucuré.

Pierucci était un homme. Comme tous les hommes il aimait la chasse, l'espoir, la course, la traque. En tant que chasseur. Pas en tant que gibier. Les situations qu'il subissait lui étaient insupportables, et il n'avait plus assez confiance en sa virilité pour se précipiter dans une situation où sa tiédeur lui laissait augurer le pire pour son honneur. Il fronça davantage encore son visage qui l'était déjà beaucoup, comme s'il faisait le concours du plus joli pruneau du paquet.

« Oh ! Regardez-le, il est tout bougon ! », s'exclama-t-elle en lui parlant comme à un enfant tandis qu'elle levait la main pour lui caresser la joue. Il bloqua son bras sans dire un mot, tenta de reposer soigneusement son verre, mais elle s'agita trop et le liquide brun versa sur le satin damassé blanc. Il en fut très contrarié. C'étaient les fauteuils préférés de Sofia, et aussi accessoirement, la plus grosse source de conflits de la maison, tant elle y veillait, en dépit qu'il ait soutenu depuis le début qu'un homme comme lui ne pouvait vivre en bon voisinage avec du satin blanc.

« Je ne vous reconnais pas, vraiment pas ! Je ne vous ai jamais vue. J'en suis certain, et quand bien même auriez-vous raison, si je vous ai oubliée à ce point, c'est parce que vous deviez déjà, petite, être cette insupportable emmerdeuse joufflue et fessue que vous êtes à présent. Je n'ai pas d'ami de force voyez-vous, même des femmes. Soyez gentille, claquez la porte derrière vous. »

Et il escalada l'escalier qui menait à l'étage quatre à quatre, la laissant plantée là, comme l'arbre de Ténéré. Elle ne broncha pas. Quand il fut en haut, elle tendit l'oreille, mais comme il ne se passait plus rien, elle commença à ramasser ses affaires, saisissant au passage un foulard joyeusement coloré. Puis, se ravisant, elle l'enfonça profondément entre deux coussins, avant de quitter la pièce, laissant la porte grande ouverte. Peu après le bruit du moteur de son véhicule allant en décroissant, et confirmant sa disparition, Pierucci put redescendre. Il ferma à clef, et fit lentement le tour des lieux, se souvint de la tache brune sur les tissus blancs, et trouva le flacon dont il imbiba la souillure. Il resta une auréole, on verrait demain si cela avait disparu. Il ne vit pas le carré de soie enfoncé, et remonta se coucher.

20

Sandru Cucchi mâchait sa mauvaise humeur comme on termine un plat filandreux, en cherchant les débris entre ses dents. Il était très tôt, beaucoup trop tôt ! Il avait à peine dormi, harcelé par ses soucis, et quand un mauvais sommeil agité était enfin venu le prendre, il était malheureusement l'heure de se lever. Il avait l'impression que son sang charriait des clous. Il allait devoir vendre son restaurant. Aucune autre issue ne se présentait, il était acculé. Elle ne lui pardonnerait jamais ! Elle avait toujours pensé qu'il avait de l'argent, que leur vie serait facile. En travaillant, certes, mais tout de même. Ce qu'elle ignorait, c'est qu'il n'avait jamais été très rigoureux sur la comptabilité, il signait rapidement des factures lues en diagonale, récupérant son bordereau et ne le vérifiait pas, et craignait tellement de retrouver le chaos de ses comptes qu'il n'avait fait qu'aggraver les choses, en n'ouvrant plus son courrier, en ne tenant plus ses comptes, de jour en jour le trou était devenu un abîme. Un « comptabilome[1] » si cela pouvait exister. Elle allait devoir reprendre un

1. Le suffixe -ome contient l'idée de tumeur.

emploi, si elle en trouvait un… Elle allait mal réagir, elle allait peut-être même partir. Il avait peur de la perdre. Alors que pour le moment, elle avait l'impression d'être une des reines de Bonifacio, accueillant les clients dans la salle, dans des vêtements de marque, comment pourrait-elle se faire à l'idée d'une déchéance dont elle n'avait pas été avertie ? D'autant qu'il lui avait fait miroiter une amélioration, de nouveaux projets, et tout un tas de mensonges et d'élucubrations qu'elle avait crus. Comment pourrait-il le lui annoncer ? Il n'était pas un gestionnaire, et il n'avait pas su choisir d'adjoint qui le fût. Il allait trouver une solution, il trouverait, il n'avait pas le choix.

Il avait pris rendez-vous avec Vaca le pêcheur, pour différer une grosse facture, d'où son réveil à l'aube. Il fallait qu'il arrive avant l'embarquement du bateau à Santa Manza. Alors il se dépêchait, marchant la tête en avant, sans prêter attention à ce qui l'entourait, mais leva la main quand il percuta presque la silhouette familière, qu'il évita au dernier moment. « Qu'est-ce qu'il foutait là, celui-là ! Pas son quartier ! » Un signe de tête, un grognement, il était pressé. Il avançait dans la rue Saint-Dominique, poussé par un petit vent frais assez désagréable, qui aggrava sa mauvaise humeur et pour faire bon poids, sa voiture garée place Bir-Hakeim sous la statue du valeureux soldat, refusa de démarrer. Certains jours sont maudits.

« En panne ? Entendit-il.

— On dirait et je suis en retard !

— Tu vas où ?
— Santa Manza !
— Ce n'est pas vraiment mon chemin, je vais à l'opposé… Ah, allez, monte, si cela peut t'arranger ! »

Le Rompifeste émergea du néant, comme poussé par le vent et jailli de la mer. Il arriva du cimetière marin, et ses vêtements en désordre, ses joues noircies par la barbe, ses cheveux en bataille, laissaient à penser qu'il avait certainement dormi là-bas, et cela semblait si naturel avec la profession qu'il s'était choisie qu'on n'y prêtait pas plus attention qu'à l'apparition d'un fantôme, et Dieu sait qu'ici, il en apparaissait souvent. Il entama son périple lent, ouvrant le compas de ses jambes avec componction, son large paletot verdâtre lui battant les mollets, les yeux mi-clos et ses cheveux trop longs volants au vent. Il longea la place Bir-Hakeim et fit de la main un salut au nouveau patron du restaurant le St Do, debout devant la porte, qui venait de rouvrir après deux décennies de fermeture. Des gens en chaussures brunâtres et grossières trempaient des croissants dans leur café, avec le regard mal réveillé de ceux qui comptent sur leur petit noir pour leur redonner le sens de la vie. Ils le dévisageaient comme s'il était monstrueux. Il enfila la rue Saint-Dominique, et commença sa litanie. De temps à autre, on sortait d'un commerce, d'un appartement, et on venait lui glisser une pièce, un billet, une enveloppe. Il ne parlait pas, pas un mot, et d'ailleurs les seules fois où on pouvait entendre le son de sa voix, c'était dans son récitatif. Il avançait avec douceur, avec souplesse, comme si son corps pouvait s'effacer derrière le son, derrière la chanson des morts. On le décrivait comme triste, aérien. On aurait été bien en peine de le retrouver dans une assemblée où tout le monde aurait ri à gorge déployée, si tant est qu'il ait jamais su rire. C'était un homme sans visage, qui n'existait que par ses mots. Il traversa tout Bonifacio dans le respect et la crainte des habitants, aussi Bonifacien que s'il avait toujours été là.

Alors qu'il avait laissé filer les jours en pensant renforcer son refus et son rejet, Pierucci était allé signaler son acceptation au notaire. Il respecterait la volonté de Raphael et d'Andria. Si le notaire s'occupait de régler les droits et de toutes les formalités, il irait visiter le domaine avec son fils. Mais ce ne serait pas de suite. Il lui fallait s'habituer, résoudre les conflits intérieurs qui l'agitaient, cela prendrait du temps, et peut-être même beaucoup de temps. « Vous comprenez, Maître ? »

Le notaire dont le métier avait peut-être été autrefois d'être le conseiller des familles, ne l'était plus. Il établissait des actes, rédigeait, faisait des duplicata et récoltait des signatures. Le commissaire acceptait ? Tant mieux. Il ne le faisait pas ? Tant pis ! Quelqu'un d'autre deviendrait le propriétaire, le nom en bas de l'acte ne changeait pas le montant des droits. Il avait bien des états d'âme, pour quelqu'un qui reçoit un cadeau dont il ignorait l'existence la veille. Et s'il pensait avoir été crédible dans ses velléités de refus ? C'est qu'un notaire, cela connaît la nature humaine. Les biens s'accumulent, puis ils changent de main, et les héritiers auront de moins en moins les moyens de les conserver. Le prix du mètre carré augmentait furieusement, les indivisions allaient devoir se dissoudre, il y aurait beaucoup d'affaires à prendre en Corse bientôt, les grands bénéficiaires de la suppression des arrêtés Miot seront les notaires. Lui, du moment qu'un bien changeait de main, le reste…

Aussi se fichait-il franchement des états d'âme du commissaire.

L'acceptation avait été a contrario, inconsciente, et avait davantage encore perturbé Pierucci. Cela signifiait qu'il admettait la filiation, qu'il la reconnaissait comme vraie. Il n'avait pas eu l'impression que cela ait été le cas, et pourtant, se rangeant sur le parking raviné devant la petite maison carrée, et alors qu'il était venu pour refuser, il avait acquiescé. Le surmoi avait parlé. En conséquence de quoi, il fallait qu'il revienne pour signer les actes et prendre un double des titres de propriété. Cela pouvait attendre.

21

Marcu Finnidori n'était pas un photographe professionnel, mais il avait une passion pour les vagues, et collectionnait en quelque sorte les photos les plus impressionnantes de mer démontée. Des photos qu'il prenait lui-même et qui étaient sa grande fierté. Chaque tempête suscitait chez lui des élans de passion et de convoitise comme d'autres pour l'amour ou pour l'or. Ainsi quand son smartphone l'avait averti de l'imminence du coup de vent qui se préparait avait-il tout préparé pour être en bonne place, dès le point du jour, quand la lumière allait raser l'horizon et donner aux mouvements marins, une intensité dramatique toute particulière. Il quitta sa douillette maison de Bancarello sous des rafales des plus prometteuses, et dirigea sa Peugeot vers Sutta Rocca. Ayant trouvé une place, il s'approcha du muret. Le spectacle était à couper le souffle. Le jour peinait à repousser les ombres menaçantes de la nuit et infiltrait ses doigts blêmes le long de l'horizon, rampant, effleurant les crêtes des vagues, griffant les aspérités des falaises qui se penchaient sur l'eau menaçante comme de squelettiques silhouettes de fantômes plissés, des sorcières blanchâtres touillant leur chaudron écumant et fumant. La ville suspendue semblait un ingrédient propitiatoire, un sacrifice prêt à être offert. La mer sauvage, hargneuse, écumante frappait sans relâche tout ce qui s'opposait à sa fureur. Tout en contrebas elle bouillonnait furieusement au point que le Grain de sable semblait ballotté, détaché, arraché, prêt à sombrer. Il ne se demanda pas s'il était prudent d'emprunter les dalles glissantes de la descente, il fallait qu'il y aille, un point c'est tout. Grisé de violence et de sentiments primitifs, il allait de plus en plus bas, de plus en plus mouillé. Il avait emporté un appareil qui ne craignait pas l'humidité, pourtant il n'avait rien prévu pour la chute qu'il fit et la dangereuse glissade qui s'ensuivit, mais il ne lâcha pas le Reflex, et ses doigts crispés n'avaient cessé d'appuyer sur le bouton, en rafales. Enfin, retrouvant la raison, il se rétablit et s'agrippant au garde-corps, il remonta. Cela lui prit du temps, car le vent était contre lui, mais cela lui était égal, car il photographiait encore, au jugé, ne voulant pas perdre une miette de ce spectacle.

Quand il fut enfin à l'abri du réceptacle de sa voiture, et qu'il tenta de discerner s'il avait un bon cliché, il jura. L'eau et le sel avaient rincé tout l'appareil et il avait peu d'images utilisables. Il essuya sommairement l'écran de contrôle, jura une deuxième fois, zooma « *Cagarella* ! » et fit défiler les images, pour jurer encore. Et puis ayant encore vérifié qu'il ne se trompait pas, il mit le moteur en marche avant d'enclencher et de prendre la direction du commissariat.

« Voilà ! dit Pierucci en lançant les photos devant ses troupes assemblées dans son bureau, autour de la table ronde. Sandru Cucchi, restaurateur, propriétaire de « la Voile », sur le port, et trouvé flottant en contrebas du Grain de Sable, le jour de la tempête. Il a fallu attendre que tout se calme pour récupérer son corps hier soir. Overdose de Benzodiazépine, émasculé, bouche cousue façon bonhomme de neige, bref, mode opératoire totalement similaire au meurtre de Maxiola. A été vu rue Saint-Do au point du jour, lundi dernier, où il s'apprêtait à monter dans son véhicule. Puis a disparu. On ne sait où le meurtre a été commis, pas de piste, rien.

— Histoire de femme ? demanda Buttafuoco.

— Non ! Aussi difficile à croire que dans le cas de la première victime. Très amoureux de la sienne, épousée depuis peu. Rien de ce côté ?

— Des "affaires» ? demanda Trigano-Nada ?

— Rien n'est jamais impossible, mais pas selon la rumeur publique. Il tient le restaurant qu'il a reçu de son père, sans histoire, sans casier…

— Mis à l'amende et n'a pas payé ?

— Une piste qu'il va falloir explorer, dans la mesure où c'est notre deuxième restaurateur propriétaire. Possible. Et ce, d'autant que j'ai appris que la situation s'était tendue dans d'autres établissements, ces derniers temps…

— C'est une attaque de Mac Do ! sourit Trigano-Nada.

— La mort de personnes que je connais depuis l'enfance ne me donne pas envie de plaisanter, lieutenant, merci d'en tenir compte ! réagit sèchement Pierucci.

— Si mes souvenirs sont bons, ils n'étaient pas parents, même à un degré éloigné ?

— Je ne crois pas non plus, à vérifier cependant ! En revanche, ils étaient de la même génération, la mienne ! Nous étions dans la même classe… Je n'avais pas avec lui les liens que j'avais avec Andria, mais il était bien avec nous… »

Un silence épais tomba en flaque sur la table.

« Extermination de toute la promotion masculine 1 957 ? Bonifacio qui fait un remake de *L'Été meurtrier* ? On ne peut pas laisser de côté, mais je chercherais plutôt du côté des raisons économiques que d'un serial à l'américaine qui se venge d'humiliations scolaires. Et puis cela fait bien tard pour commencer…

— C'est vrai, si j'avais été dans votre classe, je n'aurais pas attendu tant de temps », osa Pieri *sotto voce*. Personne ne releva.

« Andria et moi avons poursuivi ensemble à Sartè, mais pas Cucchi, je ne sais pas ce qu'il a fait après, notez : se renseigner.

— L'émasculation, ce n'est pas très classique, comme *modus operandi*, il ne faut peut-être pas rejeter cette piste trop vite…

— On ne viole pas dans les cours de récré, et ce d'autant qu'à l'époque, on fréquentait peu les filles qui étaient très surveillées ici, je vous parle de l'école primaire…

— Ils se sont peut-être retrouvés plus tard, à l'université, va savoir, tout de même, on les a tués de la même façon !

— Possible ! Je les avais perdus de vue. »

Le deuxième meurtre avait ouvert d'autres questions, d'autres pistes, ils en débattirent longuement, se répartissant les diverses enquêtes qu'ils avaient à mener.

« Personne n'oublie sa partie de la liste à vérifier, sur la régate, qui est toujours d'actualité, même si je pense que nous sommes aussi utiles qu'un cautère sur une jambe de bois. » Pierucci se leva pour aller à la toute nouvelle machine à café qui venait d'être installée dans le coin cuisine. Il resta surpris. Tout était briqué avec soin, et brillait d'un clinquant inhabituel. Les autres le suivirent à leur tour.

« Moi, je n'ai rien trouvé de plus, ni de mieux que ce qu'on est en droit d'attendre des participants à une manifestation de ce genre… Des noms connus, d'autres moins, des équipages amateurs passionnés, tous inscrits déjà dans d'autres *compet'*. Tous sont au pire des navigateurs chevronnés, et personne ne s'est signalé par un comportement inapproprié. Quelques conduites en état d'ivresse, la plupart mariés, pas de casier véritable, je fais chou blanc… Et vous ?

— Pareil ! En plus j'ai réfléchi au truc. Les combinaisons sont infinies… Le bateau chargé de la marchandise peut avoir rendez-vous au large et avoir plus d'un concurrent complice, ou il peut déposer son chargement sur un coin de plage, une île, tandis que l'agitation due à la course multiplie les pistes... Vous imaginez seulement le nombre d'endroits où une pareille affaire peut trouver des conditions de discrétion absolue. Sans compter que s'il navigue de nuit, sans appareil électronique, qui va le voir ? Cette histoire de régate me semble glauque. Comme un écran de fumée... Qu'est-ce qui l'empêche de faire une traversée la veille ou le lendemain pendant que le pseudo-informateur nous promène ?

— On n'abandonne pas. Bon, je vais... »

Le téléphone sonna, Pieri prit la communication, les autres écoutaient.

« *Ié, ié* ! Ben vous passez au bureau et le commissaire vous entendra... *Ié*, le plus rapidement possible. — Propos indistincts — Ah ! Pas le commissaire ! — Murmure — Pieri recula plus loin avec son téléphone — Bon, ben je vous attends... »

Pieri regarda Pierucci, perplexe.

« Qu'est-ce qu'il y a ?

— Antu Comiti, qui a vu partir Cucchi en voiture avec quelqu'un. Il était en soin à Marseille et vient d'apprendre sa mort, d'où sa réaction tardive, il va venir faire une déposition, mais il ne veut pas la faire avec vous. Il vient me voir, moi ! Même, il voulait aller à la gendarmerie, et j'ai dû lui promettre que j'enverrai ce qu'il a à dire en double chez les bleus, immédiatement après en avoir pris connaissance !

— *Ba bè*, il sera saoul encore ! Tu sais qu'on ne peut pas croire un quart de ce qu'il raconte, quand il est à jeun, à plus forte raison quand il est ivre, et là... Rien, pas même la mort ne lui coupera la soif, à celui-là ! » Quelque chose dans la voix de Pieri de trop forcé, de trop enjoué attira l'attention du commissaire, instantanément en alerte.

« Qu'a-t-il dit exactement ? Je sens que tu me caches quelque chose !

— Je vous ai répondu, des balivernes, des sottises de *briaconu* !

— PIERI !

— Qu'il vous avait vu embarquer le pauvre Cucchi et qu'il était formel, c'était bien vous qui conduisiez, dans une Peugeot comme la vôtre. Je n'ai rien répondu, vous m'avez entendu, plus on tente de le raisonner, de le faire taire, plus il croit au complot, il vaut mieux prendre sa déposition, le laisser divaguer... Il m'a fait promettre de le protéger de vous !

— Et pourquoi vient-il tout de même ici ? Non seulement ce type est bourré dès son réveil, mais en plus il salit les autres ! » s'agaça Pierucci.

« *Awa !* C'est tout de même le cousin de mon beau-frère... » Pieri s'agita, mal à l'aise, pris en étau entre la parenté et ses liens avec le commissaire. Mais cette fois il a fait fort, il fallait l'oser ! AH ! AH ! AH ! » Un rire qui n'en était pas pour détendre l'atmosphère, qu'Armand reprit, avec contrainte.

Buttafuoco avait vu que le rire de Pierucci était plus forcé encore que celui de Pieri. Si le second ne cherchait qu'à décontracter l'atmosphère, le premier en revanche ne prenait pas du tout l'incident à la plaisanterie. Il aurait dû cependant, mais il était retenu par un détail que lui, ignorait, détail contrariant cependant, car l'arc des sourcils du commissaire était si froncé que son front semblait une tempête. Cette histoire de personnes qui l'avaient vu apparaître dans des endroits où il n'avait jamais mis les pieds commençait à l'inquiéter, il y sentait une violence sourde, une tension qui allait finir par exploser. Au cimetière de Sartè, à présent ici, à côté d'une personne qui mourrait juste après…

Ils se séparèrent et chacun vaqua à ses tâches. À midi, il se rendit seul au Saint Do, où il s'offrit une salade à la charcuterie et au fromage corse, mais il ne décrocha pas un mot, en dépit de l'accueil du patron, et de la qualité de la nourriture. Il rencontra ensuite l'épouse du défunt, qu'il trouva abasourdie et effondrée et qui ne savait rien de plus. Comme pour celle de la précédente victime, elle ne comprenait rien. Il tenta de croiser Comiti, mais ne parvint à le trouver, pas plus chez lui que dans un bar. Enfin, à bout d'idée, il rentra et il passa une triste soirée avec ses bêtes, à ruminer les jours précédents, sans parvenir à y trouver un sens. Il revint le lendemain matin, après une visite au Portière, qui cette fois ne lui apprit rien, en traînant les pieds se demandant comment les autres avaient digéré l'information et quand il pénétra dans le bureau, tout le monde était là. Ils se réunissaient avec les renseignements qu'ils avaient collectés. Personne pour l'instant n'avait soulevé les problèmes posés par la ressemblance signalée par Comiti. Tout le monde avait traité l'allégation comme fantaisiste, ou du moins tout le monde le laissait-il paraître ainsi. Puis ils prirent chacun leur tour la parole. Les bateliers avaient commencé leurs circuits et leurs voix scandaient la réunion, tandis que des fumées de soleil dessinaient des cercles incandescents au plafond, alors que la beauté de la journée narguait la tristesse et la confusion qui l'envahissaient.

« Voilà ce qu'on sait, commença Buttafuoco, Cucchi a quitté son domicile un peu avant quatre heures trente du matin, son épouse n'a pas vérifié l'heure, mais c'est ce qu'il lui avait dit la veille, qu'il allait tenter de parler au patron de la barque sur Maora, avant qu'ils ne partent en mer. Entre son domicile et le parking où il avait garé sa voiture, quelques minutes à peine, durant lesquelles il est monté à bord de votre voiture… en votre compagnie, si on en croit ce que dit Comiti, lequel était debout pour aller pisser, ensuite, il a disparu jusqu'au moment où on l'a retrouvé flottant en dessous du grain de sable.

— Pour se trouver là, il a dérivé. J'ai vu des plongeurs et des pêcheurs, dit Butta et ils pensent qu'il pourrait avoir été jeté à l'eau de l'autre côté du port, en direction de La Trinité. Pas du tout dans l'autre sens, côté est comme on pourrait le penser par rapport à Maxiola. Les courants étaient rabattants. De plus, s'il était tombé des falaises, il se serait encastré dans les rochers, juste en dessous, mais n'aurait pas pu flotter du côté sud du rocher, impossible. Nous avons fait des tests avec une carcasse de vache, hier et à l'aube ce matin, et il était impossible de l'envoyer au-delà des blocs tombés des falaises. En revanche, de l'autre côté des bouches, la dérive prend de trente à cinquante heures, si le corps dérivant n'est pas pris dans les trajets des bateaux. Or rappelez-vous, c'était la tempête. Laquelle a accéléré le trajet, et a empêché les bateaux de sortir.

— Donc ils l'auraient jeté d'où ?

— Côté ouest de Bonifacio, il nous reste à découvrir où exactement.

— Il y a déjà des rapports de la scientifique ?

— Pas grand-chose, ils ont fait vite, en raison du fait que c'est le deuxième et n'ont pas trouvé d'empreintes, de traces parlantes, rien sauf des fibres sur le pantalon, un mélange de laine et de synthétique, comme ce qu'on trouve dans la composition d'un tapis par exemple.

— Un tapis de chez lui ?

— Non, rien qui corresponde. Parce que chaque fibre de tissu a des spécificités et sur certaines de ces fibres, on a trouvé des polymères synthétiques en proportion d'un cinquième, par rapport aux naturelles, et cela veut dire que le tapis a été fabriqué en Espagne. Ce sont des produits qu'on utilise pour lubrifier les fils de trame, dans un processus appelé ourdissage.

Chaque pays a ses propres normes. Le tapis sur lequel a frotté le pantalon de Sandru ne décore ni son appartement, ni son lieu de travail. Selon son épouse, il ne s'est rendu que dans le supermarché, au bar, avec ce pantalon depuis qu'elle l'a lavé. En conséquence de quoi il serait légitime de penser que le meurtrier et la victime se sont rendus ensemble dans un lieu disposant d'un tapis espagnol.

— Vous avez fait un sacré travail ! Et on sait si Maxiola portait les mêmes traces ?

Pieri fouilla le dossier et, épluchant la liste des composants, confirma.

« Oui, même chose ! Les amidons et les polymères présents dans les fibres sont à hauteur de 1/5e.

— Donc on a la certitude qu'il s'agit du même coupable… Mais on n'a pas de piste !

— À part vous ! énonça Élodie calmement. Vous dans le pire, un homme qui vous ressemble, dans le meilleur, et donc la question est : quel intérêt auriez-vous dans la disparition de ces deux hommes ? ET, les ragots vous présentant comme un des violeurs en bande dans les années pop sont-ils avérés ? »

Buttafuoco se statufia, Pieri ouvrit la bouche, les deux évitant de croiser le regard de Pierucci, mais celui-ci comprit que Trigano-Nada lui rendait service. Les autres étaient trop proches de lui, ils n'avaient pas le courage de l'affronter, et leurs liens leur brouillaient l'esprit, il fallait qu'il parle. Parfois, le silence ressemble à un aveu. Il respira profondément.

« **C'est quoi cette histoire de ragots ?**

— Il court une rumeur selon laquelle vous trois, j'ai nommé les deux victimes et vous, auriez commis une grosse bêtise dans votre jeunesse, après une soirée trop arrosée, dans un petit bar d'Aix. Une histoire qui éclaire les mutilations d'un jour nouveau, et qui pourrait donner un début de solution. En tout état de cause… Je n'ai pas réussi à trouver qui les a lancées, mais tout le monde en parle. On dit que vous vous étiez lâché, et que des filles en auraient fait les frais, qu'elles sont revenues pour se venger, et que vous avez voulu étouffer l'affaire. Des choses de ce genre. Voilà ! Il vaut mieux vous le dire franchement ! Non ? »

Il ne s'esquiva pas, c'était grave. La communauté était petite et s'échauffait rapidement. Il valait mieux tuer les soupçons dans l'œuf, sa vie était déjà bien assez compliquée comme cela.

« Comme nombre d'hommes de ma génération, j'ai fait la fête dans ma jeunesse, et Mai 68 venant juste d'exploser, nous en avons bien profité. Je ne dis pas que j'ai été sage, certainement pas, mais je n'ai pas à me reprocher de viol ou aucun acte mettant en cause une personne contre sa volonté. Et je suis sûr de n'avoir jamais participé à une soirée avec ces deux-là.

— Vous pourriez l'avoir oublié, avoir trop bu pour vous en souvenir !

— C'est possible, je ne le nie pas, dans l'abstrait, il y a beaucoup de Corses, entre Marseille et Aix. Nous avons pu nous croiser, mais pas comme cela. Vraiment pas. En revanche, j'ai eu affaire, à une période très récente, à un homme qui me ressemble tant qu'il a pu faire signer à Quiliquini le maire de Sartè, l'autorisation d'exhumation du corps de mon père. Je n'ai été mis au courant de l'affaire qu'après que la facture m'ait été présentée, et quand j'ai foncé sur Sartè, la secrétaire, droit dans les yeux, m'a soutenu qu'elle m'avait vu, de ses yeux, pour ce papier. Alors, quand Comiti a dit qu'il m'avait reconnu avec Cucchi, je n'ai pas pris ses propos à la légère, et je crois que quelqu'un essaye de m'impliquer dans une affaire dont je ne comprends pas la finalité.

— Vous pensez à une vengeance d'une personne jaillie de votre passé ? » Pieri lui sourit comme en encouragement.

« Je pense que je suis pris dans quelque chose que je ne comprends pas et qui me dépasse et c'est pour cette raison que j'ai envoyé mon fils et Sofia au loin !

— J'imaginais juste que c'était pour avoir place nette », répondit Butta sans rire.

22

PIERUCCI ÉTAIT RENTRÉ TARD CHEZ LUI, très tard. Il n'avait pas pris la déposition de Comiti, et remerciait sa chance, ou son ange gardien, du fait que le témoin ait été un alcoolique notoire, un pochetron de si haut vol qu'il avait à son tableau de chasse l'extermination d'un grand nombre de poteaux électriques, téléphoniques, dont un au moins se dressait autrefois, solitaire et nu, en plein milieu d'une immense esplanade, rendant donc l'exploit particulièrement remarquable. Personne ne l'écoutait officiellement, mais tout le monde l'entendait quand même. L'alcool le rendait bavard, agressif, querelleur, et il lui restait peu d'amis au regard de cet état de fait. Un autre que lui aurait assisté à l'enlèvement de la seconde victime, et Armand se retrouvait avec des ennuis qu'il n'avait pas même soupçonnés. Car il pensait que l'outre à vin avait vu juste, et que la ressemblance avec le kidnappeur et lui était forte, elle avait bien permis qu'on emportât le corps de son père du caveau de Sartè. On tissait autour de lui un réseau de fils de plus en plus entrelacés, de plus en plus proches et de plus en plus dangereux. Mais on le faisait lentement, vicieusement, et il en avait le frisson. Il tenta de réfléchir à cette affaire comme s'il n'était pas professionnellement impliqué.

Certes il n'avait aucun mobile qu'il connût à l'heure actuelle — pour Sandru s'entend car le motif de l'appât du gain fonctionnait très bien pour Andria, en dépit du fait qu'on pouvait considérer qu'il s'y était pris bien tard, si son mobile était le domaine dont il venait de prendre connaissance — mais il ne doutait pas que ses ennemis y aient songé avant lui, dans la mesure où il avait beaucoup de retard sur eux. Quand Comiti avait téléphoné, il avait eu une sorte de révélation. Pour une raison qui lui échappait encore, l'enquête allait croiser son propre chemin, et il ferait un suspect plus que convaincant en temps utile.

Du reste, avait-il un alibi pour les deux meurtres ? Il ressentit une crispation familière au niveau de l'estomac avant même de pouvoir répondre, il n'en aurait pas. Saisissant son smartphone et passant sur l'application calendrier, il réfléchit. Sûrement devait-il être au lit comme tout le monde, et il y avait sa famille qui… Quel jour déjà, il faisait défiler les dates. Jeudi, vendredi, samedi… Non, bien sûr que non ! C'était le soir de sa panne. Son échec viril l'avait perturbé si gravement que, ne pouvant dormir, il avait roulé à l'aventure dans la nuit, s'arrêtant pour marcher rageusement, guidé par un beau clair de lune, reprenant la route et terminant par s'endormir sur le siège de l'auto, du côté de Pertusato. Il ne doutait pas un seul instant qu'un imbécile heureusement éclairé finirait par venir témoigner qu'il l'avait vu dans un endroit où un père de famille respectable, nanti d'une compagne avenante, n'avait rien à faire seul à cette heure de la nuit… Et le matin, cette réflexion du Portière devant Buttafuoco, sur sa fatigue et peut-être encore un autre témoin, au sujet de l'état de ses vêtements… Il sentait une main le saisir au col, au cœur, au ventre.

Quel était le lien entre ces meurtres et la disparition de son père ? La concomitance ne pouvait être accidentelle ! Tout cela procédait d'une même dynamique… Il avait eu raison d'envoyer Angelo au loin, plus question de le garder au cœur de la tourmente qu'il appelait sa vie. Peut-être même devrait-il sérieusement réfléchir à la façon dont il allait vivre dans le futur. Il se leva du canapé sur lequel il s'agitait pour aller chercher une assiette de charcuterie et un verre de vin à la cuisine. Il en profita pour faire rentrer la chienne, et fut tout surpris quand l'énorme bête jaune qui avait squatté le pied de l'arbre la suivit, singeant dans un simulacre mal maîtrisé la fête que lui faisait la première. Comme si ce qui était bon pour elle l'était pour lui et qu'on ne puisse le jeter dehors. Perplexe, il contempla la volumineuse masse de poils, dont la tendresse maladroite et pataude projetait des millions de follicules rêches et jaunes partout. Et puis il fut débordé par la tendresse de l'animal. Bah ! Après tout, qu'il en profite, il verrait plus tard… Quand il fut réinstallé, les deux compagnons se couchèrent en soupirant à ses pieds, et cela lui fit un bien immense. Il avait récupéré son carnet de notes et inscrivit, tout en mordant dans le sandwich qu'il s'était confectionné :

« Vérifier les liens de parenté, même les plus éloignés entre les deux victimes.

Liens éventuels avec moi ?

Voir pour un racket des restaurants ?

Pourquoi émasculer *post mortem ?* Pas dans la norme »

Soudain, le stylo en l'air, il fut saisi ! Et s'il avait un jumeau maléfique ? Après tout, sa mère avait bien fait un enfant dans le dos de son père, pourquoi pas deux ? Elle aurait pu le garder lui, et confier l'autre à un orphelinat ? Pourquoi ? Pourquoi ne pas conserver les deux ? Stupide, absolument stupide. Il délirait.

Mais le fait était que pour un homme à qui on vient d'apprendre que son père ne l'était pas, toutes les combinaisons semblent possibles. Un jumeau maléfique avide qui voudrait la propriété et sans scrupules la vendrait ? Non, elle n'était pas vendable. Et un *Alien* aussi, pendant qu'on y était ! Il en revint à sa mère et se repentant, se demanda si, à force d'attendre d'elle le pire, il n'avait pas imaginé bien plus qu'elle n'avait fait. Il griffonnait sans y prendre garde… Elle devait dormir dans sa tombe, se moquant bien des hypothèses échafaudées par son fils délirant. Peut-être suis-je en face d'un cas d'escroquerie simple et banale, même si un peu énorme ! Il me suffit de savoir si Mme Casamozza est chez elle, de la rencontrer, et voilà un soupçon inutile de levé ! Il rajouta à sa liste : « Appeler Ajaccio, cf. existence de Casamozza » Il avait eu trop à faire de tous côtés ces derniers jours et n'avait pu se livrer aux vérifications de base ; il partirait ce week-end et ne remettrait plus au lendemain ces fondamentaux. Retournant se chercher un verre de Marfisi, il alluma le bouton de la télé, nota la récurrence du mot « crise », utilisé pour tout et à tout propos, se lassa des actualités sans nouvelle, du parc d'attractions permanent dont on voulait faire la vie, au travers des publicités et des émissions diverses, qu'elles soient de chanson ou dites de réalité. Dans un Happy Monde digne des plus grands ouvrages de science-fiction, on vantait des camemberts qui rendent intelligents et qui donnent des amis, des serviettes périodiques qui font désirables et libres — le contraire absolu de la réalité — des eaux pures, quand elles débordent d'antibiotiques et de substances chimiques diverses, de nourriture saine et biologique, bien que dégueulant d'usines desquelles des files de camion ininterrompues ne cessaient d'entrer et de sortir. Des milliards de tonnes de bouffe, de lessive, de déodorants, de dentifrice, pour des milliards de bouches et de trous du cul qui engouffraient et expulsaient sans s'arrêter. Des modes, dont le simple fait d'être un objet de publicité certifiait qu'elles étaient déjà dépassées, que le catalogue de la saison prochaine était déjà prêt, celui de la saison d'après, quasi fini… Une course sans fin, constante, une valse d'étiquettes, de consommables, un monde qui se rétrécissait, et d'immenses boules brillantes qui le surveillaient, et surveillaient des fourmis inconscientes et agitées… Il se réveilla en sursaut, le cœur battant… jura : « ne plus s'endormir » devant la publicité et monta à l'étage, terminer s'il était possible, sa nuit. Quand il tira les volets de sa chambre, par habitude, il jura en constatant qu'il empilait les cartons et les sachets papiers avec tant de zèle que l'impressionnante pile était à présent difficile à ignorer, même pour lui. Il avait promis à Sofia de s'en occuper depuis deux mois déjà ; depuis, la bête avait engraissé et semblait tapie sous ses fenêtres. Il était ainsi, négligent pour tout, procrastinateur… Il soupira.

Le lendemain, il prit la route au petit jour, en direction d'Ajaccio. Il aimait cette ville presque autant que le Sud et l'Alta Rocca, mais dans ce presque, il y avait un abîme. Il avait eu la possibilité d'y vivre, acceptant pour ce faire la promotion qu'on lui avait offerte. Mais il n'avait pu s'y résoudre. *Sarettu,* incorrect avec lui-même, la pire des hypocrisies, il refusait d'admettre qu'il était incapable d'un déménagement et d'une transhumance ; pour atteindre des sommets, il faut y croire, en avoir envie, se laisser griser par l'humain, l'ambition, le pouvoir. Lui avait laissé la résignation s'infiltrer profondément dans son âme. Il n'était plus à même de supporter les aberrations d'une bureaucratie qui ne comprenait rien aux microcosmes et qui appliquait partout les mêmes moyens… Ne venait-il pas de lire dans *Libération*[1] que le continent mettait dans le

---

1. Par **LUC LE VAILLANT**

« Voilà, c'est fait ! Le continent a tranché. Il ne veut plus de son île de Beauté. Il est écœuré de la sanglante ardeur que met à son autodestruction cette splendeur indécrottable et inamendable. Il

même sac les braves gens qui travaillaient et œuvraient

---

n'a jamais compris ses façons d'être, mais là, il a même fini de s'en désoler. Désormais, il n'y a plus rien à négocier, rien à espérer. Il faut juste couper les amarres et laisser dériver ce territoire au gré des vents et des courants.

Les corps s'alignent dans les mémoires, criblés de balles, sur une place de village, à la terrasse d'un bistrot, entre deux pompes à essence, en contrebas d'un parking huileux, sur une route bordée de châtaigniers et que traversent les cochons sauvages, le groin au vent.

Dans cette morgue pleine, on trouve des crapules en treillis, des demi-sel à casque intégral, des encagoulés au crâne bas. Mais aussi, un préfet, des élus, un responsable de chambre de commerce, un avocat.

Pourquoi est-ce le meurtre du président du parc naturel de l'île, 65 ans, survenu le 25 avril 2013, au volant de sa berline noire, qui a marqué le point de rupture ? Personne ne le sait.

Manuel Valls en avait peut-être assez de se rendre sur place pour inaugurer les chrysanthèmes et déplorer *« cette violence enracinée dans la culture corse depuis des décennies »*. Pour une fois, Hollande a aggravé la peine.

Oubliez le droit à l'autonomie et les déclarations d'indépendance, c'est d'une rupture géographiquement définitive qu'il s'agit. Le continent ne veut plus voir en peinture cette île biseautée, ni apercevoir depuis la Riviera, les sommets qui percent le bleu du ciel quand le mistral dégage l'horizon. Et comme en Corse, rien ne se passe jamais comme ailleurs, la fiction a mis les bouchées doubles pour transfigurer le réel.

L'idée générale qui était «casse-toi de là» a pris un tour effectif.

Depuis quelques jours, le charivari s'accélère. L'Etat français rapatrie ses gendarmes et ses juges, ses inspecteurs des impôts et ses derniers douaniers.

ici comme ailleurs à la prospérité commune et les ban-

Vexés, les insulaires battent le rappel des nés natifs disséminés sur le continent, des compagnons de route des étés en pente douce et des Maures à tête dure.

Partir ? Rester ? Revenir ? Les résidents se redécouvrent pieds-noirs dans l'Algérie de 1962 et se demandent s'il faut regagner la terre ferme d'une Europe en crise ou demeurer sur cette île itinérante qui n'entretiendra plus aucun lien avec la stabilité passée. Les couples et les familles se déchirent. Il y a ceux qui se replient dans le giron national et ceux qui choisissent l'aventure.

Martial, Hollande coupe à la hache la dernière amarre, qui a tout du cordon ombilical nécrosé. Déhalé par les ferrys de la SNCM qui a échappé au dépôt de bilan, l'immense paquebot Corse s'éloigne lentement du quai bleu — blanc — rouge. Ray-Ban et cigare au bec, alangui dans son transat, Jacques Dutronc caresse ses chats, sans un regard pour Françoise Hardy qui écrase une grosse larme à bord d'un des yachts venus assister au départ comme s'il s'agissait du Vendée Globe.

Sur la dunette de commandement, là-bas du côté de Corte, Alain Orsoni, grand seigneur, laisse les commandes au fantôme de son rival préféré, François Santoni, revenu de son maquis éternel pour l'occasion.

Dans l'ombre des héros «natios» qui s'affichent en gloire, capitaines autoproclamés du vaisseau embrumé, on discerne une silhouette à la tête rase. Yvan Colonna a embarqué, écrou levé par l'administration pénitentiaire française qui l'a expédié juste à temps dans le centre de détention de Casabianda, d'où il s'est vu extraire illico pour services rendus à la cause. Jumelles en sautoir, il joue les pilotins mutiques mais porte encore un bracelet électronique au poignet, doublé d'un boulet à la cheville comme au temps de la marine en bois. Signe que l'air du large n'accélère pas forcément la pacification de la pétaudière FLNC,

dits de tous bords qui mettaient l'île à feu et à sac ? Pouvait-on résumer l'ensemble de la population à quelques extrêmes ? Mais, pour beaucoup, l'île n'était qu'un parc d'attractions huppé pour touristes de luxe, chanteurs bobos faussement simples, humoristes hystériques et autres avatars d'un parisianisme qui la faisait osciller entre un réservoir à mafieux et autres cagoulards et un élevage de bergers. Chaque changement de gouvernement voyait arriver une pluie de circulaires, apportant de nouvelles solutions à ses vieux démons, et puis les

---

où la querelle des générations pourrait valoir quelques explosions de fusées de détresse.

A la proue du navire, vers Saint-Florent, il y a une silhouette solitaire, brune et efflanquée, revêche et tourmentée, qui regarde les flots s'ouvrir sous elle, comme si elle avait envie de s'y jeter. Hélène Fillières a endossé définitivement les tenues sombres de son personnage de *Mafiosa*, la série de Canal + où elle jouait une héritière mafieuse. Veuve corse relookée par Hedi Slimane, l'actrice semble porter le deuil d'une France abandonnée. A moins qu'elle n'attende la venue d'un Leonardo DiCaprio qui la sortirait, elle et cette île à la dérive, d'un destin à la Titanic.

Les radars ne tardent à perdre toute trace du rafiot montagneux qui a cessé toute communication avec le monde hyperconnecté. Ensuite, seules de vagues rumeurs parviendront encore aux terres immergées. Ainsi, la Syrie aurait refusé à la Corse, l'accès à ses eaux territoriales. Ou bien, l'île en forme de poing au majeur dressé aurait réussi à s'affiner pour passer le détroit de Gibraltar. Et puis, elle aurait fini par s'échouer dans la mer des Sargasses, par y prendre racine et par y installer casino royal et paradis fiscal. Ou comment n'échapper jamais à sa mauvaise réputation… »

préfets passaient, les fonctionnaires passaient, et rien ne changeait. Il n'y croyait plus, ni à son métier, ni à l'espoir d'une intelligence dans les rapports humains, il se voyait comme un technicien de surface chargé des taches résistantes, rien de plus.

Et tandis qu'il raisonnait, ruminait, ronchonnait, il mangeait les kilomètres, passait Propriano, oubliait son café à la Forge pourtant déjà ouverte, et pénétrait après avoir emprunté le toboggan du pont magnifique qui enjambait le Taravu, le pont d'Abra, avec un plaisir d'enfant qui fait glisser un jouet, se présentait aux portes d'Ajaccio.

À cette heure matinale, il s'infiltra facilement dans la ville et se gara sans problème le long du bord de mer, non loin de la rue Marcaggi où Mme Casamozza résidait. Ancien quartier résidentiel, l'immeuble était beau, ceint d'un jardinet clos par un portail de fer forgé à volutes où poussaient de guingois des palmiers outrés comme des poulets déplumés qui se sont battus. L'Hôtel de Région se trouvait à un jet de pierre, une merveille qui ramenait dans le passé et qu'on ne pouvait contempler sans voir bruire la Belle Époque. Le nom qu'il cherchait était bien inscrit sur la boîte aux lettres, et la porte entrebâillée. Il était encore tôt, mais il se dit que les vieux ne restent pas au lit le matin, ils tombent le soir, menton en tiroir pendant sur le ventre, devant la télé, et trottent au petit jour. Il sonna en pure perte, s'énervant de son échec, certain qu'elle n'était pas là, et rageur de ce fait.

« Mme Casamozza est absente, l'informa un voisin agacé par le bruit, inutile de réveiller toute la maison.

— Est-elle retournée à Castelluciu ?

— Je ne pense pas, elle était en pleine forme, une vraie résurrection, elle a même abandonné sa canne. Nous peinions à la reconnaître à son retour…

— Êtes-vous certain qu'il s'agissait bien d'elle ?

— Et qui voulez-vous que ce soit ? Le vieil homme à la chevelure ébouriffée s'énerva.

— Et vous, qui êtes-vous ?

— Mme Casamozza était la voisine de chambre de ma mère, je voulais lui rendre une visite de courtoisie…

— Ce n'est pas courtois, cependant de sonner de la sorte ! Elle n'habite pas ici en ce moment, de toute manière. Quand elle allait bien elle passait ainsi l'année en se partageant entre ses diverses propriétés, elle aime beaucoup la montagne et possède une maison dans le cap, à Sisco, mais quand elle s'est affaiblie, elle a cessé ses migrations.

— Qui ont donc repris !

— Voilà ! Bon, j'ai à faire, Monsieur… »

Et il referma sa fenêtre.

Une maison à Sisco, il n'y avait pas besoin de demander si la dame avait du bien, c'était certainement un des *palazzi* des Américains, ces villas luxueuses bâties dans le style toscan, et qui affichaient le luxe des expatriés au début du XXe siècle. Sa chère mère ne s'y était pas trompée… Si c'était elle. Il enrageait. Elle ne risquait pas d'être démasquée par la perspicacité des voisins…

Il balançait... Remettre les éléments entre les mains de la police d'Ajaccio afin qu'ils diligentent une véritable enquête, si sa mère avait tué, c'était la seule chose à faire... Il n'avait pas le temps d'aller dans le cap, trop de charges chez lui...

Sa pensée, tandis qu'il marchait, cherchait un moment heureux et doux partagé avec elle, n'en trouva pas. Il la revoyait pleurer, rire, tanguer dans le couloir sous le poids d'un pot de fleurs, virevolter dans le salon, mais tout était destiné à son mari, c'était à son usage unique qu'elle concoctait des mines de chatte plongée dans une jatte de crème. Lui n'existait tout simplement pas à ses yeux... Elle le repoussait systématiquement, quand, maladroitement, il tentait de l'approcher. Il y avait toujours une *raison*, il était trop vif, trop impétueux, il sentait la sueur, elle s'écartait de lui avec la répulsion de celui qui craint un contact hideux. Et de fait, avec le temps, son odeur à elle, faite de peau surchauffée, de crème de soin et de gant de toilette qui a séché, tiède, douceâtre, blanche, lui donnait-elle, à lui, envie de s'essuyer au plus vite. Malheureux de n'être certain que de la filiation maternelle et d'avoir pareille génitrice.

Il récupéra sa voiture, et décida de rendre une visite à Barcelli, au cas où celui-ci aurait appris des nouvelles, soucieux en fait de n'avoir pas fait un voyage pour rien, et finalement se rendant compte qu'il était attaché au vieux.

23

Le Vieux gisait au fond de son lit, dont on avait remonté les barrières de protection. Il somnolait, tête jaune de melon d'hiver tavelé, sur l'oreiller. Le gros nez tuberculeux, les sourcils épais aux poils broussailleux durs et piquants, toute cette bouffissure, cet excès de peau, semblant avoir été taillée pour un autre, enroulée en plis caoutchouteux autour de ses os perçants.

« Salut, petit ! murmura le torrent de rocaille de sa voix, sans qu'il ouvrît les yeux. Tu viens vérifier que je suis toujours vivant ? Et le terrible regard acéré et dur plongea dans son âme.

— J'avais à faire sur Ajaccio, qui m'a pris moins de temps que prévu.

— J'ai appris pour Cucchi, *posa chi*, tu me donnes le vertige ! »

Pierucci prit le siège, dont les accoudoirs portaient des traces douteuses, tout comme les rails qui empêchaient le vieux de descendre de son lit, et la tablette, hâtivement torchonnée.

« Vous êtes plus mal ?

— Parce que je suis alité ? *Inno*, juste ce sont ces souris qui ne veulent plus me voir rôder dans les couloirs. Elles prennent leurs aises et leur temps, et moi j'allais me dégourdir les pattes, mais cela ne leur plaît pas…

— Vous alliez draguer dans les couloirs, oui ! » dit le commissaire pour détendre l'atmosphère.

— Tu as vu ces vieilles ? *Scemu*, pour qui a de l'argent, il n'y a pas de vieillesse, je peux avoir une jeune si je veux, pas besoin de poser mes yeux sur ces déchets. » Le silence se fit quelques secondes, celui du dégoût d'un côté, et de la réflexion de l'autre.

« On m'a dit pour Sandru, étrange !

— Une tentative de récupération des restaurants de la Marine ?

— Non, il y a les miens, et je n'ai pas été contacté, personne ne m'a rien dit. Improbable. Je sais que les Russes ont commencé à s'installer, *veru*, mais ce ne sont pas eux. Moi aussi cela m'a interpellé, parce que c'est rare, tout de même que je ne sois au courant de rien. Et ce rien en un sens, est une information.

— Comment cela ?

— Parce qu'il ne peut s'agir que d'une histoire personnelle. Les deux, Sandru et Andria se sont peut-être trouvés à un moment dans une histoire, et quelqu'un se venge. Ils ne sont pas parents, si lointains les liens seraient-ils, donc pas une histoire d'héritage, et de toute manière, le fonds de Cucchi il est bientôt à moi ?

— Pardon ? Et pourquoi ?

— Parce que cela fait trois saisons qu'il se fournit entièrement chez moi sans payer un centime, il signe les factures et ne règle rien. Quand je lui ai présenté la note, il a dit : « la saison prochaine », et cela dure. Cette année, je réclame ce qu'il me doit. Il le savait du reste, il m'avait demandé quelques semaines pour avertir sa femme… Il a même vendu son appartement.

— L'appartement où elle habite ?

— En location, il va falloir qu'elle se mette au boulot. Elle va retomber de haut, *certu*… De quoi est-il mort, si tu as le droit de le dire ?

— Comme le premier, drogué, étouffé et émasculé, mêmes indices.

— J'en avais entendu parler. Oui, tu vois, c'est une histoire personnelle cela, chez nous, on ne fait pas dans la complication à ce point. C'est trop long, trop voyant, pas dans nos manières. Cherche s'il n'a pas reçu d'avertissement, on ne fait pas cuire le poulet sans avoir allumé le four ! Et regarde si ces deux-là avaient des liens.

— Mes hommes sont dessus. »

Une infirmière entra portant une boisson protéinée, elle ne lui proposa pas de choisir un parfum particulier, lui tendit de la vanille.

« Je n'aime pas la vanille !

— Je n'ai plus rien d'autre, c'est cela ou rien !

— Les autres, ils ont le droit de choisir, je vous entends dans le couloir.

— Vous la voulez, ou non ?

Donnez-moi ça ! »

Il récupéra le flacon, de ses pattes griffues, et planta sa paille dans l'opercule. Une langue reptilienne jaillit de ses lèvres épaisses et attrapa le chalumeau. Il aspira avec avidité, en grognant.

« Bon, je vais vous laisser ! » intervint le commissaire.

« Apporte-moi des journaux politiques la prochaine fois. Ma famille me les refuse en disant que cela me met de mauvaise humeur, mais de toute manière, d'être ici me met de mauvaise humeur. Tu y penseras, hein ?

— Oui, promis, et autre chose ?

— Non ! Apporte des nouvelles, trouve, et pour une fois ne te laisse pas noyer dans tes états d'âme… Au fait, Pierucci, en quoi elle te concerne, cette histoire ?

— Quoi ?

— Qu'est-ce que tu as à y voir ? On te menace ? Tu as des ennuis ? Tu as expédié femme et fils au loin en pleine année scolaire. C'est que tu es inquiet… Et puis on m'a raconté une curieuse histoire d'exhumation et je peine à croire que tu y sois pour quelque chose…

— Vous êtes comme cela renseigné sur tout le monde ?

— Disons que je suis rarement surpris. Alors ?

— Des ennuis de famille, et je prends juste mes précautions. C'est tout.

— Il faudra que tu me racontes, je te préviens !

— Oui, une prochaine fois, je le ferai… »

Pierucci se leva, lui serra la main, et se dirigea vers la porte, mais l'évidence était venue à lui. Il ne pourrait rien dire à la police, parce qu'ils étaient des étrangers, mais à cet homme-là, il pouvait, parce qu'il comprendrait toute la douleur et toutes les contradictions auxquelles il faisait face. Alors il reprit la chaise répugnante, se rassit et narra tout au sujet de sa mère, en commençant par l'hypothèse de la substitution des vieillardes. Il le fit, se surprenant à se confier à celui qu'il considérait comme son plus vieil ennemi, mais sachant aussi qu'un ennemi de cette importance vaut mieux que bien des amis.

« Vous la pensez possible la substitution, vous ? » La voix était timide.

« Ce n'est pas impossible en tout cas, il te suffit de jeter un coup l'œil dans les chambres voisines et de regarder ce qu'il s'y trouvait. Des femmes hirsutes, revêtues du même linge d'hôpital uniforme, les cheveux blancs et dressé autour de regards hagards et hostiles. Certaines sont affalées au fond d'une chaise, au fond d'un lit sans dire un mot, se laissant manipuler comme de vilains objets. Si cette madame Casamozza ne hurlait pas, ne faisait pas de scandale, les infirmières étaient trop occupées par les malades difficiles, elles peuvent avoir été trompées… Ce n'est pas impossible, mais il faut vraiment une cervelle… » Il se tut par politesse, machine à moudre les pensées, parfaitement lucide, parfaitement conscient, toujours aussi intelligent. Il lampa le reste de son pot, et reprit la parole :

« Je vais mettre des gars dessus, discrètement, ne t'inquiète pas, s'il y a quelque chose à trouver, je trouverai.

Mais petit, sans vouloir être malpoli, tu es un défi à la logique, à la vraisemblance, et à la normalité, toi !

— Je le sais, n'en doutez pas. Cela m'empêche assez de dormir.

— Qui disait cela ? Nabokov je crois, « le sommeil est la confrérie la plus idiote qu'il soit » et il a bien raison. Veille Pierucci, tu mourras moins vite. Tu vois, ici le temps ne coule pas, il s'égoutte comme un chien qui rentre d'une promenade dans un marécage. Parfois il s'ébroue et se perd, ensuite il pleure, poil après poil, pendant que le sentiment d'humidité persiste. Il m'arrive de vouloir mourir d'un coup, une bonne fois pour toutes, et puis non ! Tant que j'emmerde ces souris, j'ai encore de la vie…

— Je vous ai fatigué ?

— Au contraire, tu es un des rares qui me rendent la vie, quand je vois ta misère, que tu promènes comme un caniche, il me semble que je vais mieux. »

Armand rangea sa chaise, salua, et sortit dans le couloir. Il promit encore de rapporter des journaux, avant de fermer l'huis. Les portes étaient ouvertes dans toutes les chambres et il ne put s'empêcher d'y jeter un œil curieux. Effectivement, effondrées sur des fauteuils, végétant dans des lits, les mêmes paupières en rideaux tirés, les mêmes chairs blanchâtres qui apparaissaient sans souci de pudeur, les mêmes chevelures folles de frottement d'oreillers, il tenta de reconnaître un visage, ne le put, le Titanic du grand âge emportait tout ici, il se sauva.

24

« Monsieur Pielucci, bonjoul ! » « Monsieur » pas « Commissaire », le destinataire le nota.

Sur un signe de tête assez sec le gourou le pria de s'asseoir. Ce qu'il fit. Bien obligé, il allait au mur avec ses délais.

« Nous avons à discutel comme des adultes, si vous le voulez bien ! Je n'ai pas l'intention de vous faile Peldle votle temps, pas plus que je ne souhaite peldle le mien. Poul commencel ayez l'obligeance de coupel cet enlegistleul malséant, que vous n'avez pas le dloit d'utilisel, puisque vous ne m'en avez pas demandé l'autolisation. Si vous venez ici, c'est palce que la lécullence de vos états de déplession nuit à votle tlavail, palce que vos lésultats semblent toujouls plus du fait de la bienveillance du hasald que du fluit de vos léflexions et que vos supélieuls se demandent si la mise à la letlaite anticipée ne selait pas poul vous une bonne solution. Ol, le fait est que vos agissements ne me donnent pas poul l'instant de matéliel poul plaidel poul votle maintien. Vous me semblez êtle une folme de nuisance humaine, monsieul Pielucci et votle collabolation est une ulgence…

– Personne ne vous a jamais dit que votre flux verbal donnait la migraine ? Personne ne vous a jamais dit que ce local pathétique est à lui seul un motif de suicide ? Vous voulez que je collabore ? Signez ce foutu papier, et laissez-moi aller gagner ma vie, au lieu de m'obliger à ces simagrées qui ne font du bien qu'à votre portefeuille. Vous ne devriez même pas exercer !

— Vous avez tolt de le plendle ainsi, commissaile et je pense que vous le leglettelez. Cependant on m'avait avelti, je vous laisse donc encole la possibilité de faile un effolt, vous leviendlez donc, et peut-êtle complenez-vous où est votle intélêt ! »

Bien qu'ayant avalé sur le pouce un déjeuner qu'il considérait comme raisonnable, Pierucci était en pleine montée de sucre, ce que le Montemagni Patrimonio n'avait sûrement pas amélioré, mais il était si *délicieux*. Aussi sentit-il l'huile bouillante de la colère se déverser en lui. Le sang affluait dans son estomac congestionné, obligeant la pompe cardiaque à s'agiter, accélérant. Il était rouge, et fou furieux.

« Monsieur…

— Docteur !

— En France le terme « docteur » appartient à ceux qui ont passé une thèse, qui ont suivi des études de médecine, validé un cursus. Si cela avait été votre cas, vous ne seriez pas assis dans ce réduit à poubelles, contraint à une discrétion qui s'impose pour ne pas alerter les médecins véritables. Que vos bras simiesques vous aient permis d'avoir assez de relations pour brouillonner ma vie est un fait, un fait auquel je vais mettre bon ordre, croyez-moi !

— J'espèle que vous aimez le tlavail de lestaulation, monsieul, cal quand j'aulai fini mon lappolt, c'est le seul choix qui se ploposela à vous !

— Vous devriez bien vous poser la question ! Je ne doute pas que les sommes perçues en liquide, dans ce cabinet qui n'existe pas, vont intéresser les services concernés, bien le bonjour, monsieur ! »

Dans un état de rage difficile à décrire, il quitta la pièce minuscule en claquant la porte, et s'enfila dans sa voiture, qui démarra en rugissant. C'est ainsi, que très peu serein, il regagna les bureaux du port.

« Nous avons peut-être trouvé quelque chose ! s'exclama Pieri quand il l'entendit arriver.

— Ah ! Enfin une bonne nouvelle… » Il jeta sa carcasse sur la chaise comme s'il avait l'intention de la démolir, et le lieutenant qui connaissait son bonhomme entra à pas menus, suivi des deux autres. Ils prirent place autour de la table ronde.

« Voilà ! Cucchi dans le temps a fait des études de science, assez poussées. Du reste il a été prof de bio, quelque temps, à la fin de sa fac !

— J'ignorais cela ! Et où cela nous conduit il ?

— Au fait qu'Andria fréquentait la même université au même moment : Aix. Lui était en droit.

— Beaucoup d'entre nous vont faire leurs études là-bas !

— Ils fréquentaient le même bar, Le Verdun. Or dans les années où ils étaient là-bas, en 1985, en plein milieu de la guerre de Francis Vanverberghe dit le Belge contre Zampa, qui voulait reprendre le monde de la nuit en main, il y a eu une grosse beuverie un soir, beuverie dans laquelle des filles ont été bousculées. Cela se serait mal terminé et le scandale aurait été étouffé, eu égard au statut de Corse des jeunes incriminés. Vous vous rappelez que ce sont les insulaires qui ont repris un peu plus tard les affaires du Belge[1].

— Oui, je connais l'histoire, mais le rapport ?

— Il y avait comme une peur des Corses qui a permis d'aplatir certaines… difficultés.

— Quand tu dis « bousculées », tu parles de viol ?

---

1. Après la mort de Francis Le Belge en 2000, le milieu marseillais semble être repris en main par les Corses, qui en avaient été éclipsés par l'assassinat en 1982 de Marcel Francisci et en 1985 de Paul Mondoloni. Les Corses ont pour atout d'être les rares groupes à être organisés, d'être les plus discrets, voire d'être les seuls à savoir se montrer si besoin solidaires, face à l'éclatement de la grande délinquance «sans foi, ni loi». Ainsi, selon les Renseignements généraux de la police en 2003, « il y aurait une entente entre une partie des Bastiais de la Brise de Mer, les Corses de Marseille et un Italo-Marseillais pour reprendre le contrôle des affaires du Belge » 3. http://fr.wikipedia.org/wiki/Milieu_marseillais

— Du côté des filles, c'est ce qui a été dit. Du côté des garçons, on soutient qu'il y a eu des gestes très déplacés, mais rien de plus. Et qu'elles étaient là de leur plein gré.

— Combien ?

— Trois ! Vous avez les noms, là. » Il glissa un papier. « Elles ont porté plainte ?

— Brièvement, mais elles l'ont retirée très vite. De fait il n'y a quasiment rien dans les archives.

— Comment tu as su ?

— J'ai fait mes études à Aix, comme tout le monde, il me restait des relations, j'ai posé des questions à des gens… Des bouts de journaux… Au final, le temps avance mais rien ne se perd.

— Et tu es sûr que nos deux victimes étaient impliquées ?

— Maxiola c'est certain, il a même eu des ennuis plus tard quand il tenait son restau là-bas, une des filles, qui avait vieilli, lui avait gardé rancune. Elle venait s'installer à sa terrasse et braillait qu'il était un foutu violeur.

— Il faudra vérifier où elle se trouvait au moment… Le nom…

— Attendez, j'ai mieux ! On a épluché les comptes de Cucchi, il était couvert de dettes, au bord de la faillite, mais surtout, il envoyait de l'argent tous les trois mois depuis quelques années, et de grosses sommes…

— À une des trois femmes ? Silence, hochement de tête. C'est sûr ? La même ?

— Certain ! Mais non, pas la même, la deuxième. »
Le Gros se tortillait, le plus dur restait à dire.

« Il y a autre chose ?

— Oui ! Selon les mêmes sources, il y aurait eu une troisième brute identifiée ce soir-là… Quelqu'un dont le nom aurait été tu à l'époque, et pour qui la mémoire est revenue.

— Ne me dis pas, je sais…

— OH OUI !… Vous ! »

Pierucci prit le coup en pleine face, chancelant presque sous l'annonce. Les trois officiers le fixaient en silence, attendant qu'il réagisse. Il ouvrit la bouche… Cette fois, cela ne venait plus d'un vague bruit de dessous de porte.

« Mais je n'ai jamais fait la fête avec ces deux-là et… » Il allait dire : « Je n'étais même pas à Aix à ce moment ! » Mais il y était bel et bien, pour y faire son droit. De sa vie, il n'avait jamais violé de femmes, ni même exercé le moindre moyen de pression pour obtenir d'elles ce qu'il désirait, cette histoire était absurde… Le Verdun ! Bien sûr il connaissait, sous les platanes, en face du palais de justice. Mais il n'avait jamais… Il était sorti avec des bandes de Corses, comme tous les expatriés, et il lui était arrivé de rencontrer Maxiola. Il ne se souvenait pas de Cucchi, mais le garçon était de la diaspora, rentré en Corse au moment du décès de son père, quand il avait repris le restaurant qui était en gérance. Aucun souvenir d'une telle soirée. Il s'en serait souvenu. Absurde. Il n'avait jamais bu au point de perdre la mémoire… Cela n'avait aucun sens…

« Je ne cherche pas à mentir, croyez-le bien, car en ce cas, je devrais craindre moi aussi ! Mais je n'ai jamais participé à un viol… Je n'ai aucun souvenir de cet événement, c'est une erreur… Je ne comprends pas ! »

Les années étudiantes avaient été agitées, il ne pouvait le nier. Lâché loin des regards de la famille corse, et en pleine libération sexuelle, il avait vécu des situations extrêmes, goûté à des sensations nouvelles et parfois surprenantes, des rencontres d'un soir, des parties à plusieurs, des moments où l'alcool se mêlait aux excès de la chair au point de le laisser épuisé et sans force au petit matin. Cela avait duré un temps, et puis il s'était rangé, avait passé le concours de la police, avait oublié. Curieusement, il avait vraiment oublié. Il l'avait fait en son temps, comme beaucoup de jeunes gens de son âge, qui tous, comme lui, s'étaient lassés vite et avaient sans qu'on les y contraigne, pris le chemin d'une vie plus sage. Il pouvait être taxé d'hypocrisie, peu lui importait, en réalité il n'avait pas l'impression d'avoir été vicieux, vraiment pas. Il avait été entraîné, les temps étaient agités, c'était l'époque qui voulait cela. Après l'austérité et les diktats vécus sur l'île, soudain, les jeunes découvraient un autre monde. Celui de l'anonymat, pour commencer. Dans une grande ville continentale, on peut croiser des gens qu'on ne connaît pas, pas même par l'intermédiaire d'un hypothétique cousin au centième degré, quelqu'un qui appartient à un autre monde, dont on est totalement exclu. Les insulaires vivent sous le regard les uns des autres, et cela sans arrêt. On sait qui vous êtes, à quelle famille vous appartenez, tout ce qui vous concerne et même les fautes de vos parents. Si vous adoptez un comportement en marge de celui des autres, on le note, on le commente, et il n'y a jamais prescription. Combien de vieilles dames qui avaient en leur temps été de vraies beautés s'entendent murmurer dans leur dos, dès qu'elles se dirigent vers la porte... « Madeleine, autrefois, hein... » Regards appuyés, petits sourires en coin... La faute de jeunesse traîne aux talons, comme une crotte de chien éternelle dans laquelle on aurait mis un pied fatal, définitivement taché et empuanti. En tout état de cause, s'il se souvenait vaguement d'euphories étranges, d'ivresses et autres avatars de fêtes, il n'avait pas le souvenir d'un dérapage, d'un drame, d'un... viol !

« Je ne dis pas que je n'ai jamais pris de cuite, qu'il ne me soit jamais arrivé de me réveiller aux côtés d'une personne que je ne reconnaissais pas ! Mais je n'ai jamais brusqué, battu ou contraint quiconque. Il y a un document ? Qui m'a accusé ?

— En fait c'est étrange, mais sur place, on parle bien de trois agresseurs, au milieu d'une fête un peu trop excessive. Dans les mains courantes, de deux, et de deux seulement. Et votre nom n'a filtré que comme un débordement d'eau sale, du genre : « le troisième c'était *forcément* Pierucci ! »

— J'ai donc tué Cucchi et violé trois inconnues durant ma folle jeunesse ! Au fait, tu m'as trouvé les noms des filles ? » Pieri poussa le papier vers lui. Il lut : Marine Vargas, Nathalie Serpentier, Sandra Barnale.

« Ça ne me dit vraiment rien, mais alors rien de rien ! Trouvez ce que sont devenues ces trois-là ! Bon, plus cela avance, plus cette histoire est glauque, et chaque nouveau renseignement épaissit l'obscurité. On ne s'en sort pas. Au fait, de la Régate, on en est où ? Il ne reste que quinze jours. On a des suspects ? J'ai fait le tour des Bonifaciens inscrits, dont ceux de la mairie, inutile de dire que pour moi ils sont hors de cause. *Canta me*, manquerait plus que cela ! »

Élodie avança son carnet, montrant qu'elle allait dire quelque chose.

« Je ne trouve pas normal d'écarter les élus locaux sur la base du fait qu'ils sont élus locaux, sans compter que l'expérience a démontré que personne n'est à l'abri d'une petite indélicatesse. Il se trouve que j'ai peut-être trouvé quelque chose ! »

Les autres demeurèrent prudemment silencieux, attendant.

« J'ai un type qui clairement n'a aucune expérience du milieu maritime, et pourtant il apparaît à toutes les escales. Il est sur tous les programmes, une fois comme poète officiel, une fois comme co-organisateur, j'en passe et des meilleures, mais je voudrais savoir quel intérêt il a, pour quelqu'un qui n'a pas l'air d'un passionné de la mer, à se trouver partout, s'il n'a pas de mauvaises intentions. »

Le commissaire prit connaissance du nom, s'amusant presque, en dépit des circonstances. « Si vous étiez d'ici, vous sauriez que cet homme-là s'est distribué tous les diplômes, s'est ceint de tous les lauriers, a accaparé tous les prix, tous les titres et toutes les gratifications à pognon qu'on peut ramasser sur notre belle île. Rien de bas ne lui répugne, ni la jalousie, ni l'envie, ni les coups tordus. Il n'a quasiment pas fait d'études, est un dinosaure des vieux systèmes éducatifs, mais il s'impose partout comme une sommité. À force de le répéter, on finira par le croire. Pas de meilleur moyen de parvenir au sommet que de bâtir soi-même son échelle. S'il est sur tous les programmes, tous les documents, c'est sa manière habituelle d'agir. Il aura sûrement trouvé un moyen de gratter un peu de sous au passage. Pas bien sympathique, difficile à avaler, mais pas illégal, vous pouvez laisser tomber cette piste…

— C'est de Nasutu qu'on parle ? demanda Pieri qui n'avait pas lu le carnet.

— *Mi ! Ùn ci n'è d'altri* ![1]

— On se met à la recherche des filles du Verdun, et on continue sur la liste de la Régate. Laissez tomber les spécificités bonifaciennes de l'imposture, croyez-moi, elles ne mènent qu'au vide. »

Ils se séparèrent.

---

1. Il n'y en a pas d'autres !

25

« J'ai beaucoup réfléchi. Je n'y comprends rien. Vraiment rien. J'ai la conviction quasi certaine que je ne suis concerné en rien par cette histoire de vendetta d'honneur de femmes qui attendent trente ans pour aller tuer des violeurs putatifs, sans avoir fait de procès, ni menacé, rien… C'est une aberration, cette histoire… Tout, mon implication, et cette possibilité.

— Pas forcément ! On sait actuellement qu'il suffit d'un choc psychologique, comme par exemple d'une autre agression, pour réveiller les symptômes de la première. Cela peut aussi être un proche, un frère, un amant, qui revit en d'autres circonstances un événement douloureux déjà vécu une première fois. Le facteur temps n'affaiblit pas la théorie. Avec Butta, on a retrouvé les trois femmes, Nathalie Serpentier ne s'est pas mariée, elle vit dans une communauté de bouddhistes qui a acquis en association un grand terrain sur lequel ils organisent des stages d'éveil et autres activités basées sur le développement du moi dans le sud de la France, du côté de Mouans-Sartoux. Selon la police locale, rien à signaler, à part des rapports un peu tendus avec le voisinage, d'autant que leur terrain commence à avoir de la valeur. Marine Vargas dans l'Ouest, épouse d'un patricien tranquille, ce qui la range dans les petits bourgeois locaux, trois enfants, tous indépendants, petite vie pépère, rien à signaler, mais alors absolument rien.

— Sandra Barnale s'est installée en Lozère avec un type qui possédait sa propre compagnie de transports, une petite armada de camions. Le mari était joueur, il a perdu sa société, ils se sont séparés, ont divorcé depuis peu. Elle a la garde de leurs deux enfants. Mais j'ai trouvé des éléments par les collègues, conduite en état d'ivresse et contestation de la garde par le mari, qui veut récupérer la maison et les enfants.

— Elle est accusée d'avoir eu des amants. Je m'en suis occupé, dit Buttafuoco, c'est la plus agitée des trois.

— Effectivement, une Bonnie à sa façon. »

Ses collègues écoutaient sans entendre vraiment. Mme Trigano-Nada avait un timbre de voix si péremptoire que tout homme normalement constitué se mettait au garde à vous, l'esprit s'envolant par la fenêtre, quand elle se mettait à parler.

« Et où se trouve-t-elle ?

— Justement, on n'en sait rien. Elle a disparu il y a quinze jours, ne laissant ni message ni adresse à sa famille, après avoir confié les enfants à la garde des grands-parents. Je vais peut-être faire un saut là-bas d'ailleurs... Il y a une correspondance de dates...

— Pardon, Jean, mais je la trouve quand même étrange, cette résurgence orchestrée des dames agitées et des rumeurs, sois vigilant… Autant c'est un nuage de fumée qui nous promène

— *Certu*, je creuse ! » Mais si Pierucci avait porté des lunettes qui permettent de voir à l'intérieur des cervelles, il aurait compris que pour son adjoint, son ordre sonnait davantage comme son contraire, et qu'il avait compris qu'il fallait aller *viennu* — *doux* — sur les découvertes scandaleuses.

Le cercle des bœufs faisait front.

26

Il était épuisé en rentrant ce soir-là. Cela faisait vingt et un jours qu'Andria était mort, quatre que Cucchi avait été retrouvé, on tournait en rond, et c'était partiellement de sa faute. Il était noyé dans ses problèmes et c'était d'autant plus ennuyeux qu'il ne lui avait pas échappé que l'héritage de Maxiola pouvait être un mobile puissant. Or dans la mesure où il était lui-même concerné, il n'avait pas raconté aux autres l'histoire de la clause et du domaine. Et si la solution était juste là ? Le meurtre de Cucchi avait brouillé les cartes, mais dans l'hypothèse où c'était un imitateur et que les deux ne soient pas liés, on ouvrait d'autres pistes. Il se gratta la tête, alla chercher du vin à la cuisine et pesta en trouvant encore la porte ouverte. Maudite serrure. Depuis que Marine Lachaud était venue, le pêne tournait dans le vide, et nécessitait une réparation qu'il remettait toujours au lendemain. Comme le débarrassage des emballages encombrants qui était en train de constituer une tour devant la fenêtre de sa chambre, par exemple. Un mirage hypnagogique lui montra sa maison sous des monceaux de décombres de tous ordres, pots de yaourts vides, boîtes de camemberts, plastiques pour jambon, papier d'alu et sacs de nourriture à chiens et lui, se débattant dans une marée nauséabonde qui l'engloutissait progressivement, en faisant d'horribles et répugnants bruits de succion. Demain, il commencerait par cela. On n'entreprend pas de pareils travaux la nuit. Il se froissa en boule sur la terrasse, accueilli par le sybaritisme des nouveaux canapés, et découvrit avec un sursaut qu'il n'était pas seul. La grande carcasse du chien qu'il avait complètement oublié occupait les trois quarts du siège. Un vertueux élan allait le pousser à se relever, chasser l'animal, et récupérer son terrain, mais l'autre avait une tête si lasse, si épuisée, si résignée, et il était si gros, en fait c'était surtout cela, si gros et si imposant, qu'il haussa les épaules.

« Je ne sais si c'est moi ou le confort de ma maison que tu as adopté mon gars, mais on dirait que tu as bien choisi ton moment... »

Le chien soupira. Les crapauds chanteurs donnaient de la voix, l'air était doux, l'Alzipratu délicieux, et l'homme éleva intérieurement un hymne aux productions vinicoles de son pays qui lui procuraient toujours d'aussi délicieux moments de bonheur. Ceux-là n'étaient jamais en dessous de ses attentes. Il collectionnait les crus, avait ses préférences, voire ses amis dans la profession, mais rendait à tous un hommage sincère. Que ce soit les capiteux arômes du cap, ou les fraîches et fruitées saveurs du Sud, il n'aurait su à quelle paroisse prier, si elle avait dû être exclusive. Il appela Sofia, put parler à son fils, mais n'arriva pas à raconter l'incroyable histoire qui se déroulait à Bonifacio. Eux avaient des voix saines et sonores de gens heureux, il n'eut pas envie de griffer ce crépi rose tout neuf, à la façade de leur existence, et dit que tout allait bien. Les avait-il convaincus ? En tout cas Sofia ne rappela pas pour avoir des précisions. Se sentait-il seul ?

Il n'aurait su le dire. Il avait envie de rêver. Il avait envie de remonter le temps, et *de rêver,* de croire encore dans tous les possibles, d'imaginer qu'il avait le monde devant lui, et que les femmes l'aimeraient, lui, exclusivement, totalement, le transportant dans leur monde, dans leur chaleur…

Elle est étrange la pensée d'un homme qui sait que sa jeunesse est derrière lui, et que le chemin qui le précède peut s'interrompre sur l'abîme beaucoup plus facilement que cela n'avait été le cas jusqu'à présent. La jeunesse, c'est cela, l'inconscience, le sentiment d'invulnérabilité. Vieillir, c'est réaliser qu'on peut s'effondrer. L'homme se voit dans la glace et cherche dans les contours amollis et floutés les formes de son ancienne figure, sans reconnaître vraiment le futur vieillard qui est en train de se dessiner là. Tout ce qui faisait jusqu'à présent certitude, la force, la virilité, l'élan est atteint d'un nonchaloir de mauvais augure, un peu comme ce chien qui soupire là, répondant probablement à l'ordre, pour peu qu'il soit plus ferme, ou peut-être pas. Il faut des sensations plus épicées, des vérifications constantes, les angoisses marchent au pas derrière des questions qu'on refuse de se poser. Alors, en ce temps-là, la place d'une femme à côté, de la même femme qu'on a saluée depuis des années au saut du lit, dont on connaît l'odeur du matin, celle du midi, celle de la crème de jour, crème de nuit, dont on sait la garde-robe, dont on peut dire en fonction de la tenue portée quelle sera l'humeur, quelle sera la demande... « J'ai mis ma chemise de nuit de dentelles vénitiennes transparentes que tu m'as offerte au siècle dernier... » Traduction : « Ce soir tu dois être un fier guerrier, imaginatif, érotique, tout droit sorti de *Cinquante nuances de Grey*, qui m'a ouvert l'appétit cette après-midi, viens ici, Chéri, que je te croque » ; ou « Je porte ce si confortable pyjama recouvert de lapins crétins vert fluo, dont le tissu si doux est une invitation à la paresse », traduction : « Va te coucher, et ne t'avise pas d'essayer de toucher à mes lapins crétins, ils mordront ! » Un vêtement, un ordre ! L'imagination gît sous sa pierre tombale au jardin des espoirs défunts et petit Paul se recroqueville d'anxiété à la simple vue d'un morceau de dentelle. Serais-je à la hauteur de cette dentelle ?

Pourtant quand Elle est en train de laver quelque chose dans l'évier, et que ses fesses sur lesquelles le tissu de coton se tend bougent, Popaul est en pleine forme, mais il ne faut pas venir coller ni frotter, — et surtout pas pire — c'est inconvenant, et « les hommes sont-ils tous des bêtes ? » Priez à la paroisse du Saint Cochon, ô vils animaux ! En revanche, quand Lui descend de l'échelle en nage et torse nu, épuisé par l'effort, il doit être prêt à combler les fantasmes féminins de sexe cruel avec bricoleur sexy.

Défendu de se balader au saut du lit en tee-shirt pendant, assorti à ce qui se balance plus bas à l'air libre — divine sensation —, un peu de tenue ! Défendu d'évoquer les flatulences et les ronflements de l'autre, normal de s'entendre reprocher les siens. Et que je t'ouvre la fenêtre avec un air de reproche, sur la fraîcheur matinale dont je me serais bien passée, tandis que… Tandis que voilà, on ne rêve plus. On n'a plus le cœur qui tape, on n'a plus le désir d'être beau, mince et élégant, brillant. On ne converse plus, on jabote ; on ne fait plus de plaisanteries, on se répète ; on n'émerveille plus et on n'est plus émerveillé.

Oui, mais, soyons juste… vingt sur vingt pour le confort, la cuisine, la tendresse, la sécurité, la fiabilité… On dirait que je parle d'une voiture chez un concessionnaire. Et pas d'une Alfa Romeo ! « *Mèrda*, voilà que j'ai le vin triste. »

Il se tourna vers le chien.

« Comment tu t'appelles, toi ? » L'autre se lécha les pattes avec application. Elles guérissaient péniblement, douloureusement. « Si tu restes, il va bien falloir que je te donne un nom ! Et est-ce que ta grosse copine sera d'accord ? » La femelle faussement tranquille montrait aux tressaillements houleux de son poil qu'elle ne perdait pas un mot et n'attendait qu'un encouragement pour lui prouver son indéfectible affection. Le silence relatif retomba, et puis, au loin, un animal errant donna de la voix, perdu dans la *maccia*, alors l'énorme bête hurla, deux, trois fois, et Pierucci eut le sentiment physique que les murs de la maison allaient s'effondrer. Il en renversa son verre. Il le regarda avec admiration et reproche. Le son était si rauque, si puissant, si violent, qu'il semblait ébranler le monde. « Ô *Buccalone* — grande gueule — basta ! »

Mais c'est quasiment un arrêt cardiaque qu'il fit quand une voix s'adressa à lui à un mètre.

« J'ai frappé, appelé, mais tu n'as rien entendu ! »

Il pensa fugacement « Marine, *l'appitticasiacce* — la glue », mais il ne reconnut pas les intonations sirupeuses de la rousse. Il se leva en sursaut et tenta de discerner la silhouette découpée à contre-jour devant la lumière issue de l'intérieur de la maison. Elle fit un pas, et encore un autre, tendant la main pour saisir le verre qui était en train de choir.

« Annah ! »

Elle se jeta dans ses bras.

27

Nous avons avec ceux qui nous ont connus jeunes des liens particuliers. Ils sont une partie de nos trésors d'enfance et semblent contenir en leur cœur cette pureté, cette innocence que la vie nous a lentement volée mais qui, selon nous, existe toujours pour qui sait la voir. Annah ! De « Annah je t'aimerai toujours, toujours, toujours ! » Annah des vacances bulle dans le temps, passées auprès du vieux médecin qui les avait recueillis tous jeunes, dans l'enclave de son jardin. Annah premier souvenir amoureux, le plus pur, le plus grand, celui des promesses éternelles… Annah !

Il était impossible de ne pas la reconnaître. Elle avait toujours la même difficulté à contenir la folle exubérance de ses cheveux dans un semblant de coiffure, le même minois effronté, en dépit du fait que les rides et les fatigues aient tracé leurs empreintes cunéiformes dans la peau douce de ses joues. Annah moins maigre, moins nette, plus fuligineuse qu'autrefois, mais plus douce aussi. Il chassa le Buccalone du sofa, repoussa rapidement les poils et la poussière, fila chercher un verre, le lui tendit, attendit. Il avait toujours fallu apprivoiser Annah, elle déboulait comme une belette d'un fourré, mordait presque, mais ne se donnait pas, pas tout de suite. Elle huma le vin, lui toucha les joues, les paupières, araignée vespérale que ses doigts en maraude, but.

« Nous sommes vieux !

— Exact !

— Vieux et assez moches, aussi, il faut être honnêtes.

— Parle pour toi ! » Elle rit.

« Alors ? Où est ta femme ?

— Je ne suis pas marié, enfin plus ! Je l'ai été peu et il y a longtemps !

— Tu vis pourtant dans une maison tenue par une femme !

— Oui, elle est en vacances. Et toi ?

— On dirait que la malédiction génétique familiale ne m'a pas épargnée. J'ai été mariée, divorcée, remariée, cela n'a pas marché, j'ai vécu avec un homme ensuite, quelque temps, mais nous avons eu des soucis de travail, et donc des soucis de couple... Banal.

— Tu vis en Corse ?

— J'y reviens. J'ai hérité de ma mère, tu t'en souviens ? Elle a une petite maison à Pianottoli, et je crois que je vais y rester.

— Presque en face de...

— Oui, de celle du docteur.

— Tu bosses ?

— Je suis traductrice, je bosse sur une nouvelle version de *Marcovaldo*, tu connais ?

— Oui !

— Comment as-tu su où j'habitais ?

— Tout le monde sait où tu habites, Armand. »

Elle le détaillait.

« Je t'aurais reconnu n'importe où ! Tu as toujours l'air d'être en guerre contre le monde entier, comme dans le passé ! »

Ils se turent, parce que c'était bien d'être ensemble. Bien et intimidant et qu'ils avaient peur de fêler la cloche de cristal qui les abritait à l'instant. Ils burent du vin, et Pierucci apporta des biscuits sardes, des morceaux de fromage, des cubes de *prisuttu* et de *lonzo*, des carottes lavées, de l'huile d'olive. Ils grignotaient, émettant un mot de temps en temps, barbotant dans le petit bain de leur enfance. Les poissons rouges, le chat qui les guignait, Mathilde, la nuit sous la tente à l'abri des pins… Le temps s'allongeait sur les coussins. Sans l'avoir prémédité, et parce que cela débordait de l'étang de ses lèvres, il raconta l'enlèvement du corps de son père, les doutes sur sa filiation, l'héritage, l'accusation de meurtre et les rumeurs sur le viol ancien. Elle avait parlé d'elle longuement, peut-être est-ce sa confiance qui le rendit loquace, sait-on pourquoi on livre ses secrets ? Parce qu'ils pèsent trop, parce qu'ils sont trop lourds, parce que, à force de les porter en soi, ils semblent devenir vains et mensongers, et que les formuler permet de les mettre en ordre… Elle avait réfléchi.

« Si ta mère est restée la même, elle a deux raisons de te compliquer la vie. La première est qu'elle a besoin de quelqu'un à haïr, de quelqu'un à ennuyer. La seconde est l'argent. Tout passait par l'argent avec elle… Mais elle est peut-être ce qu'elle semblait être, morte !

— En mettant la main sur l'héritage de Constance Casamozza, elle est à l'abri du besoin, et bien plus… Mais tu as raison, Constance Casamozza est peut-être Constance Casamozza.

— Sauf si la vraie Constance a fait l'objet d'un arrêté de tutelle et que ta mère, dans l'hypothèse où ta théorie est exacte, ne puisse faire lever cette tutelle et donc se trouve entravée, voire menacée dans le rôle qu'elle joue actuellement. Auquel cas s'intéresse-t-elle tout particulièrement à l'argent que tu risques d'avoir.

— Je ne ferai rien pour elle…

— Écoute ! Et si ce réseau de présomptions qui s'accumulent autour de toi était une machination qu'elle a nouée, et qu'elle peut donc dénouer, moyennant finances ? Une forme de chantage en quelque sorte.

— Elle serait pour quelque chose dans les décès de Bonifacio ? Non ! Tout de même !

— Une conjonction malheureuse, elle ne pourrait être qu'à l'origine des rumeurs sur le viol, ou alors elle a un autre moyen de pression dans sa manche, et il te tombera sur la tête quand elle réclamera son viatique. Et tu as peut-être tort d'écarter la vengeance d'une femme trop facilement. Un divorce, une scène brutale peut faire rejaillir de très mauvais souvenirs… Alors on attribue tous ses échecs à ce moment précis, on retricote sa vie à la trame de ce moment-là, et on cherche des coupables, ce qui évite de se remettre en question. Moyen assez simple de se protéger finalement.

— Je ne crois pas à cette histoire d'agression. Les hommes que j'ai connus n'étaient pas de cette sorte… Mais une voix, celle de la mauvaise conscience, lui murmurait : « cercle défensif des bœufs musqués », tu fais front pour protéger les tiens…

— Je pense que personne ne connaît personne, nous ne savons pas ce dont nous sommes nous-mêmes capables, les événements surgissent et nous restons comme des étrangers face à ceux que nous croyons connaître, voire face à nous. Je ne dis pas que ce n'est pas possible, comme je ne dis pas que cela l'est. Je dis juste qu'une affaire comme celle-là donne une réponse bien opportune. Elle est compliquée, ta vie… Et sinon, dis-moi, Armand, tu es heureux ? Tu as un fils ?

— En réalité, Angelo est mon petit-fils, son père est mort, mais cet enfant me rend très heureux. Il a été beaucoup chahuté par la vie, je l'ai éloigné par précaution, qu'il ne se retrouve pas de nouveau au cœur de la tourmente. Il reparle depuis peu, c'est difficile.

— Il est avec ta femme…

— Avec Sofia !

— Ta femme !

— Non, Sofia ! Sofia vit parfois avec moi, parfois pas. »

Annah ricana, un peu amère.

« Et c'est une amie formidable, elle est encore mignonne, mais l'ennui s'est installé entre vous, elle ronflote la nuit, elle n'a plus de mystère, elle se met un truc gras sur les joues le soir que tu détestes et elle porte des pyjamas, tu n'es plus heureux quoique tu n'aies pas grand-chose à lui reprocher…

— Euh… Oui, c'est à peu près cela !

— Quelle originalité ! » Le ton d'Annah était dur et avait le goût d'un vieil artichaut. Pierucci ne comprit pas, et préféra se taire et attendre.

« Je suis tombée amoureuse, il y a trois ans, d'un homme marié. Je travaillais dans une boîte internationale, de pâtes alimentaires… Lui était un client pour des plaquettes publicitaires, nous nous sommes rencontrés dans les bureaux. Il avait la petite cinquantaine, était très sportif, très en forme. Au début, je le trouvais renfrogné, maussade, et rapidement, quand il est revenu, j'ai changé d'avis. Il était drôle, élégant, jamais pris au dépourvu, intelligent. Vraiment intelligent. Nous avons déjeuné ensemble, et nous nous sommes plu. Il m'a dit à ce moment combien il respectait sa femme, formidable, une vraie camarade, une copine, une sœur, une vraie pote, mais combien il se sentait seul, le soir quand il rentrait, parce qu'elle regardait un jeu télévisé, et qu'elle ne jetait pas un regard sur lui, qu'il mangeait un yaourt éclairé par la porte du frigo, que tout cela était triste et morne et que la vie conjugale était une catastrophe. Cela va te sembler étrange, mais on ne me l'avait pas encore faite, et j'avais tellement envie de le croire. Il avait demandé le divorce, mais cela traînait, elle ne voulait pas. Il n'était pas fâché avec elle, c'était juste qu'ils n'étaient pas faits pour passer une vie entière ensemble. Je l'ai cru. J'ai vraiment cru qu'il était malheureux, solitaire. Nous avons été plus loin, bien sûr, et j'étais certaine que tout était parfait. Et puis j'ai commencé à réaliser qu'il était très prudent en public, jamais disponible sur les week-ends et les fêtes, mais je pensais qu'il fallait rester décents un certain temps, avoir de la dignité. Je ne me suis pas méfiée. Un jour, il m'a dit qu'il était l'homme qui m'attendait sur le bord de la route. « L'homme qui m'attendait au bord de la route » ! Comme si c'était de moi que venait le nœud. Qu'il serait toujours là pour moi. J'ai trouvé cela mignon, l'idée d'un homme qui attend au bout d'un chemin, sauf que je n'avais rien compris... Il n'était pas méchant consciemment, juste un lâche ordinaire.

— Il ne s'est pas séparé, il couchait encore avec sa femme, et tu l'as attendu en vain ?

— En gros, avec quelques scènes, beaucoup de larmes, de la rancœur, des déchirements. Je l'ai lu dans tant de livres et c'est d'un tel manque d'originalité, d'une telle banalité. Il n'a jamais eu le courage de quitter l'enclos de sa petite maison, de son petit jardin, et je pense que le pire dans l'histoire est qu'il est même probable que tout ce qu'il m'ait dit ait été vrai, qu'il ne rêvait plus aux côtés de sa femme, et qu'il se sentait seul. Je l'ai rencontrée un jour par hasard, dans un magasin. C'était une femme ordinaire, de son âge, du mien, banale, du genre de celles qu'on croise toute la journée sans les voir. Bah, son problème !

— Tu lui en veux ?

— Parfois, je crois, oui. Mais je me dis que celui qui est resté enfermé n'est pas l'homme que j'ai aimé. Mais je sais aussi que j'ai habillé cet homme avec des vêtements qui n'étaient pas à sa taille, donc la plupart du temps, non ! Moi j'étais libre, sans attache, je méritais autre chose. Mieux.

— Tu regrettes ?

— Oh non ! Être amoureux ouvre la porte à tous les possibles. J'avais l'impression que je pouvais tout vaincre, tout surmonter, que j'étais belle, victorieuse et que je possédais un trésor que personne d'autre au monde ne possédait. Aimer et souffrir, c'est vivre. Et toi Armand, tu as un coffre à trésors caché quelque part ? »

La seule personne au monde à laquelle il ne pouvait mentir se trouvait à ses côtés et avant de prendre la parole, il repassa le film de sa vie en accéléré. Les femmes pour un jour, les femmes pour une semaine, celles qu'il avait détestées avant de les adorer, celle avec qui il vivait et qu'il adorait détester... En réalité, il n'était fidèle qu'à l'envie d'aimer, à l'espoir que le jour suivant serait le jour parfait. Était-il capable d'être fidèle à quelqu'un ?

« J'ai parfois l'impression que j'ai rencontré Sofia comme on rencontre le remède à une maladie. Elle m'a apporté du soulagement, de la paix, de la régularité, de la volupté même. Mais j'ai toujours l'impression que j'avais un tel besoin d'aimer, qu'il me fallait trouver l'objet de cet amour pour le poser dessus. Habiller n'importe quelle statue de ce grand amour qui sortait de moi, m'en délivrer. Cela dit, clairement, c'est la femme qu'il me faut. Elle ne laisse jamais traîner les lettres de la banque sans les ouvrir et les traiter, elle ne laisse rien moisir au frigo, elle met des trucs qui parfument la maison et ne me fait jamais sentir à quel point je suis insuffisant. Elle aime la constance, elle aime ce qui se répète, ce qui se vérifie. Elle n'aime pas les surprises. Et je suis quelqu'un qui ne se vérifie pas et qui change sans cesse. Elle adore Angelo, le traite comme son fils, et je suis certain que si ce garçon n'est pas fou, c'est à elle qu'il le doit. Je lui suis reconnaissant, vraiment. Mais...

— Il y a toujours un mais !

— Je voudrais cesser d'être moi. Cesser de porter le poids du monde sur mes épaules, de parler quand il faut se taire, de reculer quand il faut avancer, cesser d'être trop grand, trop sensible, trop solitaire, trop colérique, pas assez constant. Cesser d'être... Pierucci !

— Eh bien te voilà exaucé alors, te voilà Maxiola !

— Non ! Il ne m'a pas reconnu de son vivant, il n'est même jamais venu me parler, il ne m'a pas donné son nom, il m'a juste légué une maison et quelques questions... Je suis toujours Pierucci, en pire, un Pierucci avec des trous... »

L'image les fit rire, et ce d'autant que le « Pierucci » était aussi le nom d'un fromage, assez connu... Cela détendit l'atmosphère.

Il n'avait pas osé le dire, mais en racontant son histoire, Annah avait définitivement absorbé sa confidence, car c'est son histoire qu'elle avait éventée, cet ennui, cette camaraderie plus ou moins morne, ce partage de quotidiens semblables et d'ennui lent. Cet élan de vie qui poussait ailleurs sans être assorti du courage nécessaire pour jaillir hors du cercle. Il ne pouvait s'empêcher de ressentir en présence d'Annah un enivrement, une euphorie de l'ordre de celle qui nous surprend étrangement quand on se coupe ou qu'on se brûle, tandis que le lancinement de la blessure nous interdit d'oublier ce membre qui se met à exister pour lui seul, individuellement, cessant de se confondre dans la mécanique générale du corps, pour pulser d'une vie propre, si douloureusement *vivant. Vivu.*

Il lui prit la main, vieille habitude de cette main quand il y avait la main d'Annah à proximité, geste auquel le cerveau ne semblait avoir aucune part. Il se souvenait des émois qu'elle lui avait inspirés autrefois. Annah ! Son Annah ! Il ne l'avait jamais embrassée. Trop timide. Il se souvenait de son odeur, de sueur, d'herbe et de poussière, toujours un peu luisante, toujours un peu poudrée de terre. Ses jambes, d'os nerveux, mal habillés d'une chair brune et dure, qui s'agitaient de rocher en rocher, perdues dans la rousseur parfumée de curry de la *maccia brusgiatìccia* — brûlée.

Imaginer Annah femme avait toujours été difficile. Elle était l'image des temps incertains qui hésitent devant l'obstacle des mondes adultes, compagne d'Oasis, s'abreuvant comme lui à la source de l'affection des deux vieux, avant de se lancer seuls. Son Annah !

Il était jaloux qu'elle ait pu aimer quiconque quand il n'était pas là. Se trouver des intermittents du spectacle, soit, mais pas aimer, prêt à jurer sincèrement que lui… Tout était inscrit à la craie sur le tableau noir de son cœur. Elle en était l'encre, mais l'encre noire sur le tableau noir ne se voit pas. Ah, Pierucci et sa bonne foi ! Sa sincérité d'instant, ses aveux de châteaux de cartes, ses sentiments de caravane pris dans un convoi de gens du voyage. Une voiture borgne passa sur la route en contrebas, son phare unique peignant des fantômes mouvants qui s'enfuyaient dans l'ombre du maquis.

« Tu sais ce qui est terrible, Armand ?

— …

— J'ai eu l'impression de te chercher toute ma vie, de te trouver parfois, mais d'être toujours cette même Annah en haillons d'autrefois. Jamais, tu ne vas pas le croire, je ne me suis sentie vraiment habillée, comme si cette méchante robe à carreaux m'avait poursuivie sans relâche. Même avec des escarpins et des bas noirs, j'ai l'impression qu'on voit mes croûtes sur les genoux, et j'ai vieilli sans le savoir, sans m'en rendre compte, parce que c'est toujours cette Annah tresses-en-l'air qui me tire la langue dans le miroir. Pourtant, à cet instant, la main dans ta main, je sais que nous nous tenons devant la troisième porte, ce que je ne parviens pas à croire. Je n'ai pas vu passer le temps.

La troisième porte : leur monde encore. La première porte, celle qui met l'enfant au monde… La seconde, celle où on ne dépend plus de personne, où on rentre dans sa maison, pour manger ce qu'on veut dans son frigo, et dormir dans son lit ; celle où il n'est plus nécessaire de regarder le temps qu'il fait au visage d'adultes qui vous font porter le poids de leurs égarements. Et pour Annah, celle où une jeune fille s'assoit à la place du conducteur ou du passager devant… La troisième porte : celle de l'inconnu, où ne sait plus exactement ce qui dans l'avenir est déjà du passé, où la mort est venue vous chuchoter à l'oreille, lors des enterrements de ceux qui sont déjà tombés, celle… Elle avait raison, ils en étaient au passage de la troisième porte.

L'épaule d'Annah trouva le contact du corps de Pierucci sans que le cerveau n'y semble prendre part. L'épaule et le torse contre la colonne qui s'ajuste naturellement pour accueillir le corps étranger. Comme si dans cet impeccable ajustement soudain, toutes les béances se comblaient, toutes les failles se colmataient, tous les vides se nivelaient. Les crapauds siffleurs s'en donnaient à cœur joie et la brise légère emportait les moustiques. Soudain dans le calme, retentit l'air des *Walkyries* de Wagner.

« Tu ne décroches pas ?

— Non !

— C'est Sofia ?

— Qui d'autre ?

— L'air des *Walkyries* ! Tu parles d'une sonnerie ! Tout de même !

— De l'humour d'Angelo. »

Ils se turent, car il n'y a qu'avec les gens auxquels on n'a rien à dire que l'on fait des efforts de conversation.

Plus tard, ils débattirent longtemps, longtemps des événements récents, bruissant, chuchotant. Ils ne virent pas les sourcils broussailleux se joindre au-dessus de l'appareil à infrarouge, pendant qu'on les prenait en photo, dans l'intimité de la chaude terrasse. Ni le sourire mauvais qui accompagnait l'acte.

« Tu es déjà installée ?

— À peu près, je n'ai pas apporté des tonnes de trucs, mais j'ai quelques travaux à effectuer, la maison a besoin de soins.

— Tu veux rester, tu rentreras demain, après le petit-déjeuner ?

— Tu es gentil, pour nos retrouvailles je vais encore profiter de cette semi-obscurité propice, tu me verras à la lumière du jour bien assez vite… »

Penché à sa fenêtre au-dessus du puits de la nuit, il regarda s'éloigner les pinceaux des phares de sa voiture, comme on lit une lettre, sur un vélin noir, et resta ainsi suspendu, entre la nuit et la chambre.

Il n'entendit pas qu'on arrivait derrière lui, et était si endormi quand on le poussa par l'ouverture, qu'au moment de la chute, son cerveau saturé d'adrénaline se demandait encore ce qui venait de se produire. Il s'écrasa au sol.

28

Le coin du carton lui avait entaillé le front et sa joue avait été égratignée par les agrafes. Il n'en revenait pas. Sans son incurie, il serait sinon mort, du moins très mal en point. Mais la pile de déchets à brûler l'avait accueilli comme un matelas et à part quelques écorchures et une épaule un peu rudement frottée, il n'avait rien. Il ne bougea pas, craignant qu'on lui tire dessus, pour achever le travail. Mais il ne se passa rien. Personne ne vint vérifier qu'il était vivant ou mort. Qu'est-ce qu'il lui avait pris, d'enfermer les chiens dans le bureau ? Mais le Buccalone s'était léché la patte toute la nuit précédente, l'empêchant de fermer l'œil, il avait cru bien faire. De toute manière, ils n'avaient pas aboyé.

On avait attenté à sa vie. Toujours pas un bruit. Combien de temps s'était écoulé ? Impossible à dire. Il finit de guerre lasse par se relever, bénissant sa paresse, et appréciant à l'écrasement du tas ce à quoi il avait échappé. Il revint à la maison par la porte de derrière et ayant récupéré son arme, allumé toutes les lumières, il ne trouva rien.

On s'en prenait à lui. Chez lui ! Qui ? Était-ce à cause de cette rumeur ?

Il pensa appeler Pieri, et se ravisa. Il craignait qu'on ne le croie pas. Qui irait le pousser par la fenêtre, alors qu'un couteau, un revolver ?

Il libéra les deux chiens, qui ne bronchèrent pas, et ne levèrent même pas la tête, quand la porte devant eux fut grand ouverte. Puis il alla bloquer la sortie arrière par des chaises, et se jeta sur son matelas, avec lourdeur. Trop de vin, trop d'émotions. Il sombra dans le sommeil sans même s'être déshabillé.

29

« COMMISSAIRE ! »

Élodie avait respectueusement frappé à la porte, « Butta et moi avons trouvé quelque chose ! »

La lumière meurtrière du matin frappait le bureau, nimbant Pierucci d'un halo, à la manière d'une icône russe, d'un saint baroque, suspendu à la croix des tâches bureaucratiques. Tout ce qu'il portait de défaite, de renonciation, de poids, de tristesse, d'ironie, semblait avoir été effacé d'un coup. Il irradiait. D'avoir survécu à la nuit lui donnait un sentiment de toute-puissance, et confirmant qu'il ne rêvait pas les menaces, qu'il avait toute sa tête, l'avait rendu combatif. Elle resta sur le seuil, interdite. Il avait le visage couturé de griffures et de cicatrices récentes mais de faible profondeur, quoique bien visibles, comme s'il avait raté son couloir et s'était encastré contre le crépi de la cuisine.

« Entrez, appelez le lieutenant et racontez-moi. »,

Quand ils furent installés, un peu interdits par cette résurrection, ils commencèrent. Lui, par un effet de contrecoup, se sentait vivant comme il ne l'avait jamais été. Sa mésaventure avait perdu son caractère agressif, effacé par les brumes du vin. Il n'en retenait que le fait qu'il soit vivant. Et qu'Annah était revenue.

Personne de toute manière ne pouvait croire qu'il ait fait une telle chute sans plus de dégâts. Il leur fit un signe de tête.

« Nous dînions tous les deux au café Niçois, et cela bavardait pas mal autour de nous. Nous étions à la table à côté du mur de la seconde salle. Derrière, il y avait un groupe, et ils parlaient des deux meurtres, en évoquant une piste que nous ne connaissions pas.

— Des rumeurs à Bonifacio, comme c'est nouveau ! commenta-t-il sarcastiquement.

— Il se pourrait que celle-ci mène quelque part ! Une personne bien connue d'ici aurait eu une liaison avec chacune de nos deux victimes, et cela a mal fini dans les deux cas, scènes, scandales, etc. De quoi alimenter la chronique locale et détourner le regard dans cette direction. Voilà, en 1981, avant son mariage, Maxiola avait eu une aventure avec Jésus Gomez, fille d'ici, connue de tous. Ils se sont montrés ensemble partout, dancing, mariages de famille, restaurant. Deux ans de liaison, intermittente, mais bien réelle, chaque fois qu'il revenait. Pour tout le monde c'était bon. Plié, affaire conclue. Noces en vue. Mais il est rentré à Aix et quand il est revenu, c'est au bras de Graziella Alessandri, qui n'a pas tardé à lui faire sa première fille. Le mariage avait eu lieu sur le continent, et Jésus ne l'a appris qu'a posteriori. Elle a fait un scandale terrible, l'a menacé, lui a fait une vie intenable. Scènes, poursuites, pare-brise explosé à la barre à mine, inscriptions insultantes. Plus tard, elle n'a pas désarmé et a tout fait pour s'immiscer dans le couple, cherchant même à devenir la marraine de la gamine…

Jésus Gomez était un des personnages incontournables des communautés. Tout le monde la connaissait. Une grande jument, osseuse, au nez proéminent, à la voix traînante, affectant un accent corse lourd et vulgaire. Sa maigreur, ses jambes en X toujours moulées dans des jeans trop ajustés, terminées par d'invraisemblables chaussures pointues qui accentuaient la longueur déjà conséquente de ses extrémités, l'avaient fait surnommer l'Origami. Elle devait à sa famille une situation que ses compétences ne lui auraient jamais permis d'acquérir et achetait des amis par des cadeaux outrageux, qui évitaient de lui laisser voir le vide qui l'entourait. Alors que les femmes de sa génération se rangeaient, avaient des enfants, elle avait continué à fréquenter les boîtes, les maris des autres, et traînait une réputation salie. Pour les femmes, une bouteille de vinaigre montée sur échasse, pour les hommes, la fille toujours souriante, toujours caressante, dont on obtient ce qu'on veut avant de rentrer chez soi.

« Je savais pour Maxiola, on disait entre hommes qu'il ne pouvait plus regarder sa mère en face, parce qu'elle brayait comme un âne dans la maison familiale, quand il la sautait. Mais Cucchi ?

— Beaucoup plus récent, elle a commencé à le fréquenter il y a une quinzaine d'années, et comme il était toujours célibataire, ils s'étaient croisés au Lola. Selon les bruits, elle a été assez proche de lui pour afficher la liaison en le retrouvant dans son restaurant le soir et en jouant les patronnes. Elle apportait des éléments de déco, elle faisait comme si elle était chez elle. Et puis sur la fin de l'été, Marianne Martel est arrivée avec son groupe de copines, pour passer la fin des vacances et Cucchi est tombé amoureux irrémédiablement, quasiment au premier regard, quand il l'a vue, installée dans les fauteuils en rotin de sa terrasse, il a juré qu'elle ne repartirait plus. Elle s'est installée comme kiné, et lui a fait une fille, elle aussi. L'Origami a dévasté la terrasse, l'a traité de tous les noms en plein milieu du service, mais il a tenu bon ! Il a eu droit à son content d'infamies, lui aussi.

— Mais pourquoi aurait-elle attendu tant de temps pour lui…

— Parce qu'elle vient encore de se faire plaquer. Une fois encore. Et que ses proches s'inquiètent. Elle va sur ses cinquante, si ce n'est dépassé, et…

— Il y a un rapport certain entre les troubles de la personnalité chez une femme et la ménopause. J'ai fait des recherches, le bouleversement hormonal, s'il est joint à un bouleversement psychique, peut conduire à des débordements. Dépression, accès de colère, automutilation…

— Il faut voir ce qu'elle faisait au moment des meurtres. Mais ce qui m'ennuie, c'est qu'on va la convoquer sur la base de ragots, et je n'aime pas cela.

Pour le coup que je vais avoir droit au scandale, là. Il faut y aller sur la pointe des pieds… »

Pieri survint sur ces entrefaites.

« *Padrònu*, j'ai eu les bleus au téléphone. L'enquête sur la liste des participants à la course a tourné à l'impasse. Tous ceux qui sont inscrits l'ont été les années précédentes, et sont des passionnés de voile. Nous n'avons rien mis au jour, je le leur ai dit. Ils demandent le rapport écrit. J'envoie un mot dans la journée.

— *Véru, è questu dumènica*, bon, eh bien, on attend leurs consignes. Je ne sais pas trop quoi faire de l'information sur l'Origami. Il faut trouver, mais cela relève de l'impossible ici, quelqu'un qui la connaisse assez pour nous parler sans aller se répandre sur la place publique ensuite. C'est délicat ! Mais il faut garder un œil dessus. Par exemple savoir si elle a d'autres cibles possibles… Et pour cette histoire de viol, la fille perdue ?

— Toujours pas réapparue. J'ai d'ailleurs demandé aux collègues de s'inquiéter d'elle. Parce que le mari n'a pas signalé sa disparition, elle s'est évanouie dans la nature.

— Et les rumeurs me concernant, elles sont sorties d'où ?

— Bah ! D'où jaillissent les rumeurs…

— De mon côté j'ai travaillé avec l'état civil, lança le commissaire, vous savez, je ne vais pas parodier les séries télé, mais parfois la solution la plus simple est la plus évidente. Maxiola a laissé un héritage…

— Il a des enfants…

— Bah ! Ben non, pas que… Il y a un bien un peu particulier. Donc il y avait une piste possible par là ! » Il n'osait en dire plus, l'inconvénient d'avoir trop tardé à parler… « Mais je n'ai trouvé aucun lien entre lui et Cucchi, mais alors rien de rien, aussi loin que je remonte. Quant à Cucchi, vous le savez, il ne laisse que des dettes, pas même une assurance-vie, et la pauvre Marianne a de mauvais jours devant elle. Cependant, si on accepte que le second meurtre et le premier n'aient pas les mêmes motifs, on ne peut écarter les histoires d'argent dans la première affaire.

— Avec une émasculation !

— Qui peut être un nuage de fumée ! Rien de plus.

— Ce qu'il y a de moche, c'est qu'on gratte dans la vie de ces pauvres types qui non seulement se sont fait tuer, mais en plus voient leurs petits secrets ventres à l'air comme des poissons dans un bocal d'eau croupie.

— Il faut que je vous raconte quelque chose ! », morigéna-t-il, car s'ils découvraient l'histoire par eux-mêmes, il aurait vraiment l'air d'un coupable. « Cela finira par se savoir, mais j'ai découvert que j'avais un motif familial de tuer Maxiola ! »

Et devant leurs mines abasourdies, il entreprit le récit de ses aventures. Il le fit le plus froidement possible, expliquant bien les clauses concernant la villa, et sa découverte récente.

« Vous êtes un fils Maxiola ! énonça Pieri qu'on sentait submergé.

— Peut-être, et peut-être pas ! J'ai accepté le legs sans trop savoir ce que je faisais, mais je n'ai pas encore mis les papiers en règle. Cela a été trop vite.

— *Certu*, sacré motif, la villa vaut une blinde. Elle fait partie de ce qu'on nommait les villas des Américains, comme celle de Quenza et celles du cap.

— Effectivement.

— Quand les gens vont le savoir !

— Je vais avoir les oreilles qui sifflent ! J'en suis conscient !

— C'est ennuyeux tout de même car c'est une raison légitime de vous dessaisir de l'affaire. Vous êtes trop impliqué dedans ! dit Élodie.

— *N'u listessu tempu*, en même temps, c'est le plus à même de résoudre ce sac de nœuds ! Tant qu'on ne dit rien !

— On est en infraction ! Rien de plus, rien de moins. »

Un épais silence s'abattit sur eux. Trigano-Nada avait raison, ils étaient limites en terme de légalité, mais Pieri n'avait pas tort non plus, dans la mesure où il était certain de l'innocence de Pierucci, celui-ci était le plus à même de trouver la solution, s'il était impliqué à ce point. Alors il put leur faire le récit de son agression nocturne, leur expliquer les causes de son visage meurtri. Mais il eut l'impression qu'il n'était pas cru. Il aurait dû leur en parler plus tôt. Il y eut un flottement.

« Si on essaye de te tuer, tu ne préviens personne et tu vas te coucher, toi ? demanda Trigano.

— Non, sûrement pas. Mais je ne suis pas Pierucci ! », répondit Pieri *sotto voce* en quittant le bureau.

« Non, tu n'es pas Pierucci », répondit-elle en hochant la tête.

30

Comme de nombreux autres jours qui avaient mal commencé, ce matin-là débutait par une visite à l'inénarrable Dondolo. Toujours le même parking vide, le même air de misère dans la salle d'attente, les mêmes murs lépreux. Il attendit vainement un bon quart d'heure, mais il était trop tôt pour se mettre en colère. Il avisa une machine à café dans un coin qui faute d'éclairage laissait cet intéressant appareil dans l'ombre et se servit un café latte, amer, tiède, écœurant. Cela l'occupa encore quelques minutes, puis il renonça. À la porte, il croisa Yoda, lui jeta à peine un regard, lui désigna sa montre et fit un signe qui pouvait s'interpréter comme un « au revoir », ou aussi un bras d'honneur, d'une certaine façon. Dans la voiture il nota soigneusement l'heure et le temps qu'il avait attendu, en dessous de la date, dans son agenda. Puis il revint sur la Marine. Une bonne odeur de gâteaux frais l'accueillit et il ne put résister au plat de sablés qui reposaient comme des bébés sur un oreiller doux, ordonnant à la voix de sa raison d'aller se faire voir ailleurs. Encore du café, malheureusement aussi atrocement amer que celui du psy, ou alors n'avait-il pas la bouche au café ces derniers temps. Il devait absolument téléphoner à l'homme qui entretenait la machine, car il était possible que l'appareil ne tourne pas assez et que la stagnation y soit réelle. Il perdit selon lui de précieuses minutes, mais les autres n'étaient pas là pour vérifier. Alors qu'il était plongé une fois de plus dans les rapports d'autopsie des deux victimes, qui, hélas pour sa théorie, concordaient parfaitement, y compris les poils de tapis espagnols, on frappa discrètement à sa porte. Ne reconnaissant ni la poigne musclée de Pieri, ni les grattements d'Élodie, pas plus que Buttafuoco qui ne frappait plus, il leva la tête, contrarié. Il sentait un début d'idée, quelque chose de confus qui demandait de la concentration, et du temps. En conséquence de quoi grogna-t-il un « Entrez » peu amène. La collante Marine passa la tête, tout sourire.

« N'ayant plus de nouvelles, je suis venue voir comment tu allais — toujours cet intempestif et intrusif tutoiement. Et aussi te rappeler que demain, c'est la Sainte Sophie !

— Et alors ? demanda Pierucci, éberlué.

— Je te connais, tu es un ours et tu vas oublier de souhaiter sa fête à ta si charmante compagne…

— Vous connaissez ma compagne ?

— De réputation, et je ne doute pas… »

Il hésitait entre l'impolitesse définitive et rédhibitoire, l'envie de la mettre à la porte, celle de la confier aux soins de Dondolo. Il n'avait jamais vu un culot pareil ! Mais de quel droit se permettait-elle de fourrer son nez dans sa vie privée et de lui rappeler des fêtes qu'en temps ordinaire il ne souhaitait pas, et encore moins en ce moment. Pourquoi encore moins en ce moment ? Pourquoi cette pensée lui était-elle venue avec un tel naturel ? Il chassa la mouche opportune de l'idée déplaisante.

« Je travaille là ! Il y a autre chose ?

— Je voulais t'inviter à manger…

— Je n'ai pas le temps !

— Un soir alors ! » Il la fusilla du regard. Le comble pour un chasseur que de se faire poursuivre par le gibier, à plus forte raison quand vous chassez le poil et que c'est la plume qui vous harcèle. Poursuivant la métaphore animalière, il songea que, de plus, il n'est guère utile de courir après les dindes… *Ghjallinacia !* N'avait-elle rien de plus utile à faire ?

« On dirait que l'ours est mal réveillé ! minauda-t-elle, je te laisse, mais je ne te tiens pas quitte pour autant !

— Quand est-ce, déjà, que nous avons passé l'année scolaire ensemble ? demanda le commissaire hors de lui avec brusquerie.

— 1965-66, par là ! répondit-elle…

Il n'ajouta rien et comme elle se heurtait à son front buté, elle sortit. Il l'entendit déverser les torrents sirupeux de sa voix suave sur tous ceux qu'elle rencontrait et enfin la porte claqua. Alors il appela.

« Butta ! »

L'autre, debout à la photocopieuse, arriva de suite.

« La troisième fille, celle du prétendu viol du bar, elle s'appelait comment ? »

Le lieutenant alla chercher ses notes.

« Marine quelque chose... Attendez...

— Ne cherche pas, je sais, elle vient de sortir, nom d'épouse, “Marine Lachaud». Je savais que je n'avais jamais rencontré cette fille, quel que soit l'âge auquel cela aurait pu se produire. En 65-66 je n'étais pas là... Et je suis certain que c'est elle, la numéro trois. »

Le Gros se dandinait, mal à l'aise, c'est lui qui avait fait les recherches, il n'avait pas vu ce qu'il avait sous les yeux. Mais elle était si gentille, si douce, si serviable, cette femme, aussi. Cependant il dut se résoudre à avouer que les deux noms étaient bien similaires. Il était anéanti et humilié, mais Pierucci n'enfonça pas le clou, il avait la tête baissée sur ses papiers.

« Je sais à présent qui répand des rumeurs. Mais je veux savoir pourquoi.

— On n'a rien contre elle ?

— Déjà on vérifie son identité. Si c'est vraiment elle, et j'en suis convaincu, on vérifie son alibi. Je ne la sens pas cette femme. Depuis le début. Elle est... Trop ! »

Buttafuoco ne se moquait pas des intuitions fulgurantes de Pierucci car il l'avait vu à l'œuvre. Le fait était que son hypersensibilité en faisait un être difficile à vivre, mais qu'elle lui faisait suivre des raisonnements brillants et souvent justes, sur les bases aléatoires d'un ressenti, d'une fausse note, d'un regard. Il était vrai que la dame était vraiment collante, mais le fait n'était pas rare. Les femmes qui ont été très jolies peinent à se résoudre à vieillir, et persistent à faire de leur séduction un arrosoir à pomme large. Elles enrobent en jouant de sentiments maternels, d'amitié attentive, mais le besoin de séduction, de plaire à tout prix est là. Pour peu qu'il s'y mêlât une envie de revanche... Il vérifia très vite, et très vite fit coïncider les informations. Comment avaient-ils pu ne pas réaliser ? Même en connaissant les noms des trois femmes ? Il se souvint de l'histoire de *La Lettre volée* de Poe, cachée à la vue de tout le monde, et que personne ne trouve. C'était toujours la même chose.

Il se leva donc et sortit pour la suivre. Le commissaire, lui, fila en direction de la guérite du Portière. Pas de meilleur endroit que celui-là pour les ragots et c'est bien de ragots qu'il avait besoin à cette heure.

La Marine bruissait de la vie factice et colorée de la saison débutante. Les vêtements en vitrine étaient juste sortis de l'emballage, ils n'avaient pas encore été tripotés par des centaines de mains moites et transpirantes, frôlés par des gamins nantis d'une glace dégoulinante. Tout sentait le neuf, et pulsait de la vie qui reprend aux premiers soleils. Et le port avait revêtu lui aussi des atours neufs. Les nouvelles terrasses, les bois gris des quais, la guérite des bateliers, les plates-bandes fleuries, les palmiers qui se balançaient doucement, le nouveau jardin pour enfants, tout rhabillait la basse ville de gaîté et d'entrain. Armand avançait au milieu des figures éternelles de touristes, sacs à dos-chaussures improbables-genoux rouges et mollets puissants, couples aux bords du troisième âge, groupes de vieilles hurlant de rire par paquets agglutinés aux menus exposés devant les terrasses, femmes déjà bronzées, vernis à ongles impeccables, portant les créations de plage les plus récentes. Comme si en dépit du temps qui passe, il y avait toujours un échantillon de chaque catégorie disponible pour le rôle. Les terrasses étaient bien occupées, cela circulait bien, la crise pour l'instant ne se voyait pas. Le matin même, il avait découvert par accident que le sénat avait voté la fin du CDI et se désolait qu'une action si importante soit passée dans l'indifférence la plus absolue. La veille également, avait été votée la coofficialité de la langue corse, qui mettait une fin historique à une suprématie respectée sur tout le territoire français et datant de François 1er. Là encore le silence autour d'une pareille victoire était choquant. Même ceux qui avaient gagné étaient d'une discrétion inquiétante. Le soleil explosait sur les milles vaguelettes de la mer, cela sentait la soupe de poisson, et la mode pimpante se déclinait en couleurs joyeuses aux vitrines. Il parvint aux abords du parking rapidement. Le Portière lisait le journal. Il leva la tête en le reconnaissant.

Il fallait être honnête : Pierucci adorait les conversations avec le Portière. L'homme parlait bien, avec une jolie façon de mouler les lettres, avant de les laisser filer, et de pencher la tête, de saluer au passage ceux qui lui laissaient les clefs ou qui payaient leur parking.

Il donnait l'impression à chacun d'être un être à part. Une conversation à la guérite, cela ressemblait à un privilège.

« Alors commissaire, heureux héritier ? » et de tout autre, cela aurait semblé agressif.

— Déjà au courant !

— Hé ! Si je ne le suis pas, qui le sera ?

— Justement, je suis venu te trouver parce que s'il y a une personne qui peut me trouver des réponses sans que cela fasse scandale, ce sera toi.

— *So in ascoltu !* Je suis à l'écoute.

— Ce ne sont que des histoires de femmes… D'abord, l'Origami. Tu la connais ? Oui ? Tout le monde la connaît, impossible de ne pas la croiser ici. Tu gardes sa voiture, oui ? Est-ce que tu sais si elle est passée la prendre le soir du meurtre de Maxiola, ou si tu l'as vue, cette nuit-là.

— Le fameux week-end ? Je n'ai rien noté de spécial, donc ceux qui rentrent sont rentrés et ceux qui sortent, sortis… Melle Gomez, elle prend ses clefs à 10 h 30. Me les a ramenées le lendemain matin, comme tous les jours.

— Et le soir du meurtre de Cucchi ?

— Euh ! mardi en huit. Attendez ! Non, rien à signaler. Elle est arrivée à la même heure, et revenue aussi calme le lendemain matin. Mais entre le moment où elle part et le reste de la nuit, je ne sais pas ce qu'elle fait !

— Je me doute, mais tu as pu constater, je ne sais pas, quelque chose à sa voiture, un air un peu différent… NON ? Bon ! Sinon, rôde depuis quelque temps une femme entre deux âges, un peu ronde, très bavarde, outrageusement aimable…

— Madame Lachaud ?

— *Ghjustu !* Depuis qu'elle est là, a-t-elle tenté de prendre contact avec les deux victimes ? A-t-elle vu d'autres personnes ? Enfin sais-tu directement ou indirectement quelque chose qui pourrait m'être utile ? Du genre d'une amitié qu'elle aurait, ou au contraire…

— À part vous, vous voulez dire ? s'amusa Portière.

— Oh, *buccalone*, sais-tu quelque chose ? Oui, ou non ?

— Attendez que je réfléchisse. Alors, comme tout le monde, je sais que Gomez n'a pas bien pris ses ruptures, puisque même quand elle croisait l'un ou l'autre sur le parking, c'était chaud. Je suis même sûr que certains coups de clefs dans les peintures neuves ne viennent pas d'autre part. Elle a quitté le travail tôt le soir du meurtre de M. Maxiola, a pris sa voiture à son heure habituelle comme je vous l'ai dit, mais ensuite, elle n'est pas rentrée par le bon chemin, parce que ce soir-là il y a eu un accident avec le petit train, et cela a bloqué la sortie. Or quand j'en ai parlé le lendemain, elle n'était pas au courant.

— Comment peux-tu être aussi précis ?

— Elle insulte facilement, peu importe s'il y a du public ou pas, mais je ne sais pas par où elle est passée. Pour le soir du pauvre Cucchi, je ne sais pas. Et pour Lachaud, sincèrement, c'est une femme étrange ! Tout le monde ici se demande ce qu'elle cherche. Elle ne vient pas vraiment pour les plages, elle cherche à nouer des liens avec des gens qui ne se souviennent pas d'elle, mais comme elle les couvre de cadeaux, ils se taisent… *Veru, Padronu*, vous n'êtes pas le seul qu'elle ait interpellé. Un soir elle a laissé ses clefs, et quand elle les a reprises, le pauvre Andria passait avec sa femme. Graziella est encore très belle, ils se tenaient par le bras. J'ai vu comme de la haine dans ses yeux. »

Pierucci ne le reprit pas. Le Portière parlait, certes. Il était au courant de tout, aussi ! Mais il ne disait jamais plus qu'il n'était vrai. Il colportait, mais seulement les renseignements vérifiés. Aussi le commissaire se fia-t-il à son impression. Il médita ce commentaire, mais l'autre le tira de sa rêverie.

« Alors vous ne me dites pas ce que cela fait, d'être le propriétaire de la villa ?

— Bah, pour l'instant, je ne le suis pas encore, et franchement je ne sais que dire…

— C'est qu'il s'en présente du monde pour demander si elle est à vendre. C'est une légende, cette propriété…

— Je sais !

— Permettez ? » Il y avait du monde à la guérite, et il se tourna pour rendre et récupérer des trousseaux. « Vous voulez un café ? J'en ai du chaud… » — « Volontiers ». Cela se pressait autour d'eux, mais c'était parfois comme cela, le calme ne tardait pas à revenir, il suffisait d'attendre. L'homme sortit deux tasses, répondit à l'un, à l'autre, un couple attendait son tour. Il était aimable avec tous, et même avec les râleurs, ceux qui trouvaient les tarifs excessifs et le soleil trop ensoleillé. Enfin ils prirent leurs petites tasses, et se sourirent par-dessus le breuvage chaud.

31

La salle d'attente était déserte à cette heure. Les néons réglés en veilleuse diffusaient un éclairage blafard, peu agréable, terne, verdâtre, triste. Angelo était assis, seul. Par moments, il se levait avec impatience, faisait quelques pas... Il consultait son téléphone, se rasseyait. La porte en verre fut poussée d'une main ferme, une femme entra. Ses cheveux bouclés s'échappaient du catogan. Elle alla droit vers le jeune homme. Lui tendit la main.

« Tu es Angelo ?

— Vous êtes Annah ! » Ils se regardèrent un peu émus.

« Mon père m'a raconté comment vous vous êtes rencontrés, et ces fameuses vacances... Il a dû être content de vous revoir !

— Autant que moi... Tu es comme je l'imaginais... Comment est-il ?

— Rien de nouveau depuis cette après-midi. Il a commencé à avoir des vertiges, sa parole s'est embrouillée et puis il est tombé. Les gens qui étaient avec lui, lui ont donné de l'eau, il avait soif, mais il s'est mis à vomir, il est tombé dans le coma dès l'ambulance...

— On sait ce qu'il s'est passé ?

— Non ! Au début ils ont pensé qu'il avait fait une hyperglycémie, ou que sa marche au soleil lui avait généré une grave insolation… Ils ont eu peur pour son cœur. Il ne fait jamais attention à son régime. Parfois il ne mange rien, d'autres fois il mange comme si c'était son dernier repas… Enfin, là, cela ne va pas du tout ! »

Angelo avait les larmes aux yeux.

« Ils sont inquiets pour sa vie ?

— Oui ! Je sais qu'ils essayent de me ménager, mais oui !

— Comment cela se fait que tu sois là aussi rapidement ?

— J'ai fait un rêve, la nuit dernière, Le Rêve ! Je me suis précipité dans le premier avion. C'est Pieri qui est venu me chercher. Mais je suis arrivé trop tard. Sofia devait me suivre, elle devait tout fermer, prendre les affaires. Elle ne m'a pas vraiment cru. Elle a pris son temps. Elle n'était pas trop contente de ma crise quand j'ai exigé de rentrer. Sofia en a un peu assez de nos délires.

— Tu rêves comme ton père ?

— Oui ! »

Nul n'était besoin de demander des précisions, Annah était au courant du don de *mazzeru* de Pierucci, il était logique que son fils le possédât aussi. Elle y croyait comme elle croyait à la squadra d'Arozza, à la strega et à tout l'univers de signes qui accompagne la vie corse. Elle-même savait guérir le feu en signant. Si

Angelo avait rêvé, alors c'était encore plus grave. Parce que les *mazzeri* ne rêvent que de mort.

« Ils ne veulent pas que je reste près de lui pour le moment.

— Ils essayent sûrement encore des traitements… »

Le silence retomba. Annah s'assit à côté du garçon, le prenant par les épaules. Il se laissa aller contre elle, comme un enfant, qu'il était encore. Pierucci ne pouvait pas mourir. Pas comme cela. Pas d'un excès de sucre ou d'inattention à son régime. Cela ne pouvait pas arriver. Elle se disait cela comme un mantra, parce qu'elle réalisait que si cet homme-là disparaissait, son monde allait s'écrouler. Ils restèrent ainsi longtemps, ne remuant que pour soulager leurs membres gourds, se levant à tour de rôle, parfois en direction de la machine à boissons. De temps à autre, on venait leur donner des nouvelles. On leur conseilla de rentrer, ils refusèrent. La nuit passa avec la lenteur des convois funéraires et le petit matin les trouva pelotonnés l'un contre l'autre. La vie commençait à reprendre dans le bâtiment, puis les visiteurs arrivèrent, les portes se mirent à s'ouvrir, à se fermer. Ils restaient là. Enfin ils purent aller le voir.

Il reposait les yeux clos, perfusé, une sonde nasale enfoncée dans le visage, méconnaissable. Une ombre de barbe bleuissait ses joues trop creuses et trop pâles, ses lèvres avaient une vilaine couleur brunâtre. On avait remonté le drap très haut, et la peau de son cou, fragile et fine, pulsait sourdement. Ils le contemplaient avec stupeur, avec douleur. Pierucci n'était pas un homme immobile, il bougeait sans cesse, ne savait se tenir au repos. Son immobilité en faisait un autre, un étranger avec un vague air de ressemblance, un parent. Angelo lui avait pris la main. Le médecin vint les rejoindre :

« Il est dans le coma ! Nous n'avons pas trouvé la cause de la crise. Nous essayons de soutenir le cœur, les fonctions vitales. Les quarante-huit heures à venir seront décisives. Son taux de glycémie était très élevé. »

Il prodigua quelques encouragements plats et ternes, assortis à l'heure matinale et à la nuit sans sommeil qu'il venait de passer. Il avait envie de rentrer, il n'était qu'en remplacement, son accent épais dénonçait un pays étranger appartenant au bassin méditerranéen, d'où il était parti pour des perspectives de carrière meilleures, mais il se sentait loin de chez lui, il ne trouvait guère sa place dans cet endroit, avait envie d'être quelqu'un d'autre ailleurs… On le sentait bien.

Annah et Angelo s'assirent de part et d'autre du lit. Ils ne se dirent rien. Pieri, Buttafuoco et Trigano passèrent chacun à leur tour, proposèrent de l'aide et de la nourriture au petit, jetant des regards curieux sur la dame. Mais le jeune homme déclina, leur donnant tous les détails qu'il avait sur l'accident. Ils repartirent, abattus, éberlués. Cela ne pouvait arriver. Depuis le temps qu'il naviguait d'excès en repentirs. En fin de matinée, Sofia arriva à son tour, après deux ou trois connaissances de son père qui ayant appris la nouvelle, s'étaient précipitées. Les oncles avaient appelé.

Angelo reconnut les effluves de son parfum chaud et fleuri avant qu'elle ne se présente devant la porte, il se retourna, se leva à sa rencontre. Elle jeta un regard surpris et inamical à la femme assise là, qu'Angelo présenta rapidement. Mais Sofia ignorait qui était Annah. Elle s'avança vers le corps allongé, incrédule et atterrée. Quand elle put parler, elle demanda à Angelo ce qu'il savait. Il le lui raconta. En début d'après-midi, Pieri et Buttafuoco revinrent à leur tour, et tous se retrouvèrent dans le jardin de la clinique de l'Ospedale, sur un des bancs qui longeaient l'entrée.

« Ma femme vous a fait des sandwichs, il y a aussi du café chaud… Angelo, si tu n'es pas trop fatigué, Butta et moi on voudrait te poser des questions…

— *Certu…*

— Voilà, nous connaissons notre Armand, et ses égarements alimentaires, il les provoque depuis des années. Il a déjà été mal, mais là, nous pensons que c'est autre chose. En fait, ce que ton père n'a pas eu le temps de te dire, il faut que nous te le disions, parce que si notre théorie est la bonne, il est possible que tu sois en danger, toi aussi. »

Angelo sur bien des points n'était plus un enfant, ce que ni l'un ni l'autre n'ignorait. Aussi ne cherchèrent-ils pas à lui mentir, ni même à lui déguiser la vérité telle qu'ils la voyaient. Ils lui racontèrent que deux des amis de son père avaient été tués sans qu'on en sache les raisons actuellement. Que bien sûr il pouvait y avoir un doute, actuellement, mais qu'ils avaient demandé un test de toxicologie qui, compte tenu des antécédents diabétiques du patient, n'avait pas été fait. Ils avaient privilégié d'autres hypothèses. Et comme les symptômes liés à l'ingestion de benzodiazépines sont ceux dont les médecins ont le plus l'habitude, et qu'il n'en montrait aucun… ils avaient peut-être négligé de rechercher un empoisonnement. Enfin bref, on a demandé l'analyse. Et puis, ils lui racontèrent avec ménagement la découverte du legs et d'une filiation ignorée jusqu'alors. De la valeur du bien, et de la possibilité qu'il soit la cause de ce qui venait de se produire.

« Il m'en avait parlé, dit Annah, mais il n'arrivait pas à faire coller le crime contre Cucchi, dans cette histoire. D'une part, et de l'autre, le notaire lui a certifié qu'aucun prétendant putatif ne s'était présenté, qu'il lui avait bien posé la question et qu'il lui avait même téléphoné pour se faire confirmer que personne d'autre que lui, n'avait de droit à cet héritage. » Sofia lui jeta un regard à glacer un ours polaire. Elle avait eu son compagnon au bout du fil tous les jours, il n'avait rien laissé filtrer.

« On sait, Butta a appelé lui-même ce matin et c'est bien la réponse qu'on lui a donnée, mais je me suis mis sur l'arbre généalogique pour vérifier, avec une pareille somme en jeux… Par ailleurs comme il avait raison, et que Marine Lachaud est une de celles dont on a cité le nom dans l'affaire du viol présumé, nous nous sommes mis à sa recherche. Ce matin, nous ne sommes pas parvenus à lui mettre la main dessus, mais il faudra bien qu'elle nous donne quelques explications. Il n'en demeure pas moins que si c'est la **villa** qui est en cause, alors Angelo est en danger. Il ne faut donc jamais qu'il reste seul, en aucun cas. Tant qu'on n'aura pas écarté cette hypothèse-là… » Il bafouillait un peu, le Gros, il y en avait tout de même beaucoup, des nouvelles pénibles à annoncer.

« Le viol présumé ? » Interrogea Sofia, interloquée. « Qu'est-ce que c'est que cette histoire ?

— Il n'y est pour rien ! Absolument pour rien ! C'est une absurdité ! » s'emporta Annah avec fougue et les deux hommes virent le visage de Sofia passer du rouge au noir. Mais elle se tut.

Parfois la clarté, la gaîté du soleil, la fraîcheur des buissons jurent étrangement avec les sentiments douloureux que l'on éprouve, et la vie qui fourmille dans le monde est une insulte au chagrin. Angelo était plein de rage, de l'idée de vengeance, de fougue meurtrière. Sofia, accablée par une sorte de fatalisme dont elle ne parvenait à se défaire, mêlé à une rancune qu'elle se reprochait mais qui était bien réelle. Encore une situation impossible, encore une femme jaillie du néant. Cela ne finirait-il donc jamais ? Annah de son côté s'insérait dans le drame comme une épingle dans un derrière innocent, trouvait sa place sans effort et souffrait autant que si elle avait vécu aux côtés d'Armand toute sa vie. Les voitures passaient bruyamment, un enfant pleurait au loin, du côté du marchand de jouets… Une portière claqua, dans le ciel, une mouette hurla au-dessus du marais. Il faisait un temps magnifique, une journée magnifique, « il n'y a pas de temps pour mourir », songea Annah, certes, mais cela ne peut être le temps d'Armand. Sofia pensait qu'elle n'avait pas envie d'avoir mal une fois de plus, à cause de cette vie impossible qu'il menait, à cause de toutes ces femmes qui jaillissaient du sol devant lui, à cause de tout ce noir dont il badigeonnait les murs de sa vie. Tous se faisaient du souci, tous avaient l'impression d'évoluer dans une nuée fuligineuse.

Sur la place du marché, le Rompifeste annonça onze morts, et sa voix sonore fit des pauses de circonstance car ces décès avaient été payés. Le douzième nom qu'il prononça au sommet de Bonifacio, puis devant le parvis de Sainte-Marie Majeure, dans la rue Longue, et place Carrega, fut le nom d'Armand Pierucci. Quand les lieutenants le surent ils obtinrent que la porte du malade soit gardée en permanence par un gendarme. Interrogé, voire bousculé, il montra une feuille d'ordinateur, sur laquelle était inscrite une date, celle de l'agression, suivie de la mention « Décédé à l'hôpital de Porto-Vecchio ». Ils enjoignirent à l'homme étrange de cesser son étrange activité sous peine de lui faire passer de mauvais moments.

32

UNE FEMME LUI TENDIT DANS UNE LOUCHE DE BOIS UN LIQUIDE qu'elle puisait dans un récipient en terre, placé à côté d'elle. Il s'amusa de sa tenue, longue jupe de laine grossière, dont l'arrière était plus long que l'avant, caraco noué par des lacets de cuir, coiffe froncée cachant la chevelure. Il ne se surprit pas, songeant qu'il s'agissait encore d'une des originales de la communauté des animistes, ou quelque chose de cet ordre, parce que, à bien y réfléchir, ils aimaient plutôt aller tout nus, ceux-là... Ce qu'il faisait avec eux, il l'ignorait. La boisson était atroce. Amère, huileuse. Cependant, quand il se détourna, elle fit mine de froncer les sourcils et son visage brun, austère, dur, ne lui donna pas envie de discuter. Il parvint à ouvrir les yeux plus grands. Il se trouvait dans une pièce sombre, saturée d'une fumée âcre. Quand il eut tout avalé, la femme sourit, il lui manquait des dents. Il était difficile de lui donner un âge, tant sa peau brunie et ridée la vieillissait. Pourtant quand son col laissait voir la chair de son cou, il la découvrit avec surprise douce et rosée. La boisson l'enveloppa d'un nuage coloré, il s'assoupit.

Quand il se réveilla encore, il était seul, dehors il faisait grand jour, il entendait crier et bouger. Pas un bruit mécanique cependant, pas de véhicule, pas d'avion. Les oiseaux se répondaient de branches en branches et le vent soufflait par rafales. Il tenta de se lever, ne le put pas. Levant le bras, il le découvrit recouvert d'une toile épaisse qui ressemblait à du lin, du lin épais et grumeleux, brunâtre, qui dépassait d'un drap tissé aussi grossièrement et dont les nombreux nœuds et la couleur lui firent penser aux chemises hippies vendues dans les années les années 1970, en plus râpeux, et en plus moche. La manche était resserrée par des fronces aux poignets. Tâtant son col, il constata que là aussi, à la manière des chemises de l'oncle Anto autrefois, il avait le cou engoncé dans les plis de tissus. Une sorte de blouse très large, qui descendait sur ses cuisses. Sa couverture lourde et très chaude était de laine foncée, elle sentait l'aigre, le suint et la sueur. Vraisemblablement, son matelas était en paille ou quelque chose qui y ressemblait vu comment cela piquait. Épuisé par ses investigations, il se rendormit.

Il faisait nuit à son réveil suivant, il était seul. On lui avait posé, sur un tabouret de bois près de la paillasse, un bol encore fumant, un morceau de gros pain bis, un gobelet en étain plein d'eau. Il se saisit du bol et y trouva une soupe de légumes et de gras de porc, qu'il mangea avec appétit. Elle était assez salée, et de nombreuses herbes qu'il n'avait pas l'habitude de consommer flottaient à la surface, il avait l'impression d'être dans une autre dimension. Le pain était un peu dur, avec une curieuse consistance élastique et résistante. Il tenta de poser un pied au sol, mais son estomac se révolta, la tête lui tourna, il se rallongea. Les odeurs qui pénétraient par la fenêtre étaient fortes, comme s'il couchait en plein milieu de la forêt, à proximité d'une étable. Il attendit, mais personne ne vint. Ses yeux se mirent à papillonner, et quand la femme revint, il dormait de nouveau. Elle tâta son front, et soupira d'aise.

On lui touchait le bras, il ouvrit un œil. Le jour pénétrait à flots par les fenêtres, il songea que la maison était orientée à l'est, porte au sud. Un homme de grande taille se trouvait assis sur l'escabeau. Il prenait son pouls en discutant avec la femme dans une langue qu'il ne put immédiatement identifier. Et puis, se concentrant, il constata qu'il s'agissait d'une forme ancienne de corse, ou d'un patois italien, assez semblable au vieux bonifacien, quoique plus riche et plus fluide. Il put coasser quelques mots qu'ils semblèrent comprendre.

« Qui êtes-vous ? »

Ils éclatèrent de rire.

33

DURANT QUELQUES JOURS, il alterna ainsi les réveils et les sommeils lourds et pesants dont il émergeait abasourdi et nauséeux. Il était nourri sensiblement de la même soupe, à laquelle on avait une fois ajouté un œuf. Mais la nourriture était frugale, un peu insipide, sauf pour le vin qu'on lui donnait parfois très épicé et coupé d'eau. Le pain avait durci de plus en plus, et puis il eut du pain frais. Le temps s'écoulait. La femme n'avait pas quitté sa grosse jupe et son corsage lacé. Elle n'était pas très propre, mais son regard était empli de bienveillance. Il avait découvert l'ameublement autour de lui, mélange de pièces très grossières en bois à peine équarri et de mobilier antique travaillé très usé. Son lit n'était qu'un lit de sangle, portant la paillasse. Parfois, un brin perçait la toile épaisse et lui piquait la peau cruellement, mais quand il se réveillait la nuit, il respirait son odeur étonnante et fraîche. Enfin, un matin l'homme vint l'aider à se lever, l'habilla d'une sorte de cape, et le tint jusqu'à la porte.

Il eut l'impression d'être le premier homme au monde. À ses pieds, très en contrebas, l'Ortolu serpentait paresseusement au milieu de la vallée. Les pentes qui l'encadraient étaient cultivées de toutes parts et un massif château moyenâgeux s'élevait sur la rive ouest, au sommet de la pointe qu'il reconnut comme étant la pente sur laquelle s'adossait Sartè. L'ombre n'avait pas encore quitté le creux de la combe, seule la pente sur laquelle il se trouvait et qui faisait face au château, mais de très haut et de très loin profitait de la lumière naissante. Autour de lui, une quinzaine de maisons de granit aux pierres irrégulières et rondes d'assez petite taille se chauffaient tendrement. La forêt les cernait. Il s'approcha d'un mur, toujours soutenu par son compagnon. Et recula éberlué.

Il s'y connaissait en maçonnerie médiévale et il ne faisait aucun doute que ces murs avaient été bâtis selon ces normes et avec ces matériaux. Des murs du Moyen Âge NEUFS ! Alors il commença à voir la population, et partout autour de lui, des jupes longues, des coiffes, des braies, de lourds manteaux… Pour se réveiller, il frotta sa main contre la pierre rude, se fit mal, mais les visions ne s'éloignèrent pas. On le dévisageait avec curiosité, et lui se sentait défaillir, quelle était cette mascarade ? Des faces cuites par le soleil, tannées aux intempéries. Des bouches édentées, des cheveux gras, des vêtements sales et lourds, des plaies qui dévoraient la peau. Il demanda où et quand on était ? « S'il vous plaît, implora-t-il, où et quand sommes-nous ? »

« Saint Ghjuvanni di L'URTOLU, 1556 » lui répondit l'homme qui parlait le génois, sans s'effrayer de la question, car il répondait à un homme qui venait de reprendre conscience et ne s'étonnait pas des incohérences qu'il pouvait prononcer mais qui dut immédiatement appeler ses camarades à son secours, parce que le malade venait de s'évanouir.

La chambre était agréablement fraîche, à son réveil, et il comprit qu'il avait été inconscient plusieurs jours car s'il avait eu du pain frais avant sa sortie, celui-là devait longuement tremper dans le brouet, avant qu'il pût le manger.

Il tentait de comprendre, de se réveiller, de sortir de ce rêve absurde. Il n'avait jamais entendu parler d'un Saint Jean, dans la vallée du fleuve. Il ne comprenait pas. Il fermait alors les yeux et se rendormait, affolé, mais s'il reprenait bien conscience, c'était immanquablement pour retrouver les mêmes lieux et les mêmes visages. Cela n'avait pas de sens, pas de sens, pas de sens, pas de sens, pas de sens…

Un effet secondaire de ses rêves de mazzeru peut-être ? pensa-t-il, il se voyait dans le passé, mais au moins, d'ordinaire, reprenait-il pied dans la réalité. Et là, il mangeait, il buvait, il se pinçait, il s'était même cogné l'orteil contre le pied du lit, se déclenchant une douleur fulgurante, en pure perte. Il avait lentement repris des forces, était sorti à plusieurs reprises et avait fait quelques pas dans le hameau. Il s'était trempé avec la cruche, en se disant que dans les rêves on boit sans jamais sentir le contact du liquide dans la gorge. Mais il avait dû cesser, manquant s'étouffer tandis que la femme l'avait grondé. Elle s'appelait Luisa. Combien de temps dura cet état, il n'aurait su le dire. Pourtant sa nature était vigoureuse et il reprenait lentement le dessus. De quoi avait-il souffert ? avait-il demandé à la femme. Elle n'aurait su le dire ! Il était tombé d'un coup, alors qu'il conduisait les bœufs ! « Je conduisais les bœufs ! songea-t-il, ai-je même jamais vu un bœuf de ma vie à moins de dix mètres ?, et qui suis-je ? », demanda-t-il encore timidement. Elle leva les yeux au ciel, son frère bien sûr, qui d'autre ? Alberto, le frère de Luisa. Ah ! Il rit presque. « Après m'être découvert un nouveau père, me voilà avec une sœur sans dents… Pourquoi pas, après tout. Suis-je marié ? Interrogea-t-il une autre fois ? » Elle pouffa, mit la main devant sa bouche. Montrant de façon circulaire les maisons autour d'eux, et semblant dire que toutes les dames qui y vaquaient étaient plus ou moins les siennes. Il crut comprendre aussi qu'en dépit du fait qu'il était vieux, il avait encore beaucoup de succès. Il tiqua sur le mot « vieux », lui demanda quel âge elle avait, elle ! « Trente ans », lui répondit-elle. Trente ans, il s'affola. On ne doit pas faire de pareils songes, et c'était bien un songe, n'est-ce pas ?

« Tu dois te dépêcher de reprendre ta vie habituelle, car nous n'avons pas d'argent de côté et nous avons besoin que tu travailles… » Elle parlait avec gravité, il évitait de contempler les béances de sa bouche. La détaillant mieux, il vit une plaie à l'échancrure de son corsage, large, purulente, foncée. Elle avait compris son regard et lui avait expliqué : « La gale, comme tout le monde ! Tu ne te souviens pas ? Ta mère est morte, notre père l'a remplacée, mais la mienne est morte aussi. De la peste, voici peu. » Trente ans, elle ressemblait à une vieille femme ! Galeuse ! Il n'arrivait pas à se concentrer. « Toi tu es très vieux, mais cela ne se voit pas. » Il fit la grimace, et se dit que l'espérance de vie était effectivement faible en ce temps-là, puisque temps-là il semblait y avoir. Mais il avait l'air dépité. Quitte à vivre l'impossible pourquoi n'avait-il pas été rajeuni ? Sa tête montrait son désarroi. Elle avait beaucoup ri. Ce soir-là, il goûta le vin nouveau dans la pièce commune, pour la première fois. Il avait rejoint sa « famille » et ils se tenaient en rond autour de l'âtre. Leur maison était une des plus grandes du village puisque, outre la pièce commune, il y avait deux chambres dans lesquelles les bêtes n'étaient pas logées. Et la paille jetée sur le sol était changée tous les jours. Donc, on lui servit du vin. Du clairet, pour lui, qui était convalescent. Le goût en était plus âpre, mais sensiblement identique à celui qu'il consommait… Dans son autre vie. Ils eurent du sanglier bouilli à dîner, accompagné de ce qui ressemblait à des navets. Il s'intégrait presque parfaitement aux conversations, dont la langue ne lui posait pas de problèmes, mais il y avait tant de choses qui lui étaient étrangères, on le regardait comme on regarde les enfants ou les imbéciles, avec une gentillesse un peu condescendante. Cependant, il comprit, ou crut comprendre que dans ce village de misère, il était le plus riche des habitants, et qu'ils avaient un frère à la ville qui leur envoyait, deux fois l'an, des présents. Il se coucha la tête un peu lourde, et fit des rêves où tout se mêlait. Le Rompifeste, Dondolo, Élodie, Andria, Sandru, Angelo, Pieri, Portière, Sofia, Annah et sa nouvelle sœur édentée dont son esprit refusait de retenir le nom, espérant se réveiller, enfin.

34

« Nous avions raison, commença Buttafuoco, dans la salle de réunion, devant Trigano-Nada et Pieri. Le rapport toxicologique indique une très forte concentration en cétones. Il a été empoisonné.

— C'est quoi les cétones ? On les trouve dans quoi ? S'il est difficile de s'en procurer, on aura peut-être une piste !

— Oh, actuellement c'est très facile, au contraire… En réalité on les trouve dans les huiles essentielles », dit Élodie. Dans n'importe quelle pharmacie, voire chez certains distillateurs privés, on se procure de la sauge officinale, de la menthe poivrée ou du romarin. Le plus difficile n'est pas de l'acheter mais de le faire prendre. Le goût est atroce, très amer. »

Ils firent silence. Même pour un béni-bouffe-tout comme Pierucci, il aurait été difficile de cacher ce goût ! Comment l'avait-il avalé ? Ils allaient devoir refaire son chemin de la matinée, de chez lui à la cabane, et voir où on avait pu l'empoisonner.

« Et c'est mortel ? » demanda timidement Pieri ?

— Oui, à cette concentration. Tout dépend de la dose, et s'il a ingéré du gras dans la journée… Mais si je ne me trompe, il mangeait en douce, donc allez savoir ! Mais on ne peut douter du fait qu'on a essayé de le tuer.

— J'ai fait des recherches sur l'histoire de l'héritage, et c'est l'impasse, commença Pieri, personne ne prétend à la maison, personne n'est en mesure de le prétendre. Depuis les années 1920, le seul fils toutes branches confondues, c'est le père Maxiola. Et sur les autres rameaux, pas d'enfant, ou pas de fils.

— Pourquoi depuis les années 1920 ?

— Parce qu'il y a eu un drame dans la famille du frère cadet. Il se nommait Jean-Paul, avait eu une fille, puis un garçon, Fabien. Ce dernier arrivé tardivement et outrageusement gâté était un enfant difficile. Il évitait l'école, traînant dans le maquis avec son compère, le fils d'un journalier d'origine algérienne. Un jour ils ont croisé un gendarme. Le ton est monté, Fabien a tiré. Affolés, ils se sont précipités chez les parents, laissant le cadavre recouvert de quelques branches. Le père a retiré alors tout l'argent qu'il a pu et le soir même les deux jeunes embarquaient pour l'Amérique du Sud. C'est le fils de l'employé qui devait veiller sur Fabien, parce qu'il était plus mûr, plus responsable. Mais il ne l'a pas empêché de se battre dans un bouge, et d'y mourir d'un mauvais coup à la tête. Mais il n'a rien dit, il a continué, comme si de rien n'était, d'envoyer des nouvelles qu'il inventait, parce qu'il avait peur de perdre la pension. Puis le temps a passé, et tandis qu'il s'était installé et marié, le vieux père avait envoyé un émissaire pour faire revenir son fils et le revoir une dernière fois avant sa mort. Celui-ci a découvert le pot aux roses, et le valet l'a tué, et s'est enfui, mais la famille avait été prévenue. Le meurtrier a disparu, on dit qu'il est allé au Mexique, et puis un jour plus personne n'a eu de nouvelles. Il a fait sa vie, ou il s'est perdu dans la jungle... En tout cas chez les Maxiola, personne ne le sait. Alors c'est le père d'Andria qui a hérité puis lui.

— Et l'histoire de la maison ? Tu la connais ? C'est quoi cette tradition respectée à la lettre ?

— D'après ce que j'ai pu savoir, de la bouche du notaire et de Mme Maxiola, cela remonte à très longtemps. Une famille qui a toujours respecté le droit d'aînesse, une sorte de serment qui remonte aux calendes. Une société civile qui gère, dans un cabinet d'avocat, et des usufruitiers qui se succèdent. On a vu plus étrange ici. Et puis la maison a mauvaise réputation. Plus personne ne l'occupe depuis longtemps.

— Personne n'a jamais contesté au tribunal ?

— Ils croient qu'en l'acquérant de mauvaise manière, elle leur portera l'œil. »

L'oghju, le mauvais œil, le sort qui s'acharne, la vie qui tourne en rond dans une impasse maudite, tout le monde le craint en Corse, et s'en protège comme il peut, corail, prières... Élodie soupira avec un mépris à peine dissimulé, s'attirant de mauvais regards des deux autres.

« Bon, alors si ce n'est pas pour la maison ? Pourquoi ?

— On en revient aux femmes. Voici ce que j'ai pu tirer de Marine Lachaud, dit à son tour Buttafuoco, elle a confirmé que son nom a bien été cité dans l'affaire du Verdun. Confirmé aussi qu'elle n'était pas à Bonifacio à la petite école, qu'elle n'est revenue que pour les rencontrer, ces trois-là. Mais elle nie avoir été en contact avec Maxiola et Cucchi, alors que des témoins l'ont vue en voiture, suivre celle d'Andria, ou parler avec Santu à une terrasse. Selon elle, elle se ressource en Corse, depuis des années. Et le fait est qu'elle loue depuis trois ans, ici ! Le soir du meurtre de Maxiola, elle a participé à une soirée poésie, à la salle Saint-Jacques, il y avait beaucoup de monde, elle y a été vue. Pour Cucchi, elle dormait dans un bungalow loué. Ce qui paraît logique à cette heure-là.

— Elle peut s'être échappée…

— Possible, mais pourquoi ?

— Parce qu'elle a menti sur tout ! Nous savons qu'Andria a fermé le restaurant à une heure du matin, qu'il s'est dirigé vers Pertusato-Santa Manza puisqu'il a salué Tché-Tché qui l'a bien reconnu. Ensuite plus rien, et l'heure de sa mort a été placée approximativement entre 1 h 30 et 2 h 30. C'est-à-dire qu'il a été assassiné juste après. Il réside sur les hauteurs de Santa Manza, on l'attendait sur la route. Elle a pu filer de la réception… sans que personne ne la voie… Pierucci m'a avoué qu'elle lui avait dit avoir contacté les deux victimes. Elle nous promène. Il faut la confondre.

— Et du côté de l'Origami ?

— Lola Paluzza et B 52, où elle a attiré l'attention par une sorte de débardeur à trous d'où la pointe de ses seins dépassait — à quoi tiennent les alibis — et plusieurs jeunes attestent de sa présence, en revanche pas de l'heure ; personne ne peut dire quand elle est partie. Pour Cucchi, au lit selon ses dires, seule.

— Ah, j'ai revu le Rompifeste, qui a annoncé le décès d'Armand, et c'est Émilienne qui m'a appelé pour me le dire. Il a reçu un papier, avec les informations sur le malaise à la guérite du Portière ; sur le papier, qu'il a gardé, il est écrit « décédé ». L'enveloppe contenait deux cents euros, il avait entendu l'histoire, a interrogé deux ou trois personnes, toutes ont affirmé que Pierucci était mort, alors il a crié son nom. L'enveloppe et le mot ne portent pas d'empreintes, à l'exception des siennes, l'imprimante est anonyme, rien à en tirer. Rien à en tirer en dehors du fait que l'acte signe la volonté criminelle et rapproche cette tentative des deux autres, en dépit du fait qu'il n'y a pas émasculation et tout le reste. Comme si celui qui leur en veut s'affolait et commençait à faire n'importe quoi. » Pieri frissonna.

« En fait, sans le Rompifeste, on n'aurait pas relié les trois crimes entre eux !

— Oui, on veut nous faire croire qu'ils sont tous reliés en dépit du fait que rien d'autre ne concorde, ni la même substance utilisée pour le mettre hors d'état de nuire, et c'est un point important, dit Buttafuoco, en plein jour, avec un dérivé d'huiles essentielles, sans le mutiler… Et n'oublions pas, dans un espace où il était possible, de le sauver. Moi je trouve cela épais.

— Comme si c'était une fausse tentative ?

— Oui !

— Tu mets le principe de l'agression en doute ?

— Oui ! Si je veux tuer quelqu'un, je le fais quand il est seul, non ?

— Tu penses qu'il a pu se faire du mal lui-même, pour écarter les soupçons ?

— Je suis obligé d'évaluer toutes les hypothèses, sans exception. S'il est pour quelque chose dans les deux autres crimes, il a pu mettre en scène sa propre tentative, mais comme il n'y connaît pas grand-chose en huiles essentielles, il aura forcé la dose sans s'en rendre compte… Regarde les événements racontés comme cela et cela explique qu'il n'ait pas tiqué sur l'amertume, pas craché ce qui était imbuvable… »

Les autres fixaient Buttafuoco, médusés, comme on regarde l'enfant chéri qui a trahi, le fils qui a volé dans la poche de son père…

« Tu ne peux pas penser…

— Ce que je sais, c'est qu'il lui arrive beaucoup de choses contre son gré au commissaire Pierucci. On lui enlève son père du cimetière, et c'est bien pratique, parce qu'il ne peut pas faire de test ADN, pas plus que du côté Maxiola, où le fils n'était pas le fils, donc les enfants ne peuvent pas servir de référents. Il apparaît à Sartè, procède à l'enlèvement, est reconnu formellement, mais ce n'est pas lui selon ses dires ! Étrange non ? Il embarque Cucchi, est reconnu, mais ce n'est toujours pas lui. Est impliqué dans une histoire de viol, mais ce n'est encore pas lui ! Prétend avoir voulu refuser l'héritage et en réalité l'a accepté, contre son gré ! Il est censé faire une suite de séances d'évaluation chez le psy, mais prétend que le psy n'est pas celui qu'il dit, et même qu'il s'acharne contre lui. Se sert de cela pour réfuter les *éval* éventuelles, ce qui est bien pratique, parce que s'il apparaissait juste en ce moment les détails de la preuve d'une personnalité schizoïde, cela tomberait rudement mal ! Je ne sais pas, mais soit vous refusez de voir la vérité, soit vous êtes dans le coup ! La valeur de la maison et des terrains est immense, il peut arrêter de bosser et vivre de ses rentes, avec cet héritage inespéré ? Et s'il avait rongé son frein toute sa vie, avant de passer à l'action, vous y avez pensé ?

— Cucchi alors ? demanda Pieri avec froideur.

— Une fausse piste, comme l'émasculation, tous éléments destinés à nous faire regarder ailleurs.

— Et le Rompifeste ? Il se donne de l'argent tout seul, parce que tu ne peux pas dire que c'est Pierucci vu qu'il était déjà à l'hosto !

— Il a pu s'organiser, demander à quelqu'un de lui faire parvenir l'enveloppe avant, parlant de son pauvre père ou de quelque chose de ce genre. Moi je dis qu'on a l'évidence devant les yeux depuis le début et qu'on refuse de la voir. Trop de coïncidences de toute manière, beaucoup trop. »

Après la chape de plomb d'un silence hostile, et après avoir regardé ses collègues, Pieri prit la parole, déglutissant difficilement.

« *OHIMÈ* ! Jamais je n'aurais cru cela de toi. Il te considère comme un ami. Il te fait confiance. Mais ce que tu dis, un ami ne peut le soutenir. Tu es une merde, Buttafuoco, et j'espère que tes soupçons te porteront malheur. Il est aux portes de la mort, ne peut pas se défendre, et c'est ce que tu trouves ? L'accuser de machiavélisme et de meurtre ? Tu valais la peine qu'on te rencontre, toi !

— Tu n'es pas de mon avis ? » demanda le zélateur en se tournant vers Élodie. Elle ne répondit pas et attendit la suite, car elle ne doutait pas un seul instant qu'il y avait une suite. Son collègue était un taiseux, un pelleteur, un travailleur de fond, quelqu'un qui ne dépensait un euro que s'il en avait neuf en réserve et qui au poker ne montait que quand il avait du jeu. Elle avait raison.

« Et puis j'ai la preuve ! Le tapis !

— Quoi, le tapis !

— Les poils de tapis espagnol, qu'on a trouvés sur les deux corps. Eh bien, il est chez lui, le tapis ; premier étage, chambre d'amis.

— Tu es allé chez lui ? Tu as fouillé ? Dans une maison qui t'a accueilli ?

— Je suis allé chez lui, parce que je voulais en avoir le cœur net, et je ne cherchais pas le tapis, pas plus que je ne cherchais autre chose. Je voulais juste en avoir le cœur net, mais j'ai trouvé le tapis.

— Tu as forcé la porte…

— La serrure de la porte de la cuisine est encore cassée, elle est toujours ouverte. »

Pieri était absolument effaré. Médusé, tétanisé, muet.

« J'ai soulevé toutes les carpettes, dans la chambre du haut j'ai trouvé le bon. Voilà tout ! *Made in Spain.* J'ai fait faire l'analyse, elle correspond.

— Sauf que la perquisition est illégale ! Et donc ton analyse ne vaut rien !

— Oui ! mais on sait, on l'a démasqué et il suffira maintenant d'en faire une légale.

— Tu m'as demandé ce que je pensais, et j'avoue que tu m'avais jeté dans la confusion. Mais le tapis m'a convaincue, complètement », annonça Trigano en baissant la tête.

« Ah ! Tu vois !

— OUI ! Convaincue… De son innocence ! Aveuglant !

— Tu déparles là !

— Mais, enfin, réfléchis deux secondes, au lieu de t'obstiner comme un âne aveugle qui tourne autour d'une meule : il est flic, Pierucci. Flic, avant d'être quoi que ce soit d'autre, flic ! Il a toujours été flic, il sera toujours flic. Et un bon flic. C'est donc ce flic, qui convoite une propriété dont il est l'héritier depuis des lustres, et qui pour ce faire, tue son demi-frère, plus un citoyen dont on ne sait trop ce qu'il fait dans l'histoire, se colle les dix mille euros du déménagement de son père sur le dos, en s'inventant une mère ressuscitée, et prend bien soin de rouler les deux victimes dans un tapis qu'il conserve après nettoyage dans une chambre inoccupée de chez lui, bien propre pour ses collègues. J'ai oublié quelque chose ? S'il ne fallait qu'une preuve du coup monté, ce serait ce putain de tapis. Mais tu marches le nez au sol, comme un chien avec une cloche autour du cou, comment pourrais-tu réfléchir, avec le bruit de ta connerie qui sonne à tes oreilles ? »

Sur le coup le Gros en resta pantois. Il pensait l'affaire pliée, réglée, et les ennuis de Pierucci mûrs à point. Il avait pensé, en dépit de sa jalousie, que Butta était de son côté, alors qu'Élodie était une ennemie, et il découvrait l'évidence du contraire. Il ne s'attendait pas plus à l'attaque d'un côté qu'à l'aide de cet autre.

« Tu viens d'arriver, et tu te permets de porter des jugements ? Il est cinglé, Pierucci, tu ne l'as pas encore compris ?

— Primo, ce n'est pas lui qui m'importe, mais les preuves et les raisonnements, et ce qui est sûr, c'est que s'il a pu résoudre toutes ces affaires si longtemps, c'est que ce n'est pas un imbécile. Secondo, même l'abruti le plus parfait se serait débarrassé du tapis, l'aurait fait brûler quelque part, et ne l'aurait certainement pas conservé. Au cas où tu l'aurais oublié, on n'hérite pas de sa victime, tu l'as dit toi-même, ainsi il avait plutôt intérêt à écarter tout ce qui pouvait attirer les soupçons sur lui. Par ailleurs, la porte reste ouverte constamment, tires-en les conclusions qui s'imposent. Jean, tu cherches la mère du commissaire depuis le début, on a des nouvelles ?

— Aucune, on n'a pas pu mettre la main sur elle dans le cap, il y a bien une présence là-bas, mais aucun élément n'a pu étayer la preuve qu'elle n'était pas la vraie madame Casamozza, personne ne parvient à la voir ou lui parler.

— Et l'histoire du Verdun, quel est le fait avéré ?

— Qu'une fête a mal tourné, qu'une plainte a été déposée et retirée, qu'elle mettait en cause Maxiola et Cucchi, elle dit que pour Pierucci le troisième supposé, sur le moment son nom n'a pas été dit, mais qu'il a jailli plus tard, et de nulle part. Marine Lachaud de plus, quand je l'ai interrogée, dit que tout cela s'est envenimé sur le moment, mais que c'était une histoire de jeunes cons. Que les deux hommes étaient très convoités, enfin, que tout était plus complexe, et que cela ne valait pas la peine de revenir là-dessus. J'étais super mal à l'aise, j'ai eu l'impression qu'elle me racontait ce que je voulais entendre, mais en tout état de cause, je ne crois pas à l'implication du chef dans cette histoire.

— Pourquoi a-t-elle raconté cette histoire de maternelle, qu'il était facile de démonter ?

— Je ne suis pas une femme, mais pour moi tout cela sonne comme son contraire… En l'écoutant parler, j'ai plutôt eu l'impression que c'est de ne pas avoir été regardée, qu'elle lui en veut, pour lui, c'est certain. Je ne sais pas pour les deux autres. Je dirais que c'est plus ce qu'il n'a pas fait que ce qu'il a fait, qui lui pose problème. Je ne sais pas. Une vengeance de moche, mais c'est un sentiment. On ne doit pas plaisanter avec une histoire de viol, et ce n'est pas mon but, mais quelque chose ne tient pas la route dans ce fatras et elle, elle est vraiment glauque. Tout cela, épicé avec des mots mielleux et des conseils de tous ordres. On dirait ma mère, ma sœur et mon confesseur, réunis tout en un.

— Une vengeance par dépit ? C'est possible cela ?

— Toutes les aberrations sont possibles, enchaîna Élodie, les femmes blessées dans leur amour-propre sont dangereuses. Jusqu'à tuer ? Il faut voir. Disons que je ne crois pas aux coïncidences. Elle était là, et un peu trop là, sur les événements récents…

— Je regrette mais je n'abandonne pas mes convictions parce que vous devenez deux chevaliers blancs pour l'autre furieux, tout gisant qu'il soit. J'ai même l'intention de faire un rapport…

— Mais qu'est-ce qu'il te prend, toi ? Tu n'étais pas son ami ?

— Il veut le poste de commissaire ici, déclara Trigano, tu n'as pas compris ?

— On réglera ça, tu peux le croire… »

Buttafuoco fila s'enfermer dans le bureau, sans un regard, le front buté, l'air hargneux. Les deux autres après une brève concertation s'attelèrent à leurs tâches respectives, il y avait un Pierucci à sauver.

35

Il s'était inséré avec difficulté dans le quotidien du petit village. Quelques maisons, une dizaine à peine, encastrées dans les rochers pour la plupart, parfois des grottes agrandies et étayées, des locaux un peu exigus, un peu tristes, un peu sombres, une chapelle, une voie d'accès pavée, une forêt omniprésente, des champs… Il fallait plus de trois heures de marche pour arriver jusqu'au fleuve et bien plus pour se rendre à Sartè, par une route difficile. Des jours pour se rendre à Bonifacio. L'Office de Saint-Georges avait tout possédé, et puis les Français, alliés aux Turcs, avaient envahi les terres les plus accessibles. On se battait partout, entre tenants des uns et tenants des autres. La peste était passée peu auparavant, la gale rongeait les faciès, les poux, la vermine, la malnutrition ravageaient les habitants qui vivaient avec leurs bêtes, dans des conditions d'hygiène effarantes. Mais le pire à cet endroit était la consanguinité. Quand il avait vu le geste de sa présumée sœur vers les autres maisons, il avait cru qu'elle disait de lui qu'il était un séducteur. Ce n'était pas cela, elle lui faisait comprendre que tous ici étaient liés à lui d'une façon ou d'une autre. Chaque famille avait son pied-bot, son bec-de-lièvre, quand ce n'était pas des handicaps plus lourds et ils savaient qu'ils ne pouvaient continuer ainsi. Ils vivaient sans confort, pour la plupart, travaillant du matin au soir pour tirer du sol une nourriture peu abondante, et de rares surplus qu'ils échangeaient contre des objets de première nécessité. Ils vivaient dans la peur, de chétifs enfants aux yeux inquiets collés dans leurs jambes. Ils accrochaient leurs nourrissons aux murs quand ils partaient aux champs, sanglés serrés au point que seuls leurs visages pouvaient bouger, pour les mettre à l'abri des gros rats contre lesquels ils luttaient afin de conserver leur nourriture. Lui avait une maison un peu plus agréable, bien exposée, il avait de la vaisselle de céramique, quelques bons couteaux dans le tiroir, des paniers tressés avec art et si finement qu'on pouvait les remplir d'eau sans qu'ils fuient. En réalité, il était le propriétaire des bœufs, et le bouvier qui louait son attelage gagnait une aisance que bien d'autres ne possédaient pas. Un clerc crasseux expédiait quelques prières, en compagnie du moine qui occupait un réduit à côté de la chapelle et veillait sur le troupeau humain, plus par lucre que par respect des valeurs spirituelles. Ils étaient l'un comme l'autre sourcilleux, jaloux de leurs prérogatives et chicaniers. Lui, que tous disaient oublieux, amnésique après sa chute, tentait comme il pouvait de vivre, et chaque jour se désespérait d'être ainsi perdu dans un passé sombre, dont il ne comprenait pas qu'il ne parvienne à se réveiller. Tout lui manquait, et la curiosité qu'il avait éprouvée au début, pour ce monde nouveau, lui était totalement passée. Il craignait d'attraper la gale, lui aussi, sans compter une de ces maladies de peau qu'ils soignaient avec des excréments de mouton, ou des emplâtres de limace et dont il avait eu toutes les peines du monde à éviter qu'on lui en applique un, quand il s'était blessé au bras, peu habile qu'il était de ses mains. Les vêtements rudes et malpropres qu'il portait l'écœuraient. Sa sœur lui avait raconté qu'ils avaient un frère aîné, riche et bien installé, dans les hauteurs, sur le plateau bonifacien, qu'il était parti faire des études à Gênes, et qu'il était revenu avec du bien et de la considération. Mais qu'il ne venait jamais les visiter dans ce trou maudit. « Pourquoi ne vis-tu pas avec lui ? », avait-il demandé, et elle avait tourné la tête avec rancune. Elle acceptait de devoir répondre à toutes ses questions et le faisait avec patience, en dépit du travail qu'elle accomplissait. Il ne comprenait rien.

Une rumeur joyeuse le tira un matin de la remise où il réparait l'attelage. Il sortit, avide comme tous d'un peu de distraction et vit un homme tirant une mule lourdement chargée. « Dragulinu », criait-on de toute part. Le colporteur ! Il arrivait de Bonifacio, par le haut de la montagne, derrière eux, où un chemin muletier escarpé mais qui ne lui avait pas fait peur, raccourcissait la route. Il s'approcha, curieux, sa grande taille lui permettant de surplomber la scène, car tous étaient bien plus petits que lui. Les femmes entouraient la grosse boîte de bois pleine de tiroirs que portait l'animal, et tâtaient les coupons de tissus, les colliers de corail, les couteaux. Sentaient les huiles parfumées, les onguents, les épices. Elles firent emplette de fil, d'aiguilles, et de divers objets d'usage courant, après d'âpres marchandages. Cela dura longtemps, et l'air était empli de rires et de cris joyeux. Le soir le dragulinu participa au banquet que les familles organisèrent en installant des tréteaux et des planches, afin de réunir tout le monde. On mit à rôtir un vieux bouc dont la viande dure et puante emboucana l'air. Il raconta des histoires, beaucoup d'histoires. Il commença à porter les nouvelles de la guerre, et celles des parents qui l'en avaient chargé, puis des contes pour les dames et les enfants. Et quand le silence retomba sur le hameau, il dormit à même le sol, enroulé dans sa bonne couverture, dans la grande salle de la maison qu'occupait Pierucci. À son départ, la vie recommença plus morne encore. Il se sentait fragile et stupide, peu habile pour un travail journalier qui reposait essentiellement sur sa force, sa patience et sur ses mains. S'occupait mal des animaux qu'il ne gouvernait pas avec assez de conviction, était incapable de concevoir des plans simples, parce qu'ici, tout était à accomplir, et qu'il n'avait pas appris à le faire. Qu'il pensait aussi qu'une minute magique allait le tirer de cet enfer qui devenait chaque jour un peu plus réel. Il allait mourir là. Peut-être, s'il avait eu le sentiment que cet état était passager, aurait-il pris ce qui lui arrivait autrement, mais plus les jours passaient, et plus il sombrait dans la mélancolie, et le désespoir. Quand il rentrait, éreinté et le regard vide, il allait vers le broc d'eau et le bassin orangés en poterie toscane, seules taches de couleur de toute la pièce, et dont il aurait pu dessiner les motifs les yeux fermés, parce qu'elles représentaient la certitude de la fin de la journée et se rinçait longuement. Il s'asseyait sans un mot, et mangeait sans regarder, tandis que les autres, éloignés par sa nature sombre, ne lui parlaient plus guère. Un jour il demanda d'où venait l'ensemble, qui ne ressemblait guère aux ustensiles de terre, de fer roussâtres dont ils faisaient usage d'ordinaire, et sa sœur lui répondit qu'il s'agissait d'un cadeau de leur frère, celui de Bonifacio, comme à peu près tout ce qui était joli chez eux. Elle le guettait d'un œil inquiet, et il avait bien conscience qu'il était pour elle le dernier rempart contre un mariage forcé avec une des brutes du village qui guignaient leur petite opulence. Il refusait de penser à cela, et fermait les yeux avec lassitude. Il ne songeait plus qu'il allait se réveiller, il savait à présent qu'il allait mourir et que ce lieu était son purgatoire.

36

« EST-CE QU'IL VA MIEUX ? »

Pieri, dans le couloir, interrogeait l'infirmière qu'il connaissait. Mais elle fit un signe négatif de la tête. Il restait plongé dans le coma, en dépit du fait que ses constantes se fussent stabilisées. Annah, Sofia et Angelo se relayaient à son chevet. Angelo entrait, caressait le front de son père, sa main, remontait le drap, tournait quelques instants dans la chambre et puis il se mettait à raconter des broutilles, comme l'installation du nouveau chien, à qui il n'avait pas encore donné de nom. Il parlait comme s'ils étaient à table, et qu'il déroulait tranquillement le fil de la vie, comme tous les soirs. Sofia arrivait plus tard, elle le raccompagnait et revenait tenir compagnie à Armand, tandis qu'Annah veillait sur le jeune garçon, ou parfois c'était le contraire. Les deux femmes ne s'étaient parlé que pour s'organiser, elles n'avaient rien évoqué d'autre.

« L'intoxication a atteint son système nerveux, et même ses reins. Mais il peut s'en sortir… Il faut y croire ! »

Durant ce temps, la régate avait eu lieu, mais la douane n'avait pu trouver le moindre élément pour intervenir, tout en ayant la certitude que le débarquement de drogue avait bien été effectué. Ils avaient dispersé des hommes tout le long du littoral, quoique la côte fût si vaste, les plages si nombreuses, qu'il était impossible de savoir où cela s'était produit. Les repérages satellites des diverses embarcations n'avaient rien donné car le temps difficile avait conduit nombre d'entre eux à subir des avaries, et ils avaient mis en panne dans tous les coins. Ils avaient réagi avec vélocité, s'étaient rendus partout où ils l'avaient pu, mais sans précision supplémentaire, la tâche était impossible.

Dans les médias, on faisait du mariage gay et de l'opposition des communautés le rideau de fumée derrière lequel les textes de loi les plus controversés étaient validés, sans que personne n'y prenne garde. Et il pleuvait.

En cachette de tous, Buttafuoco obtint la commission rogatoire qui lui permit de fouiller la maison d'Armand. Il la brandit un matin, devant ses collègues annonçant que s'ils ne l'accompagnaient pas, il demanderait à Porto-Vecchio d'envoyer de l'aide. Alors ils montèrent tous deux dans une voiture, laissant le traître seul dans la sienne. Ils firent le rapide chemin en silence, la mer était couverte d'une épaisse couverture de brume blanche, due au fait qu'elle avait chauffé au soleil la veille et que la fraîcheur du petit matin la glaçait soudainement. Sofia leur ouvrit la porte, le visage ensommeillé, affolée de ce qu'ils viennent lui annoncer une mauvaise nouvelle de l'hôpital. Elle ne comprit rien au papier, s'effaça pour les laisser passer en regardant Pieri avec hébétude. Buttafuoco fonça tout droit au premier, se dirigeant vers la chambre d'amis. Il se statufia sur le seuil. Un tapis de coco bleu garnissait l'intégralité de la pièce, assorti au couvre-lit et aux rideaux, semblant s'être toujours trouvé là. Mais ce n'était pas celui qu'il cherchait. Il se précipita dans les chambres, les unes après les autres, sa rage augmentant au fur et à mesure. Mais il eut beau faire, ni dans la cave, ni dans le grenier, il n'y avait rien qui pût le satisfaire. Sofia le vit repartir comme il était venu, fulminant qu'on l'avait prévenue, mais elle ignorait de quoi. Elle referma, sans chercher à tirer au clair ce qui pour elle, pour le moment était bien secondaire.

Sur le trajet du retour, alors que Pieri ne cachait pas sa joie, et qu'il jurait les grands dieux n'être pour rien dans la pseudo-disparition, Élodie sourit.

« Je sais bien que tu n'y es pour rien. C'est moi !

— Quoi, c'est toi ?

— Je savais qu'il ne lâcherait rien, je suis allée le soir même à la villa, j'ai récupéré le tapis, il est dans un coffre chez moi.

— Tu l'as gardé ?

— Il y a peut-être plus à en tirer que les évidences, on ne sait jamais.

— Tu crois toujours à une machination ?

— Bien sûr, et plus que jamais. » Elle fit silence quelques instants… « Attends, si Butta a pu obtenir ces documents, est-ce que quelqu'un garde toujours la porte ? Je ne suis pas allée là-bas hier, et toi ? » Pieri la regarda avec effarement, donna un grand coup de volant et fonça à tombeau ouvert en direction de la clinique. Depuis quand la garde avait-elle été levée ? Ils n'en avaient que la certitude, mais aucune idée.

37

L'HOMME AVAIT ATTENDU devant la porte depuis la première heure la veille, mais le gendarme n'avait quitté son poste que pour être remplacé. De là où il se trouvait il apercevait par la fenêtre du fond du couloir le reflet bleu de l'uniforme. Il savait qu'il allait partir, et que cette fois, personne ne le suivrait. De la patience, il en avait à profusion, c'était l'histoire de sa vie, la patience. Il avait revêtu une blouse bleue et un pantalon de non-tissé de la même couleur, des sandales de caoutchouc, et affectait de fumer paisiblement. Il se confondait avec le personnel, comme s'il en avait fait partie toute sa vie en dépit du fait que tout le monde connaissait tout le monde dans ce petit établissement. Il s'était arrangé pour se cacher et réapparaître afin que sa présence ne soit pas relevée comme un élément étrange, mais au contraire comme une inscription naturelle dans le cours de la vie ordinaire Il avait compris dès le début qu'il ne pourrait accéder au lit tant que les gendarmes se relaieraient, mais quand il avait appris que la maison de Pierucci faisait l'objet d'une visite, il avait su que la surveillance serait suspendue. Les auspices lui étaient favorables. Les auspices étaient toujours favorables aux gens qui savaient prendre leur temps, qui étaient calmes et déterminés. La vie est une partie d'échecs, le joueur qui a les nerfs les plus solides gagne le match. L'homme en uniforme passa tranquillement la porte principale, et partit en sifflotant. C'était le bon moment. L'heure des visites avait commencé, un peu de va-et-vient masquait sa venue.

L'inconnu était un homme brun, aux cheveux soyeux, de taille moyenne, au visage creusé par le mi-temps de l'âge, mais avenant. Ses chaussons ne firent aucun bruit dans le couloir, chambre « Palombaggia » ; il l'avait repérée par un premier passage, après avoir appelé l'accueil en se faisant passer pour un ami, et c'était la troisième à droite dans la travée. Il arriva à la porte, sans encombre, la poussa. Le malade était sous respirateur artificiel, et le bruit de la pompe envahissait la chambre, il ferma soigneusement derrière lui et s'avança. Le gisant avait les paupières closes et ne bougeait pas, tout était calme. Des tubes de goutte-à-goutte traçaient leur carte compliquée des bras aux portiques, faisant de l'homme étendu un schéma de vie abstrait, à l'instar d'une carte heuristique. Il sortit d'une poche intérieure une boîte comportant une seringue et une flaconnette. Il aspira le liquide d'un jaune foncé et s'approcha de la perfusion, dans laquelle il planta l'aiguille. Alors qu'il allait appuyer sur le piston, il entendit un bruit dans le couloir et suspendit son geste. Rassuré, il se pencha de nouveau. C'est alors que la porte s'ouvrit avec fracas.

Pieri entra en tornade, rejeta le faux infirmier si loin qu'il manqua fracasser la vitre, le tenant en respect de l'arme qu'il avait sortie sans même sans s'en rendre compte. Trigano-Nada de son côté arrachait les perfusions avec une telle violence que le sang se mit à couler des bras de Pierucci. À terre, l'homme, après un mouvement violent, observait la scène. Les autres, focalisés sur l'homme étendu, le croyaient tranquille. Quand il se détendit d'un coup et que ses pieds partirent en avant, Pieri fut si surpris que le coup atteignit l'arme qui s'envola à l'autre bout de la pièce. Alors, ils commencèrent à se battre. Avec une hargne, une violence de chiens, tandis que le lit, secoué, bringuebalait en tous sens, le corps inerte. Les infirmières arrivées en courant restaient immobiles devant la porte, impuissantes, et ils étaient si imbriqués que le corps de l'un protégeait celui de l'autre. Enfin Élodie put sortir son arme, et tout se figea.

« À terre ! » intima-t-elle alors que le policier s'écartait, cessant de le protéger de son corps. Il s'immobilisa et la vie sembla se retirer de lui, qui demeura inerte et inexpressif. Pieri avait le visage en sang, il le leva sans ménagement. Le secoua, et le tira dehors ou les collègues de la gendarmerie étaient arrivés toutes sirènes hurlantes, sur l'appel du personnel médical, puis il fut emmené tandis qu'on soignait le Gros. Les gendarmes récupérèrent la seringue, et les tubes empoisonnés. La scène avait été à la fois incroyablement longue, et d'une rapidité foudroyante, et sans le désordre de la pièce, les instruments renversés, le portique qui s'égouttait au sol, on n'aurait pu imaginer ce qui venait de se passer. Le personnel soignant s'activait, remettant le patient en position, reconstituant le réseau des fils, comptant les gouttes. Les deux lieutenants n'avaient pas accompagné le prisonnier, ils voulaient au préalable s'assurer que rien de fatal ne s'était produit. Alors que le souffle de la machine avait repris calmement, Élodie avisa la main qui reposait sur le drap blanc. Agitée d'un soubresaut, elle semblait prendre vie… Elle tira le Gros par le bras et le lui montra. Il se pencha alors vers le visage trop pâle et entendit !

« Ohimè ! Le Gros quand tu viens en visite, essaie de ne pas tout casser… »

38

Dès l'instant où Pierucci avait repris conscience, son état s'était amélioré sensiblement de jour en jour, comme si son moral insufflait à son corps une énergie nouvelle. Sa peau s'était lentement recolorée, et les tubes qui l'entouraient avaient entamé un décompte lent mais sûr, jusqu'au moment où ses compagnons le retrouvèrent assis sur le bord du lit, aidé de son fils, alors qu'il tentait de se lever. Il avait repris son impatience, ses mouvements nerveux qui mirent le sourire aux lèvres à ses visiteurs. Personne ne lui avait parlé de rien, il était trop fragile et tous attendaient qu'il reprenne des forces.

Sofia et Annah alternaient leurs gardes, se croisant, ne se parlant pas. Angelo avait expliqué à sa mère qui était « l'autre femme », mais le récit n'avait pas satisfait l'Italienne qui gardait un visage fermé et rébarbatif.

« *Ba bè*, avait dit Pieri, mettez-vous à sa place, chaque fois qu'elle tourne le dos, il arrive un drame et une bonne femme, ce n'est pas facile de vivre avec un Pierucci ! »

Annah de son côté affectait d'ignorer Sofia, prenait ses tours comme si Pierucci était un navire en mer et qu'elle soit un des officiers de quart, ne sachant pas vraiment elle-même pourquoi elle s'accrochait, pourquoi elle restait là, pourquoi elle ne s'effaçait pas, dans la mesure où elle s'était à peine inscrite dans le paysage de sa vie, mais convaincue qu'elle ne pouvait faire autrement. Angelo, lui, prenait les événements de la meilleure manière qu'il soit, et s'il avait à un moment semblé affecté de voir son père alité, il n'avait jamais paru envisager une issue plus dramatique. À présent, il babillait comme un oiseau dans un rayon de soleil printanier. Mais quand le malade commença à tourner en cage dans les pauvres mètres carrés de sa chambre devenue trop petite pour sa grande silhouette impatiente, il fallut bien répondre à ses questions.

« *Alora* !

— Ah, on va vous en raconter des bonnes…

— Ne te perds pas dans tes effets de scène, va au but, je n'en peux plus, là, Jean. Je grille, tu me connais.

— Pour commencer, la deuxième tentative de meurtre a complètement écarté les soupçons qui ont conduit à la perquisition chez vous ! Parce que celui-là, on ne peut pas vous accuser de l'avoir monté ! » On n'aurait pu trouver d'introduction plus maladroite. Mais c'était Pieri, et il était ému.

— Une perquisition ? Chez moi ? Et pour quelle raison ? » On lui raconta l'histoire du tapis, l'insurrection de Buttafuoco, il fronça les sourcils et se renfrogna à en devenir noir quand le lieutenant lui fit un compte rendu expurgé de l'attitude de ce dernier.

« Je devrais lui dire merci, à ce traître, car si j'ai failli mourir, je reste aussi persuadé que c'est le remue-ménage que vous avez fait qui m'a tiré des limbes où j'évoluais. Et puis cela m'a disculpé. Mais je réglerai mes comptes avec celui-là. » Et il n'avait pas l'ombre d'un sourire dans sa voix. « Et c'était qui, celui qui a voulu me tuer ?

— Vous allez peiner à le croire, nous-mêmes…

— JEAN !

— Graziu Maroccu !

— QUI ?

— Le Rompifeste !

— Hein ? Et qu'est-ce qu'il avait à voir dans cette affaire, celui-là ? Pourquoi s'en est-il pris à moi ? Quelqu'un l'avait senti arriver ? » Sa perplexité s'étalait en large couche sur son visage.

« Non ! Et nous n'avons aucune explication. Aucune. Il n'a pas ouvert la bouche depuis son incarcération. Nous en sommes quasiment au même point qu'au moment de votre empoisonnement, sauf qu'on sait qu'il y est mêlé, ou plutôt qu'on le devine, parce que lui, pas un mot. Ni dans un sens, ni dans l'autre. Il a été vu dans un café le soir du meurtre de Cucchi, ce qui ne le dédouane pas et prouve au contraire qu'il était dans la ville à ce moment. Des causes, du *modus operandi*, rien on n'en sait rien du tout.

— Et le motif ? Quel motif me relie à ce type et à… » Il allait dire « mon frère », ne savait pourquoi, mais il allait le dire.

« Nous n'en savons rien. Nous avons envoyé une demande de renseignements en Sardaigne, mais pour l'instant, il n'est qu'un fils de paysan, qu'on voit par intermittence là-bas, il disparaît, il revient. Aucun lien avec ici !

— Beaucoup de Sardes sont venus faire leur vie en Corse, et on trouve chez eux des noms bien de chez nous, vous êtes certains que vous n'avez trouvé aucun fil, aucune parenté ? Rien ?

— *Nunda*, désolé, *padronu*.

— Mais, euh, quelqu'un l'avait-il reconnu quand il m'a attaqué ? Parce que tous ceux qui l'avaient vu ici ont dit qu'ils ne l'avaient jamais croisé. Y compris les Bonifaciens sur la route desquels il s'est trouvé à plus d'une reprise. Je ne comprends pas, il n'a quand même pas une figure facile à oublier.

— On dirait bien qu'il était grimé en Rompifeste, avec perruques, chaussures qui le grandissent et épaulettes, parce qu'en vrai, il est tout autre... Rompifeste, c'était un rôle. Nous nous sommes posé la question, quel intérêt peut-il avoir ? Et de jouer le Rompifeste, cela lui rapportait quoi ? Lui ne dit rien, et nous, on échafaude. La vérité est venue petit à petit. Les gens avaient tellement l'habitude de le voir déambuler qu'ils ne faisaient plus attention à sa présence. Il entendait tout, voyait tout, et savait comment l'opinion populaire réagissait après les meurtres. Par ailleurs il faisait un lien entre eux, au cas où nous ne l'aurions pas fait. Sans l'annonce de Pierucci, nous n'aurions pas associé les trois noms de façon aussi flagrante. La rumeur sur les viols, elle vient certainement de lui aussi…

— Oui, bon, en même temps il attirait l'attention sur lui…

— Pour mieux se fondre dans le décor. Un étranger de n'importe où se serait installé à Bonifacio, tout le monde aurait été au courant du moindre de ses gestes. Lui, il a fait en sorte de se confondre avec le paysage au point d'être le paysage. Et puis, cette petite auréole qu'il a prise à fréquenter les morts et son attitude d'autiste l'ont mis à l'abri de toutes les investigations, c'était très intelligemment pensé.

— Sauf qu'on ne sait pas où tout cela mène. Il n'aura pas été le frère ou le petit ami de l'un de ceux qu'on soupçonne de viol ? Et par rapport à l'Origami ? Un lien ?

— ON NE SAIT PAS ! Si je vous dis qu'il n'a pas ouvert la bouche, on ne lui a pas sorti ni un "oui», ni un "non» !

— Donc on n'a pas avancé ! On est toujours coincés sur le palier. Jamais vu un nœud pareil ! Mais le but de venir jusqu'à la clinique pour me tuer ? Je n'y comprends rien. Qu'a-t-il à espérer ?

— Et si je dis cela, je ne dis rien, il fallait vraiment chercher les causes dans votre héritage. C'est beaucoup d'argent ! Il travaille avec quelqu'un, *certu*.

— La maison est invendable, je n'ai pas le droit. Jouissance et transmission, point final, rien d'autre. Je peux "mettre en valeur». Et ne pas me tromper surtout ! Je t'assure, je ne vois aucun moyen de s'enrichir avec cette baraque, du reste tu la connais, Jean, tu connais les écuries, désaffectées, les quatre chevaux qu'on y garde pour faire joli… Je l'ai tourné dans tous les sens, mais ce legs est cadré à un point que tu ne saurais imaginer.

— Et en faire un hôtel ?

— D'abord l'argent pour faire les transfos n'est pas prévu, ensuite ce serait des travaux de titan dont je pense même qu'ils ne seraient pas autorisés, pour arriver à quelques chambres non rentables. Il faut une grosse unité, au moins trente chambres, pour que cela marche, un hôtel, et certainement pas qu'il soit étranglé par un crédit… Sans compter qu'il n'a vue sur rien de remarquable…

— Pas de terrains ?

— Si, le domaine, gelé par la SAFER, inconstructible ! J'ai vérifié sur la carte, quand le notaire m'a donné les papiers ! Il y a une belle parcelle du côté de Sartè, en terme de surface, mais ce ne sont que rochers, bois, pentes et surtout, gelée, gelée, gelée… Sauf à être agriculteur…

— Il m'a semblé que le vieux Quiliquini avait un conflit parce qu'on lui avait demandé de rendre ce qu'il cultivait ou les endroits sur lesquels il a des bêtes.

— Oui j'en ai entendu parler… Il faut aller le voir, lui demander ce qu'il sait, voir s'il a pu être pris dans l'histoire. Le Rompifeste, *veru, capiscu nudda.* Parent avec Quiliquini ?

— En attendant, chef, s'il avait réussi son coup, s'il avait pu faire l'injection dans la perf', vous mourriez en "vous étant tué vous-même» selon la théorie de ce salaud de Butta, en fait votre coma aurait conduit à votre décès, personne n'aurait pensé à une seconde intervention, et vous endossiez les meurtres, laissant le terrain net. Parce que le coup de la rumeur et du tapis n'avait d'autre but que de vous mettre dans le bain. C'était tout de même bien pensé. Il s'en est fallu d'un cheveu pour que cela marche.

— Certu, mais bien pensé pour quoi ? Et pour qui ? Il est clair que quelqu'un se cache derrière. Il faut trouver qui est ce Maroccu ! Et pour qui il prend tous ces risques. Il serra la main de Jean et puis celle de Trigano, tout heureux d'être au milieu d'eux, et puis se rendormit.

39

IL FINIT PAR SORTIR. Non parce que son état était devenu parfaitement satisfaisant, mais parce qu'il avait signé une décharge et s'était enfui comme s'il avait le diable aux trousses. L'inactivité, le lit, le soleil joyeux qui le narguait par les fenêtres, les visiteurs qui arrivaient tout chargés de poussière chaude, de sueur et de vie traînant avec eux les relents d'un monde actif le faisaient trépigner d'impatience. Il soutenait qu'il ne ferait que s'affaiblir davantage en restant alité plus longtemps, et Sofia avait levé les yeux aux cieux. Ils avaient âprement discuté ensemble, et il l'avait convaincue qu'il fallait repartir. Elle ne voulait pas croire que l'arrestation du Rompifeste ne mettait pas fin à la menace qui planait sur leur famille, et qu'il fallait absolument mettre Angelo à l'abri. Elle le lui avait dit de la plus verte des manières. Elle craquait, elle ne supportait plus de passer son temps à mettre sa vie entre parenthèses entre ses soucis professionnels, les cinglés qui faisaient son ordinaire à lui, son caractère extravagant et égoïste, et s'il croyait qu'elle ne se rendait pas compte que quoi qu'elle fasse, il n'était jamais content. Sans compter que ce n'était pas sa faute à elle s'il… Voilà c'était lâché, elle l'avait dit. Pas sa faute s'il avait des pannes, s'il n'était plus un homme… Ah ! C'est ce qu'elle pensait ! qu'il n'était pas un homme, ce n'était pas ce qu'elle voulait dire mais elle savait bien que depuis cette nuit-là, il lui en voulait alors que Dieu seul savait tous les efforts qu'elle assumait chaque jour. Que voulait-il de plus ? N'avait-elle pas une vie elle aussi, pensait-il que le monde tournait autour de son nombril mou, que plus personne ne la désirait et même que ce qu'elle recherchait était de cet ordre ? Pourquoi était-ce à elle de prendre ce problème à cœur, comme le nettoyage de la cave, ou la vaisselle ? Ne pouvait-il imaginer que sa boulimie et son diabète avaient des conséquences ? Elle en avait assez.

« Tu me fatigues, mais tu me fatigues, mais si tu savais seulement comme tu me fatigues ! Au début, j'aimais cela, ton égoïsme tranquille, ton monde intérieur si vaste, tes horizons vaporeux et gris en dépit de tout ce soleil qui brûle tout autour de toi, ton autisme agité, ton immense culture et ton hermétisme absolu à tout ce que tu n'as pas envie de découvrir. J'aimais que tu sois le plus corse des non-Corses, parce que tu n'appartiens qu'à toi, et rien qu'à toi. J'aimais ton appétit insatiable, ton épicurisme, ton absence de scrupules quand ton plaisir est en jeu. Mais là je n'en peux plus. Tu me saoules, tu absorbes ma vie, je hais de devoir toujours avoir peur, d'imaginer le pire et de ne jamais mettre la barre assez haut, car le pire avec toi n'a pas de limite. Je veux une fenêtre où pépient les oiseaux, des poussières qui dansent dans la lumière, des heures comptées par les sorties d'un vieux coucou, du ventre d'une vieille pendule, des heures qui se ressemblent les unes les autres, je veux des sourires, pour rien, pour tout, je veux que ma vie soit la même d'un jour à l'autre, je veux aussi, excuse du peu, que la danse des sept voiles cesse autour de toi chaque fois que j'ai le dos tourné. Sois bien conscient que tu n'aimeras personne d'autre, tu as juste besoin d'être rassuré sur ton pouvoir de séducteur vieillissant. Alors, puisque tu as vraiment envie de sortir, puisque tu es aussi raisonnable qu'un gamin de six ans, je vais retourner à Florence avec le petit, mais ne compte pas sur moi pour me précipiter à la prochaine alerte. Tchao Pierucci et ses ombres, *arrivederci* ! » Et les infirmières médusées virent passer une dame enveloppée d'un nuage de voiles verts, très en colère.

Il resta assis comme un petit garçon qui vient de renverser le vase en cristal préféré de sa mère, mais quand Annah vint le prendre en fin d'après-midi, il jeta ses affaires dans un sac-poubelle qu'on lui avait donné, et fila à toute vitesse. Il ne faisait cependant pas trop le malin, parvenu sur le parking, la tête lui tournait et ses jambes avaient la consistance d'un flan. Il rit un peu trop fort, pour se donner du courage, et monta en voiture.

« Alors, qu'as-tu prévu à présent ?

— J'aurais voulu faire une bise à Angelo avant qu'il ne reparte, mais c'est raté, et ensuite, manger quelque chose de bon, parce qu'un soir de plus à avaler la cuisine de l'hôpital et je serais mort pour de bon. » Il espéra que Sofia avait laissé quelque chose pour lui au frigidaire, parce que cela, on ne pouvait pas le lui enlever, elle faisait sacrément bien la cuisine.

« On dit que les gens dans le coma entendent tout ce qui se passe autour d'eux, c'était le cas pour toi ?

— *Ba bè* les autres, je ne sais pas, moi j'ai fait une sorte de cauchemar d'une précision d'autant plus effrayante que je n'arrivais pas à en sortir. Et je n'ai croisé personne de ma connaissance.

— Raconte ?

— Je me suis retrouvé dans un hameau moyenâgeux, enfin pas exactement car la date était du XVIe mais cela ressemblait à ma vision du Moyen Âge en pire, pas le genre propre et verdoyant comme à la télé, même pas *Le Retour de Martin Guerre*, de la terre, de la boue, des gens abrutis comme des bêtes de somme par un travail interminable, tout à faire à la main, une tâche pour en remplacer une autre, des femmes de trente ans sans dents, et à qui on en donne soixante-dix, des filles de quatorze ans qui sont mères, des poux, des puces, et la gale. Une nourriture compacte comme une déclaration d'impôts, un oignon et un morceau de pain comme casse-croûte de midi ! Des trucs qui bougent dans le matelas de paille sur lequel tu dors la nuit, des tisanes et des cataplasmes de crottes de brebis en guise de pansements, je t'en passe et des meilleures, le sentiment d'être bouclé, prisonnier, et cela semblait si vrai, si vrai que je mourais de désespoir. Je n'ai fait qu'entendre les récits de razzias et de guerre, mais cela suffisait à mourir de terreur. Et la consanguinité et ses conséquences… Une horreur.

— Beuh, tu étais qui toi, là-dedans ?

— Un genre de bouvier, riche, selon les normes du lieu. Avec une sœur, et j'avais pris un coup en labourant, convalescent donc.

— Tu ne t'es pas senti chevalier, si je comprends bien !

— Écoute, je ne sais pas comment vivent ceux qui ont un peu de biens, si les maisons sont plus spacieuses et mieux aérées, mais quand je me disais qu'à la même époque Léonard de Vinci, Botticelli, François 1er, Rabelais, vivaient aussi, je n'arrivais pas à le croire. Ce village était perdu à flanc de montagne, avec l'Ortulu qui coulait loin en contrebas.

— Tu es déjà allé dans ce coin ?

— Tu ne vas pas me croire ? Jamais. Je suis sûr d'ailleurs qu'à part quelques chasseurs téméraires, même aujourd'hui, personne ne va plus dans un coin pareil.

— Comme quoi, on dit toujours qu'on voudrait vivre de façon plus écologique, et revenir aux vraies valeurs…

— Entre cette vie-là et la caverne, à mon avis il n'y a pas une avancée, il y a une descente dans la cave… »

Ils rirent tous les deux en même temps, d'être en liberté, en sécurité, ensemble. Ils rirent aussi à la pensée de Pierucci en travailleur manuel, conduisant des bœufs, lui qui peinait à se faire entendre de son chien, et pour qui le faire descendre du canapé quand Sofia le demandait devenait une épreuve que le chien gagnait toujours.

« On se fait une viande ? demanda Annah.

— Volontiers, une vraie viande au feu de bois, de chez Francis, nulle part ailleurs.

— Je ne pensais pas à autre chose.

— Avec une montagne de f ????? » Il rêvait de frites, mais elle fronça les sourcils.

« Salade, une montagne de salade, n'exagère pas tout de même, tu reviens de loin, mais si tu tiens à ce que je te ramène… »

Il grogna, pas de frites, elle avait raison. C'était triste, parce que chez Francis, les frites sont maison et très grosses, mais elle avait raison. Ils prirent une table sous les mûriers, salués par les grandes figures joufflues des soleils peints par la patronne, tout autour de la palissade, et se régalèrent de l'odeur succulente de la viande qui caramélisait, en dégustant un délicieux Fiumicicoli rouge. Odile sortit pour parler quelques instants avec eux.

« Alors on t'a relâché pour bonne conduite, ou tu t'es fait la belle ?

— Pour bonne conduite ! Vous plaisantez, de qui on parle là ! » dit Annah dans un rire.

« Ne fais quand même pas de bêtises, on dit que tu es passé près cette fois-ci ! Tu vas reprendre le travail ?

— Je suis en congé maladie encore quelques jours… »

Elle les embrassa et disparut.

« Tu sais, à l'hôpital, tu avais parlé avec Jean de Quiliquini. Je suis un peu au courant de ce qui se passe pour lui. C'est un petit parent de ma mère. Il y a pas mal de personnes actuellement qui se mobilisent et je crois même qu'il est passé dans les journaux…

— Ah ! Vas-y, raconte.

— Les Quiliquini vivent depuis quatre générations sur ces terres. Il y a une ferme, des champs cultivés et des terres à fourrage, ainsi que des animaux. C'est assez vaste. Ils ont vraiment mis leur cœur là-dedans. Le problème, c'est que l'ensemble a été vendu, il y a deux ans. Ils avaient tenté un arrangement, et cela avait l'air d'aller, mais Maxiola a surenchéri de cent mille euros juste avant la date de signature. Le propriétaire a donc vendu à Maxiola, et Quiliquini ne pouvait pas suivre, il était déjà largement au-dessus de ce qu'il pouvait investir, en conséquence de quoi il a fait appel à toute notre famille.

— Quoi, tu es en train de me dire qu'Andria a acheté ces terres ? Elles n'étaient pas à lui ? Je ne sais pas pourquoi, j'avais compris qu'il avait récupéré des espaces loués, pas qu'il en avait acquis de supplémentaires…

— Exact, et tout le monde craint que ce soit pour des raisons spéculatives.

— Ils sont où ces terrains ?

— Bah, je ne sais pas trop. Dans une zone agricole, cela est certain, mais tu sais comment c'est ici ! Les permis c'est lundi d'une manière, mardi d'une autre, le mercredi il tombe une annulation, et le jeudi cela recommence. Les gens font leurs affaires quand même.

— Dis-moi, cela fait un beau motif de meurtre, le déménagement d'une famille, non ?

— Je dirais un beau motif de rancœurs familiales, de vendetta, peut-être, mais pas encore, pas pour l'instant, une histoire de meurtre. Ils ont encore de l'espoir et sont en appel, et en plus, je ne suis pas flic, mais le mobile est tellement énorme qu'on dirait un panneau de signalisation. Pieri t'avait fait un rapport, il m'en avait parlé, tu comprends, c'est de ma famille, il t'avait dit que le vieux avait un alibi, ses fils aussi. Il n'a pas donné suite à cette enquête-là, une impasse selon lui. Et puis ces gens-là n'ont strictement aucune raison de t'impliquer ou de te faire du mal.

— Une impasse qu'on n'a peut-être pas assez visitée si tu veux mon avis… Et depuis le début je suis persuadé qu'il y a deux affaires. Que l'une masque l'autre.

— Mon avis c'est que tu ne vas pas pousser trop aujourd'hui, je te ramène à la maison. Ton équipe est sur le pont, toi, tu regagnes tes pénates. »

Il ne ronchonna pas, car il sentait la faiblesse l'envahir et savait qu'elle avait raison. Il ne fallait pas se mettre en situation de non-retour. Il arriva dans le tournant d'où on commençait à apercevoir sa maison et la découvrit comme s'il la voyait pour la première fois. Elle lui apparut étrangère, et il en fut saisi. Il avait dans le cœur et en mémoire la maison telle qu'elle était avant l'incendie qui l'avait ravagée l'année précédente.

Il avait effacé de sa tête les rénovations, le jardin repaysagé, la colline derrière, retaillée, redécoupée, le mur de pierres qui ceignait le terrain, ne se souvenant que des exubérances du maquis safrané, des chemins creusés par le travail inlassable des fourmis, il flotta. Encore marqué par son rêve, il fut heureux, ce moment passé, de retrouver son confort, la facilité de la vie moderne, mais en gardant au fond de lui cet étrange sentiment d'altérité. Pour les deux chiens, en revanche, rien n'avait changé, ils lui firent une telle fête qu'il manqua tomber, sans le bras secourable de sa compagne. Il ouvrit la porte, et sur le seuil, se souvint de la fouille dont sa maison avait fait l'objet, son cœur se serra. Se dirigeant vers la porte de la cuisine, il constata qu'elle tournait toujours à vide et qu'il suffisait d'une poussée pour l'ouvrir.

Il n'en avait parlé à personne mais il était cruellement déçu par l'attitude de Buttafuoco. S'il avait misé sur la constance de l'un seul d'entre eux, s'il avait évoqué la fiabilité putative de ses proches, il aurait peut-être même placé Butta devant Pieri, parce qu'il était plus calme et qu'il réfléchissait plus. Jamais il n'aurait pu imaginer qu'il ait pu se livrer au viol de sa maison, qu'il ait pu le croire coupable, au point de justifier une demande de documents, un rapport, et une incursion aussi invasive. Jean lui avait expliqué qu'il avait possédé un tapis qui correspondait aux poils trouvés sur les cadavres, mais que celui-ci avait opportunément disparu. Pierucci pensait qu'il était celui qui avait pris l'objet, et le Gros ne l'avait pas détrompé, pas la peine de mouiller Élodie. Les petits secrets de cuisine ne devaient pas lui être dévoilés pour l'instant.

Il alla s'écrouler sur le canapé, laissant la familiarité des odeurs et des couleurs reprendre possession de lui. Fermant les yeux, il retrouva même les petits bruits, crissements, frottements, chuchotements de la maison et soupira de bonheur. Comme la vie est simple parfois, comme il suffit de peu pour être heureux. Il tourna la tête, et vit Annah en train de terminer de remplir le frigo.

« Tu es allée faire les courses ?

— J'avais tout dans le coffre ! On ne va pas laisser un Pierucci sans nourriture. En fait il y a pas mal de produits sardes, j'adore aller à Santa Teresa et je ramène souvent de quoi faire de bonnes pâtes… Tu verras… »

Elle avait dit : « Tu verras ! » sans y penser mal. « Tu verras quand tu seras plus en forme, tu verras un de ces jours… » C'était un « tu verras ! » putatif, un mot comme on jette un fétu qu'on a tripoté, pas un « tu verras » promesse, « tu verras » demain et toujours… Mais il flotta entre eux, comme une lettre non ouverte, emportée par un courant d'air. Il leva la tête, un peu embarrassé. Il avait essayé d'éviter de creuser la complexité de ses sentiments, de fouiller dans le compost de sa culpabilité, et dans l'angoisse de l'inconnu. Et voilà que brutalement, elle était là, et Sofia ne l'était pas… Il tendit la main.

Elle la repoussa. « Armand ! donne-toi le temps de réfléchir, de te poser, de respirer. Tu as beaucoup à gérer en ce moment. Je ne veux pas te donner l'impression de me précipiter dans la brèche, et de profiter d'un moment de faiblesse que tu regretteras peut-être ensuite. Si un jour tu viens vers moi, ce sera avec des certitudes et pour de bon. Je n'ai plus l'intention de jouer les CDD. »

Il abaissa le bras. Que les femmes étaient compliquées ! Il ne demandait pas de contrat pour la vie, de promesses et de serments, il demandait juste un quart d'heure de tendresse. De simplicité. Sans penser à rien. Personne n'a besoin d'être sur le pont vingt-quatre heures sur vingt-quatre. « Lâche l'affaire deux minutes ! » eut-il envie de lui souffler, mais c'était encore user de l'énergie, parfois, il suffit d'une seconde, d'une virgule, d'un cheveu, pour passer à côté de l'instant parfait. « Queutard ! Foutu queutard ! » pensa Annah de son côté. « Tous les mêmes ! », et elle referma la porte alors qu'il s'était endormi sur le fauteuil mou.

40

JEAN ET ÉLODIE ARRIVÈRENT À LA MAISON, alors que le soleil se levait à peine. Ils avaient l'intention de faire le point avec le patron avant de se réunir au bureau avec le traître. Buttafuoco n'avait pas désarmé, au contraire. La disparition du tapis signait pour lui la certitude de la culpabilité de Pierucci. Il pensait lui aussi que Pieri était l'auteur du tour de passe-passe. Aussi menait-il ses investigations en solitaire, ne partageait pas ses informations qui, du reste, étaient intégralement axées sur Pierucci. Tous se regardaient en chiens de faïence, le moindre incident dégénérait, le ton montait, ainsi Jean et sa collègue avaient-ils décidé de se réunir en cercle plus privé, avant de se retrouver officiellement sur le port. Ils montèrent chez le convalescent, et passèrent par la porte cassée, s'attablèrent autour de la table de la cuisine, où Pierucci leur servit du café et des tartines qu'il avait préparées. Il était levé depuis longtemps, avait profité des senteurs vertes du petit matin, de la fraîcheur de la rosée sur l'herbe desséchée, des échos qui se répercutaient de la colline derrière la maison aux monts de La Trinité en face. Les navires qui sillonnaient la surface miroitante écrivaient des arabesques en contrebas, et loin, le phare de Pertusato balayait l'horizon. Un paysage si familier, si profondément incrusté en lui.

L'enquête était toujours aussi frustrante, le temps était passé, mais les informations collectées multipliaient les pistes, sans apporter de sens à l'ensemble du tableau.

« Marine Lachaud est toujours ici ?

— J'ai eu une longue conversation avec elle, commença Élodie. C'est vraiment quelqu'un d'étrange. En dix minutes ensemble, vous voilà sa meilleure amie pour la vie. Elle s'infiltre comme une racine de glycine dans un mur en ruine, répond à une question, et vous enveloppe comme une Cellophane, s'infiltre, vous conseille, sucrée comme une chantilly, et face à elle, vous vous demandez comment vous avez pu la soupçonner de quoi que ce soit. MAIS, mais, mais, sitôt qu'on s'écarte et que l'esprit vous revient, vous empilez les Lego, et la bâtisse se construit, sur un autre mode. Elle fait une fixation sur vous qui relève de la monomanie, et avant vous, sur M. Maxiola, elle ment beaucoup, prétend être ici, quand elle est ailleurs, et j'ai découvert que les alibis qu'elle a fournis ne tiennent pas. Elle était bien présente au début de la manifestation qui lui sert de garantie, mais personne ne l'a vue ensuite. Ce qui me gênait, c'est que M. Maxiola était grand et fort, elle aurait donc manqué de force, face à l'acte. Maintenant que le Rompifeste est rentré dans le jeu, cela change tout. Cependant, je n'ai trouvé aucun lien entre lui et elle. Pas le début du commencement d'un vrai mobile (si on arrêtait toutes les personnes qui sont dérangées ou qui font une fixette, on aurait les prisons pleines). Je ne la lâche pas, je suis allée interroger tous ceux qui la fréquentent ici. J'ai encore une liste — elle la posa sur la pile de documents qui gisaient déjà sur la table — je comptais terminer aujourd'hui. Mais je cherche pour l'instant sans succès, à la relier à Maroccu, car il est juste impossible qu'elle ait agi seule.

— Il n'a toujours pas ouvert la bouche ?

— Non, incroyable, toujours pas. On ne peut faire le lien qu'avec à vous, parce qu'on n'arrive même pas à savoir depuis quand il est en Corse. Il a pu arriver par un bateau privé, même s'il n'y a pas trace de son passage sur le Moby. Il sait que s'il ne parle pas on lui mettra tout sur le dos, mais, en dépit du fait qu'on lui ait répété qu'il allait prendre pour quelqu'un d'autre, il n'a pas desserré les dents. Comme s'il attendait quelque chose. Que quelqu'un vienne le sauver. C'est la première fois qu'on est confrontés à une situation pareille. J'ai fait un rapport très détaillé pour le procureur, il a donné ordre de poursuivre toutes les pistes et de tenter de relier l'homme de façon évidente aux deux autres corps. J'attends un compte rendu des Sardes, on me doit un service. J'ai demandé à mon ami de chercher le moindre élément qui puisse être étrange autour de lui. Et quand je dis étrange, je veux dire sa "vraie» vie, parce qu'il paraît évident que costumé comme il était, il nous a entortillés. Vous voyez autre chose ?

— Je pense qu'on n'a pas assez fouillé autour de Quiliquini, l'histoire de l'expropriation !

— Impasse, *certu*, la famille est nickel, effondrée par ce qui lui arrive, mais décidée à obtenir gain de cause et à rester où ils sont. La mort du nouveau propriétaire ne leur rendra pas les terres, une action en justice si !

— Vengeance ! C'est un bon motif !

— *Ohimè*, dans les livres ! Dans la vraie vie, ce qui leur importe en priorité, c'est une maison et un travail. La municipalité leur a proposé un logement HLM. Le vieux en mourra sans faute, *veru*.

— On sait pourquoi Maxiola a surenchéri ?

— Non ! Aux dires de sa femme, il avait un projet qui l'excitait comme une puce, il disait qu'il en avait assez de la restauration, et devant ses craintes à elle, qu'il lâche la proie pour l'ombre, il se contentait de sourire. Son épouse dit qu'il savait ce qu'il faisait, qu'il était dessus depuis des années…

— Et il ne lui a rien dit ?

— Non, parce que tout dépendait selon elle d'une finalisation. Il ne lui a *vraiment* absolument rien dit, elle n'a pas la moindre idée de quoi il parlait.

— Vous voulez plus de café ?

— Il est rudement bon, ce café ! Il vient d'où ?

— C'est Annah qui me l'a acheté, je ne sais pas ! Rien à voir avec le goût atroce de celui que j'ai bu avant l'hosto. »

Ils jugèrent inutile de lui dire que toutes les doses de la machine à café qu'ils avaient récupérées chez lui avaient été farcies à l'huile essentielle de sauge, à l'aide d'une seringue, Il était même incroyable qu'il ait pu avaler la boisson sans la recracher, tant le goût était puissant. Lui qui prétendait ne pas déjeuner avait dû tasser son café par-dessus quelque chose de bien corsé pour ne pas s'en rendre compte, du genre vieux fromage, *cadghu merzu,* ou *pistarella* bien aillée. Celui qui avait assaisonné les dosettes connaissait sa voracité. De fait, c'était ce gras qu'il avait absorbé, qui lui avait sauvé la vie, et différé les effets du poison. Quoique les médecins aient pensé qu'on lui en avait donné une seconde fois, qu'on l'avait suivi pour vérifier les effets du concentré de sauge, et que, dans un deuxième temps, on lui avait encore administré une quinzaine de gouttes,. Mais ils n'avaient pas retrouvé la tasse qu'il avait utilisée à la guérite du Portière, et selon les dires de ce dernier, il y avait beaucoup de monde à se presser autour de lui ce jour-là. Sans compter que le véritable visage du Rompifeste lui étant inconnu, il aurait pu se tenir à ses côtés sans qu'il le réalisât.

« Pardon, il faut que je téléphone à Angelo. Il n'a accepté de partir qu'à la condition que je l'appelle le matin, avant qu'il parte en classe, à midi, à sa pause et le soir. Si je ne le fais pas, il va s'inquiéter. » Il s'éloigna pour passer son appel.

« Tu as parlé avec Sofia avant qu'elle ne s'en aille ? » demanda Trigano à son collègue.

« Oui ! » et sur un coup d'œil interrogateur, il continua : « Elle n'en peut plus. Je ne sais pas si elle reviendra. Elle a envie d'une existence tranquille, de calme, elle veut savoir le matin ce qui va se passer le soir, et…

Annah !

— Exactement ! Annah ! Elle est tombée à pic, celle-là. C'est comme si un élément de l'Iliade prenait forme humaine, dans la mythologie de Pierucci. Le Grand Amour pur de son enfance, « Annah, de Annah, je t'aimerai toujours, toujours… »

— Nous avons tous un joli souvenir de cet ordre, ce n'est pas pour autant qu'on jette nos vies aux orties plus tard…

— Ah ! L'attrait du premier amour, Élodie, ne le minimise pas. La vie passe et nous abîme, mais nous gardons au fond du cœur une image propre et douce, qui nous réconcilie avec nous-même, parce qu'à ce moment nous étions parfaits. Ce n'est pas l'objet de l'amour, qu'on aime. C'est l'image de nous qu'elle nous renvoie. Et lui, en plus, c'est Pierucci. L'amplificateur personnifié. Les trois quarts des gens recroisent parfois leur premier amour. La plupart des cas, la personne a pris des kilos, perdu des cheveux, ou a développé un vice rédhibitoire. Annah est restée Annah. Elle n'a rien changé en elle. Des rides, voilà tout. Même caractère, même liberté, même fantaisie. Son âme sœur. Cela saute aux yeux. Mais s'il vivait avec elle, ce serait le drame…

— Ils sont hors de la réalité, l'un et l'autre…

— Sofia le protège, elle lui donne de la sécurité, elle l'apaise… Annah le met en ébullition…

— Eh, c'est quoi ces mines de conspirateurs et ces secrets en messe basse ? Le petit va bien. Il m'a parlé d'une fille, une brune avec des cheveux brillants… C'est beau la jeunesse ! » Quoi qu'il pût tenter de faire pour donner le change, l'absence du petit lui manquait, et cela se voyait de façon si flagrante que Pieri éprouva un élan de compassion pour cet homme qu'il connaissait depuis si longtemps et qui semblait avoir autant de mal à saisir le bonheur qu'à conserver une poignée de sable dans la main, un jour de grand vent.

Pierucci repoussa plusieurs feuilles annotées et sortit une liste.

« Je voudrais que vous puissiez mener l'histoire des bonnes femmes à terme, je vais aller chez le notaire, pour savoir s'il en sait plus sur ce fameux projet…

— Vous êtes en congé maladie ! Vous êtes censé vous reposer.

— Le notaire n'est pas au courant ! »

Élodie fronça le nez, elle aurait aimé que les choses avec lui se fassent avec les formes mais qu'elle le formule n'aurait rien changé, elle se tut, pour l'instant.

« Vous allez lui dire quoi, au traître ?

— RIEN, il cherche toujours à vous mettre dans le bain. Qu'il se débrouille !

— N'empêche, celui après qui on court est rentré chez moi, a pris un de mes tapis, s'en est servi, est revenu le poser, sans que je me rende compte de rien. C'est dérangeant !

— Bah ! répondit Pieri avec un sourire apaisant, je n'ai pas mis les pieds dans ma chambre d'amis depuis que ma sœur est venue pour Noël, ma femme y fait la poussière une fois par semaine, cela aurait pu arriver chez n'importe qui. Mais vous faites bien de me le rappeler. J'envoie le serrurier, pour réparer la porte de la cuisine et mettre des verrous sur les autres. Vérifier les attaches des volets aussi, pendant qu'on y est. Et ne râlez pas, on n'est pas dans l'Antiquité ici, vous n'avez pas de goûteur pour vous prémunir de possibles empoisonnements, sans compter que, la prochaine fois, ils ne s'y prendront pas forcément de cette manière-là.

— Maroccu est en prison. C'est lui, l'homme de main. Celui ou celle qui est derrière…

— Peut aller jusqu'au bout tout seul, arrêtez de vivre dans votre monde ! »

41

ANNAH ARRIVA au moment où ils partaient. Elle fit un joyeux signe de la main auquel les deux lieutenants répondirent mollement. Elle ne s'en rendit même pas compte. Elle faisait partie de ces personnes pour qui le monde est beau, si elle a décidé qu'il était beau et que les humeurs des autres ne contrarient pas, parce qu'elle ne les voyait pas. Le bonheur chez elle passait par la volonté de bonheur…

« Où est-ce que je t'emmène ?

— Tu veux un café ?

— Déjà bu, merci, avec croissants et tout et tout… Alors, on va où ?

— Chez le notaire, si tu veux bien !

— Je veux bien ! Attends, je donne de l'eau aux clebs, ils n'ont plus rien ! Tu as mis où le sac de graines…

— J'y vais, dans le réduit… »

Pierucci poussa la porte, afin de remplir les gamelles avant son départ. Mais il dut forcer, car le contenu du sac de vingt kilos avait été renversé, et les miettes glissées grinçaient et bloquaient l'ouverture. Il jura. Elle arriva et constata les dégâts, alla chercher pelle et balai, pendant qu'il restait perplexe.

« Qu'est-ce qu'il y a ? demanda-t-elle en le voyant les sourcils froncés.

— Tu ne sens pas ?

— Beuh ! produit d'entretien, poussière, renfermé, nourriture pour animaux...

— Non, il y a autre chose, en plus là où je range le sac, il ne peut pas se renverser, il a été déplacé ! de peu, mais déplacé. J'en suis certain. » Il tira le lourd paquet avec précaution. Celui-ci gisait à côté du sèche-linge, de la machine à laver, du congélateur, dans une pièce qui servait à la fois de garde-manger et de débarras. Les divers tuyaux d'alimentation passaient par là... Il ne vit rien de spécial, mais son instinct l'interpellait, sans qu'il puisse dire ce qui se passait.

« Ils pourraient avoir l'idée de droguer mes chiens, au cas où j'aurais une autre visite... Je ne leur donne rien, je reviendrai avec de la nourriture neuve. » Il ferma la pièce à clef, mit la clef dans sa poche.

« Il faut faire réparer cette porte !

— Jean m'a dit que le serrurier allait passer ce matin. On fera un tour de vérification en revenant ! »

Il est parfois difficile à comprendre, pour un *pinzuti*, qu'en Corse, la population laissait ses portes, ses fenêtres et sa voiture ouvertes, constamment. Cela se perdait de plus en plus, mais les habitudes ont la vie dure, et les vieux levaient les yeux au ciel quand on leur conseillait un peu plus de prudence. Ghjacumu par exemple avait fini par se rendre à la demande pressante de sa fille, il fermait la porte de devant, mais ce qu'elle ne savait pas, c'est qu'il passait par derrière et laissait toujours la baie vitrée ouverte. Cette génération avait l'habitude de répondre qu'il n'y avait que quand les touristes arrivaient qu'on volait, que cela n'arrivait pas en basse saison. Mais cela n'était plus vrai. Ici comme ailleurs, les temps avaient changé, et l'honneur n'était plus la valeur normative. Mais Armand s'accrochait à l'idée que plus on verrouille, plus on stimule l'instinct malicieux. En l'espèce cependant la situation était différente…

« Si j'étais au courant de projets concernant le pauvre monsieur Maxiola ?

Le notaire avait reçu le commissaire entre deux rendez-vous. Il était assis à son bureau et réfléchissait.

« En toute sincérité non ! Il avait bien surenchéri sur le domaine mis aux enchères dans l'histoire Quiliquini, mais l'affaire était dans une autre étude… Une indivision tellement embrouillée qu'il avait fallu vingt ans avant de parvenir à cette vente, mais je ne sais rien d'autre.

— Où se trouve cette propriété ?

— En face du domaine de Castellu di Baricci, sur l'autre versant. Les terres qui enclavent le petit chemin qui monte à droite, en venant d'ici, vous voyez ?

— Oui, très bien, dit Pierucci perplexe, car dans son souvenir, effectivement le site ne présentait vraiment aucun intérêt.

— J'avoue que je n'avais rien compris à l'époque, parce qu'il ne pouvait absolument rien en faire, les terres sont en culture...

— Vin ? Il voulait peut-être créer un vin, c'est plein de vignes là-bas, et les autres ne le voyaient peut-être pas d'un bon œil.

— *Awa* ! Pas à ce point-là, et non, j'avais posé la question, et il avait éclaté de rire, en me disant qu'on ne s'improvise pas éleveur de vin à son âge. J'avais insisté, et il m'avait dit qu'il était superstitieux, qu'il me dirait en temps utile...

— Personne donc n'est au courant...

— Je n'en ai pas la moindre idée !

— Ah, au fait, pendant que je suis là, me serait-il possible d'avoir une clef du domaine, je voudrais y jeter un œil, si c'est possible.

— Bien sûr, évidemment ! » L'homme de loi alla chercher une grosse enveloppe de kraft qu'il lui donna. Elle était lourde et bosselée. Il y en a tout un jeu, amusez-vous. Pendant que vous y êtes, mon associée va vous remettre les titres de propriété du legs, ce sera fait. »

Pierucci était mal à l'aise, il se dandinait à présent d'un pied sur l'autre.

« Non ! En fait c'était juste de la curiosité, pour les titres, c'est encore un peu tôt. On va attendre. Je reviendrai. Merci beaucoup ! »

Il sortit comme on s'enfuit.

« Et maintenant ? Où allons-nous ? demanda Annah joyeusement.

— Tu prends en direction de Bonifacio, et après Cavallo Morto, il y a une route qui monte assez sec, tu vas par là.

— On va voir le domaine ?

— Oui ! »

Ils passèrent le rond-point, et constatèrent que la circulation commençait à s'intensifier. La descente vers la ville était saturée et les véhicules progressaient au pas. Le nouveau parking était complètement délaissé, tout le monde se précipitant dans le goulet avec voitures et caravanes.

« Un jour, ils seront obligés de faire comme au Mont-Saint-Michel, il y aura une navette…

— Je ne suis jamais allé au Mont-Saint-Michel, mais cela me plairait de m'y rendre, répondit Pierucci songeur. Cela me plairait vraiment. Si tu savais toutes les choses que j'ai remises à demain, et que je trouve urgentes maintenant…

— Comme quoi par exemple ? »

Il réfléchit.

« Me remettre à peindre, m'acheter une salopette bleue avec des bretelles et la mettre, trouver *Tea for the Tillerman* de Cat Stevens en disque vinyle, cuisiner des rillettes de sanglier, aller au Mont-Saint-Michel avec la femme de ma vie, visiter l'Irlande, Londres, peut-être, emmener Angelo à un gros match de rugby, je dis dans le désordre, ce n'est pas par ordre d'importance, mais j'ai une vraie liste à la maison…

— Une salopette bleue ?

— J'ai toujours rêvé de porter un de ces trucs mous et bleuâtres, pour une activité manuelle intense qui requiert l'attention complète et qui donne l'impression d'avoir rempli parfaitement sa journée, le soir.

— Mais il faut absolument la salopette !

— Oui, il faut la salopette ! »

Elle rit.

Ils prirent le choc visuel sans préavis.

Un tournant, et le petit château fut devant eux. Assis au bout d'une longue allée de palmiers bien entretenus, planté sur un petit promontoire, il semblait dormir paisiblement, les yeux mi-clos, dans le luxe tranquille d'un paysage de Toscane reconstitué à l'aide d'ifs, et de haies bien taillées. L'ocre de sa façade se mariait au rose des volets, des fleurs, dans une harmonie que le soleil pourtant vif semblait caresser.

« C'est magnifique ! Vraiment magnifique ! Largement de quoi tuer, si tu veux mon avis.

— Je suis d'accord, mais le problème, c'est que personne ne peut prétendre à cette merveille et si je ne le prends pas, il partira à je ne sais quelle fondation, le testament est formel !

— Et la fondation ? tu te rends compte du capital ?

— J'ai cherché aussi ! Ils sont d'envergure internationale, au-dessus de tout soupçon, Maxiola avait pris ses précautions. Et s'ils héritent, cela deviendrait une retraite d'artistes…

— C'est inouï, cette histoire ! tu n'étais jamais venu ?

— Bah, comme tout le monde j'ai dû passer devant à un moment ou à une autre, mais quand les choses ne te concernent pas, tu les regardes d'une autre manière. »

Ils étaient parvenus à un parking rond, qui s'entortillait autour d'une fontaine à trois étages. Le gravier était parfaitement ratissé et crissait joyeusement sous ses pas. Ils avancèrent respectueusement, un peu intimidés. Pierucci sortit l'enveloppe de sa veste, et prit le gros trousseau à la main. Il essaya plusieurs modèles avant de trouver celui qui ouvrait le vantail principal.

Il régnait une fraîcheur d'église, et l'odeur de renfermé flottait, nuageuse. La poussière hystérique s'agitait dans les rayons versés par les fenêtres en ogive qui éclairaient l'entrée. Un immense lustre de Venise occupait tout l'espace et pendait d'un plafond écaillé, dont les fresques atteintes de lèpre présentaient une population de galeux et d'humains champignonneux qui s'agitaient au plafond. Ils ne prononcèrent pas un mot, et se dirigèrent vers la grande pièce qui s'ouvrait sur la gauche.

Cela avait dû être somptueux, sûrement. Les plafonds avaient été peints, ils étaient à présent écorchés et desquamés, les murs boisés de dorures montraient des vestiges de fresques, les planchers de marqueterie perdaient des dents, tandis que des lattes agressives se dressaient verticalement, ou gonflaient comme prises d'une mauvaise vie, par endroits.

« Il dit quoi le testament pour l'entretien, au juste ? demanda Annah, tu m'étonnes que la famille d'Andria n'ait pas habité là…

— Selon le notaire, il y a un budget pour la maintenance, mais j'imagine que l'héritier ne doit pas être très contrôlé sur l'usage de l'argent… Peut-être que Maxiola avait d'autres priorités…

— Les meubles ont quasiment disparu…

— J'imagine que mon arrivée dans la succession n'a pas fait plaisir à tout le monde, et que… bah, c'est de bonne guerre… »

Il allait de pièce en pièce pour constater à la fois la splendeur du passé et l'ampleur de la tâche, pour celui qui avait décidé de remettre tout en état. La surface était immense, partout des plafonds d'une hauteur vertigineuse, partout l'humidité et le temps avaient accompli leur triste œuvre. Ils étaient montés par un escalier, et tandis qu'ils redescendaient par un autre, le commissaire pila devant une alcôve.

« Qu'est-ce que tu as ? Tu as vu la Vierge ?

— Pas la Vierge, ça !

— Cette cruche et ce bassin ? C'est un vieux truc…

— J'ai déjà vu ça quelque part, je n'arrive pas à me souvenir où, mais j'ai l'impression que cela a de l'importance…

— Bah ! C'est tout écaillé, un genre de céramique ! Tu t'y connais en antiquités ?

— Pas du tout... »

À chaque palier, une niche avait été vitrée et si la plupart étaient vides, on avait laissé de vieilles poteries, fendues, desquamées, dont certaines peinaient à montrer encore un peu de couleur. La cruche n'avait plus qu'une moitié d'anse, et le bassin était très abîmé. Armand cherchait pourquoi cet objet lui faisait cet effet, mais il n'y parvenait pas.

« Sans vouloir être défaitiste, ils ont enlevé tout ce qui pouvait avoir un peu de valeur et n'ont laissé que ce qui était pourri. Tu devrais en parler au notaire...

— Non, je n'ai pas encore régularisé la situation et je ne suis pas encore sûr. S'ils ont pris, cela les regarde. Le testament est de toute manière une aberration. Peu importe... Viens, j'en ai assez vu. Encore un tour dehors, si tu veux bien.

— Pas de problème.

— Attends, je vais quand même prendre une photo de ce pot, dès fois que cela me revienne... »

Le soleil leur fit du bien, après la fraîcheur de la maison, et l'odeur de végétation grillée leur incendia les sens avec bonheur. De l'autre côté de la façade, il découvrirent une large terrasse, qu'ils auraient pu voir s'ils avaient pu ouvrir les volets gonflés par l'humidité et inamovibles en l'état. Un immense palmier abritait un mobilier en pierres sculptées de style baroque. On distinguait plus loin quatre chevaux qui broutaient tranquillement.

« L'extérieur est mieux tenu que l'intérieur !

— Ça se voit plus ! C'est quoi ? Une fondation, une société qui est chargée du tout, il y a un administrateur ? Comment se présente le comité de contrôle ?

— Pas la moindre idée. Il a dit qu'il y avait un capital destiné à la maison, mais j'ignore complètement par quel système cela fonctionne.

— Tu devrais te renseigner, il y a peut-être une histoire de détournement de fonds, une affaire de ce genre !

— Écoute, réfléchis. Si Andria était en vie, il était l'héritier légitime, il faisait ce qu'il voulait... qui aurait-il spolié sinon lui-même, en n'affectant pas l'argent prévu à la propriété ? Enfin, cela dit, je vais quand même me renseigner. »

La visite leur avait pris la matinée. Il était bientôt une heure, ils décidèrent d'aller procéder à quelques achats avant de rentrer à La Trinité. C'est munis de tout ce qui était nécessaire à un petit festin pour eux et pour les chiens qu'ils arrivèrent enfin à la villa.

Elle leur sembla claire et lumineuse, par contraste. La porte était réparée et un mot sur la vitre, collé, contenait la facture. Annah se dirigea vers la cuisine, pendant que Pierucci nourrissait les bêtes.

« Tu peux venir ? Je n'arrive pas à allumer le gaz... » Elle ouvrit le placard à côté de l'appareil mais il ne contenait pas de bouteille.

« La bouteille est de l'autre côté du mur, elle est ouverte, c'est bon là ?

— Oui, ça marche. »

Lui était en train d'ouvrir le courrier, quand il l'entendit jurer.

« Tu t'es coupée ?

— Non, j'ai ouvert le concentré de tomates sur moi, j'en ai partout. Prête-moi quelque chose, je vais tout mettre à laver, avant que ce ne soit définitif.

— Regarde sur la corde à linge, tu as des trucs qui devraient t'aller, et à côté de la machine, la lessive et le détachant. Je dois passer un coup de fil. »

Un peu gêné de téléphoner à Sofia devant elle, il avait ouvert la porte de la terrasse et composait le numéro un pied dehors, un pied dedans, quand il entendit un énorme bruit, un hurlement, un choc... Il fonça, le cœur au bord des lèvres.

La pièce était noire, tandis qu'Annah gisait au sol devant lui. Les plombs avaient sauté. Il la tira rapidement, loin du seuil et constatant qu'elle allait bien, il tenta de comprendre ce qui venait de se passer dans la lingerie. En fait elle brûlait, il revint avec rapidité vers sa compagne. Elle était assise par terre, complètement éberluée, cils et sourcils brûlés à ras, mais sans autre dégât, en dehors du choc qu'elle avait subi. Il ne dit rien et revint vers le cagibi. Il examina avec soin le tuyau d'où était partie la flamme, et l'arrière de la machine à laver, fondu mais qui s'était éteint à présent, de lui-même. Le mur avait été noirci, tout comme l'émail blanc de l'appareil, du caoutchouc avait noirci et coulé, et cela sentait atrocement mauvais, mais il n'y avait pas de drame, heureusement… Il revint après avoir tiré la porte.

« Tu vas bien ?

— Oui, on peut dire ça ! Qu'est-ce qui s'est passé ?

— Un trou dans le tuyau de gaz, et les fils de la machine à laver en contact et dénudés, de quoi faire une belle étincelle, mais un plan de citadin…

— De citadin ? Je ne comprends pas !

Je n'ai pas le gaz en continu, juste une bouteille placée de l'autre côté du mur, et même pas une autre de rechange, tu me connais. J'étais en fin de réserve, ce qui nous a sauvés, trois petits pets de gaz qui se sont enflammés, rien de plus. Ma négligence comme assurance-vie. On aurait eu la bouteille pleine, c'était la catastrophe. Et le pire…

— C'est que rien ne permet de dire qu'il ne s'agisse pas d'un banal accident domestique d'un type qui ne pense même pas à remplacer une serrure fichue. Un bricolo du dimanche.

— Exactement !

— On dirait que ton usine à champignons motive vraiment quelqu'un ! On en met du cœur à te tuer… Je trouve que tu prends cela très calmement…

— Je n'ai pas fait de rêve. Pour personne ! Angelo non plus, il m'aurait appelé.

— Ah ! Et tu fais des rêves quand tu es gravement blessé ? » Il se tut, coupable, et baissa la tête. « Bon, j'ai faim, cela me casse les couilles tes histoires, et j'ai vraiment faim. En plus, on n'a plus de gaz ! » Elle éclata de rire, alla se regarder dans un miroir, et se tordit en voyant le regard qu'elle avait, avec ses cils brûlés.

« Tu as vraiment des couilles, toi ? Tu aurais pu mourir brûlée vive…

— Bah, mon gars, si tu n'as pas encore compris que les couilles, c'est dans la tête qu'on les porte, tu n'as encore rien compris alors ! »

Elle avait une façon de nier le drame, de minimiser les événements dérangeants qui était absolument confondante. Il le prit presque comme un reproche, lui qui aimait tant se plaindre.

« Tu m'emmerdes avec ta joie de vivre !

— Tu peux pleurer dans un coin, je ne t'en empêche pas. Chacun sa façon de porter les paquets, toi tu te les pends au cou. Ton problème… Il est où le fromage ?

— On va peut-être faire venir Pieri d'abord, il y a peut-être des traces, je ne sais pas, ce n'est tout de même pas rien, ce qui s'est passé, non ?

— Primo, si Pieri vient de suite, il n'y aura plus de fromage. Secondo, ta porte a été ouverte depuis sept heures ce matin, jusqu'à l'arrivée du serrurier, donc, tu as un créneau précis, tertio, si tu l'appelles dans une heure, cela ne changera strictement rien. Donc, j'ai faim.

— Et si on nous observait de quelque part ?

— Eh bien, mangeons froid sur la terrasse, ton assassin se dira que son piège au gaz marchera plus tard. Merde, Armand, j'ai faim. »

Ils s'installèrent donc devant un pique-nique froid, avec un sentiment d'irréalité complet, car elle avait tout de même eu très peur, et lui très peur pour elle, mais aucun n'osait le dire, et des mots bloqués dans la gorge, qu'aucun ne voulait aller chercher.

Il avait imprimé la photo du pot qu'il avait prise et la regardait en mangeant.

« Si tu es tombé amoureux de cette chose et que tu le convoites, je t'annonce une bonne nouvelle, ce machin pourri est à toi.

— Arête, je suis sérieux !

— Je vois, sérieux à mourir d'ailleurs ! Ils ne devraient pas tant se prendre la tête à essayer de t'exterminer de toutes les manières possibles, les gens, tu sais faire seul.

— Tu plaisantes avec n'importe quoi !

— Tu pleures avec presque tout !

— Merde !

— Deux fois !

— Quoi, deux fois ?

— Quel que soit le gros mot que tu dises, je le dis deux fois, je dirai toujours deux fois plus que toi !

— Tu es cinglée…

— Deux fois… »

Il se leva, en colère. La vie était sérieuse, qu'on veuille le tuer était sérieux, qu'on vienne dans sa maison était sérieux, il sortait de l'hôpital, tout de même ! Merde…

« Deux fois ! »

42

« ALLO ? Oui ! Tu vas bien ? Et Angelo ? Oui ? Parfait !... Il fait beau ? Ah... Écoute, je vais t'envoyer une photo, tu as toujours ce copain au musée Pitti, celui des céramiques ? Oui ? demande-lui si cela a de la valeur... Oui ! Pour l'enquête ! Oui ! OUI, Oui, OUI, OUI, Oui, OUI OUI,... Oui, OUI. »

Il avait eu beau s'éloigner vers le jardin, elle avait tout entendu, et l'attendait avec un sourire narquois.

« Ben dis donc ! « Au pied couché », c'est ton deuxième prénom ? Il faut appeler le matin le midi et le soir, sinon...

— Tu n'y es pas du tout, elle connaît quelqu'un et cette histoire de pot me travaille.

— Ah, j'oubliais, Pierucci et ses intuitions...

— Je vais appeler Pieri, on n'a que trop attendu... » Il était de très mauvaise humeur, à présent.

« C'est ça, tu as raison. Appelle Tonton, et dis-lui qu'il regarde sous ton lit, à l'occasion, que tu puisses dormir ce soir. » Elle avait lancé cela par dépit, par jalousie, parce que ce lien étrange avec cette Sofia taiseuse, qui laissait la place quand elle était attaquée, à laquelle il semblait à la fois lié par d'étranges liens et qui en même temps lui pesaient autant, cette relation qu'elle jugeait popote et médiocre, peu digne de lui, mais dans laquelle il était encollé comme une mouche dans une toile d'araignée, lui faisait une peine terrible. Elle était une fois de plus amoureuse d'un foutu bonhomme en foutu couple. Pourtant elle avait... Rien ! Elle n'avait rien du tout. Elle était revenue à lui avec la certitude que leur lien était plus fort que tout, plus fort que toute une vie, que toute une vie de couple, que toutes les épreuves traversées ensemble. Elle pensait qu'elle partageait avec lui une relation exceptionnelle, qui primait sur tout. Elle s'entendait même avec Angelo.

Elle l'aimait. Elle l'aimait douloureusement, pleinement, comme on aime à huit ans, à seize ans, le cœur qui bat quand on pense, quand on voit, quand on touche... Elle pensait qu'elle avait anesthésié ses sentiments, qu'elle était guérie des situations glauques, qu'elle allait reprendre un nouveau départ, elle l'avait retrouvé, lui, et un coin de son cœur s'était découvert comme une statue un jour d'inauguration de monument municipal, tout neuf et tout frais, directement conservé dans la glace. Elle pensait qu'il lui appartenait avant toute autre, que personne n'avait pu prendre sa place, et de fait elle avait raison, personne n'avait jamais pris sa place, jamais. Mais il était englué dans une histoire si compliquée qu'elle ignorait s'il était possible de trouver le début de la ficelle pour atteindre ce foutu nœud et lui pendant ce temps, il appelait Sofia... Il appelait Sofia.

43

Il était en congé maladie, ce dont il se serait bien passé, mais il n'était pas en « congé Dondolo ». Le docteur Mabuse avait fait appeler en soulignant qu'il était dans son intérêt d'être ponctuel à ses rendez-vous, qu'il pouvait nuire et n'hésiterait pas à le faire. Ainsi Pierucci s'était exécuté avec la bonne volonté d'un mâle dominant qu'on emmène chez une veto pour le faire castrer et dont les sens aiguisés ont averti du danger. De plus il pouvait arriver à l'heure qu'il voulait, avant, après le rendez-vous, il attendait toujours. Quoi qu'il fasse pour éviter ces maudites chaises de jardin au blanc taché de marbrures grises, il finissait toujours par s'y retrouver, en désespoir de cause, et il avait même déjà lu trois des revues antédiluviennes qui achevaient de s'émietter sur la table basse poussiéreuse. L'une d'entre elles contenait un article sur l'ouverture du site de Cucuruzzu, avec photos en noir et blanc, d'une précision plus qu'aléatoire. Il aurait dû les vendre dans une brocante, il aurait ramassé plus que le prix de ses consultations. Quand il rentrait dans le bureau qui sentait le champignon, il se dégageait de lui une telle répulsion, et de l'autre une telle hostilité, que l'air s'empoisonnait instantanément. Pierucci refusait de confier le moindre renseignement le concernant, l'autre lui présentait les avantages d'une confession, la libération qu'il ressentirait, affirmait la certitude qu'il connaissait le moindre recoin de son esprit torturé, lui parlait de la présence maternelle et de son influence, cherchait à faire la poussière et à soulever les tapis de la pensée du commissaire qui suait tant il prenait sur lui, attendant l'heure pour bondir hors du local infect. Et puis il craqua.

« La plupart des gens ont un tel besoin de parler d'eux, qu'ils sont prêts à payer des gens comme vous pour cela. Je sais parfaitement où sont mes failles et mes faiblesses. Elles me donnent la force d'être l'homme que je suis. J'accepte mon passé et ce qui m'a constitué dans la mesure où je n'y changerai rien, et j'essaie de construire mon avenir. Me répandre sur des regrets, ne fait que saper mes fondations, monsieur Dondolo. Vous tirez la certitude de votre supériorité des gens qui se répandent dans vos oreilles et dont vous pensez intimement qu'ils sont de pauvres cons, tandis que vous leurs donnez des conseils pour gérer leurs familles et leurs enfants. Je pense moi, intimement, que vous êtes petit, comme on dit maintenant, atypique, et que vous avez une revanche à prendre. Certains minuscules de votre acabit deviennent chanteurs lyriques pour qu'on les entende plus loin, d'autres hommes politiques, on trouve aussi chez vous des professeurs de mathématiques, grand refuge de ceux qui n'ont pas les codes de la vie de tous les jours, mais qui ont besoin de dominer. En ce qui me concerne, je n'emmerde personne, je fais mon boulot de mon mieux, pour peu qu'on me laisse le faire. La seule raison de ces entretiens, c'est que mon salaire est trop élevé pour le bureau minuscule que nous avons, et que notre société veut du jeune. Je ne suis pas jeune. Et je suis coûteux. Alors faites votre rapport pourri, dites que je suis fou. Peu m'importe au final. Si vous vous estimez le droit de démolir la vie professionnelle de quelqu'un, rien ne pourra vous faire changer d'avis. Vous êtes une nuisance monsieur Dondolo. Comme les gourous, les coachs d'énergie, les sophrologues de fantaisie qui s'installent pour conseiller les autres, alors que leur vie est un désert affectif ou un champ de ruines. Il y a des gens bien partout, et d'autres. Ce qui est terrible dans vos métiers qui ne sont pas contrôlés, c'est que vous vous autorisez à intervenir dans la vie de personnes fragilisées, armés de vos complexes et de votre haine de l'humanité. Un jour, on vous présentera l'addition… Sur ce, je crois que nous nous voyons pour la dernière fois. Tenez ! — Il jeta quatre billets de dix euros sur la table. Voici votre argent liquide, qui vous permet de contourner les impôts sous le prétexte que le patient doit se prendre en charge. Votre vie n'est qu'un masque pour cacher votre immense haine et votre refus de vous croiser dans une glace. N'allez surtout pas croire que je ne vous aime pas… je vous ai déjà oublié. »

Il arborait en sortant un sourire d'une oreille à l'autre.

Il fallait à présent s'occuper de ce qui était vraiment important.

« Pieri, tu m'accompagnes chez Quiliquini, je ne sais pas où c'est exactement », annonça-t-il au téléphone, péremptoire.

« Et votre congé ?

— Quel congé ? »

Le temps souriait, et le panorama de Rocca Pina était absolument sublime. La pointe de l'extrême sud se dressait au-dessus de la mer lisse et repassée par l'azur du ciel, le lion guettait la Sardaigne. Les pluies incessantes avaient verdi les bas-côtés et les rondeurs des collines, c'était un bonheur. Ils obliquèrent vers la route de la vallée de l'Ortolu, refaite, qui serpentait au pied de l'Omu di Cagna, passèrent devant la cave du Castellu di Baricci, firent encore quelques kilomètres avant que Pieri ne ralentisse. Pierucci aurait aimé aborder le sujet de Buttafuoco qu'il n'avait pas encore revu mais qui le tracassait, mais il était pris d'une pudeur craintive. La voiture obliqua à droite, sur un chemin qui montait fortement, en direction du sommet. La ferme se dressait juste en bas de la pente. Ils purent voir les bêtes, dans les champs de part et d'autre du chemin, derrière les haies d'aubépine et d'arbres courts, ainsi que la barrière qui interdisait l'accès à la maison, et derrière elle, au reste de la route goudronnée.

« On ne peut pas aller plus loin en voiture ? demanda Pierucci.

— Non, c'est privé. Le vieux exploite les terres du bas, avec les champs et les bêtes, et la route est son accès. Elle ne mène nulle part ailleurs. »

Pierucci sortit des jumelles de la boîte à gants et scruta le pan de la montagne qui s'étageait devant lui.

« C'est à Maxiola, cette partie-là ? Il montra la mi-hauteur.

— D'après ce que j'ai pu comprendre, non, il n'a acheté que la ferme, les champs, les enclos, toute la partie basse. Du reste c'est la forêt ensuite, rien n'est cultivé.

— Oui, mais j'ai bien l'impression que ce sont ces fameuses terres qui vont avec le legs, je n'ai pas pris ma carte, mais cela y ressemble fort. Mais en fait, je n'en sais rien. Là-haut, c'est quoi ? » Il montra une plaie dans le flanc de la montagne, arbres arrachés, terrain creusé, comme une gale sur un visage, triste visage affligé.

« Bah, une coupe de bois et un glissement de terrain à la suite des pluies. Cela arrive partout. Je ne connais pas du tout cette partie de l'Omu di Cagna.

— Une route est visible là-haut !

— Je ne pense pas que les quatre stères de bois qu'on aura coupés là-haut soient l'objet du litige. Non ! Vous le voyez... Il est le seul exploitant dans cette partie, cela dure depuis deux cents ans, et Maxiola a racheté ce domaine aux enchères...

— L'endroit est encaissé, il n'a la vue que sur le fleuve, et bon, on ne peut pas dire qu'il y ait de quoi rêver, en face c'est rochers et compagnie… C'est joli, certes, mais pas de vue sur mer, je voudrais bien savoir ce qu'Andria comptait en faire et la raison pour laquelle il voulait ces terrains au point de se fourrer dans des histoires et un procès. Il y a quelque chose ici…

— Des sources chaudes ? Il voulait peut-être faire un hôtel thermal.

— Pas de sortie ici, c'est de l'autre côté… Non, on le saurait.

— Vigne ?

— Démarrer la vigne à cinquante ans et tout lâcher pour une activité dont il ne connaissait rien ? Peu probable.

— Il a laissé entendre que son plan était sûr… Mine d'or, d'argent, de cuivre, trésor ?

— Vous allez trop au cinéma, on est en Corse, *aio* !

— Je suis certain que la réponse se trouve ici. Allons-y ! »

La maison était barricadée, et semblait vide. Ils eurent beau appeler, frapper, klaxonner, personne ne leur ouvrit, en dépit du fait qu'ils avaient acquis tous deux la certitude qu'il y avait quelqu'un. De guerre lasse, ils rebroussèrent chemin.

« M'énerve cette histoire. On repart par Sartè, je vais bien trouver quelqu'un chez Thomas qui me trouvera une réponse… »

Ils continuèrent donc la route vers la ville, et gravirent la montée très raide qui s'y rendait, surplombant à un moment la vallée dans une vue à couper le souffle. Ils voyaient nettement la pente qu'ils venaient de quitter, mais comme tous les sommets autour d'eux elle était recouverte de maquis, de chênes et d'arbousiers, et ne présentait aucune spécificité remarquable. Ils trouvèrent à se garer sur le cours, embrassèrent Thomas, retrouvèrent des amis et connaissances attablés pour l'apéritif, parlèrent de politique, de la langue corse, de Giacobi, des travaux sur le port, des meurtres récents, de l'arrestation en fin de cavale d'un Bonifacien notoire, et de tout ce dont les hommes aiment à parler entre eux, mais n'apprirent rien sur l'affaire du vieux paysan délogé, que la certitude que Maxiola avait mal agi. Cela dit, il y avait quelqu'un qui connaissait l'histoire, mais à Sartè, les venelles regorgent de savants bien renseignés, et c'était bien dommage qu'ils n'aient pas été visibles ce jour-là.

Pierucci avait l'impression de passer à côté d'une évidence et cela l'agaçait, mais il ne parvenait pas à joindre les morceaux épars d'une pensée éclatée. Ils reprirent la route. Au retour, Jean le déposa chez lui.

« Et le traître ? Tu lui parles ?

— Personne ne lui parle. Il a obtenu un double de l'acte de propriété de votre legs. Il est dessus !

— Bah bè, grand bien lui fasse. Mais si je m'étais douté… »

44

ALORS QU'IL REMONTAIT L'ALLÉE, son téléphone sonna dans sa poche. Sofia ! Comme elle n'appelait plus guère dans la journée, il pensa qu'elle avait du nouveau.

« *Cara* ! *Alora* ?

— Tchao, si, j'ai des nouvelles. J'ai mangé avec mon ami, et lui ai montré tes photos. En dépit du fait qu'elles soient peu précises, il pense qu'il s'agit d'une poterie toscane, assez ancienne, genre XVe ou XVIe siècle, très dégradée. Elle devait être de couleur autrefois, probablement dans les tons orange, mais elle est très mal conservée, ternie. De la valeur pour un musée, mais rien d'extravagant, pas ce qu'on appelle un trésor. Utile pour un archéologue ou un passionné du passé. Il demande où tu l'as trouvée ?

— Pourquoi ?

— Parce que c'est une poterie domestique, donc si c'est au cours d'une balade, il y a sûrement de quoi s'amuser autour…

— Non ! dans une maison, dans une vitrine.

— Ah, un collectionneur d'antiquités… Moins drôle.

— Euh, et tu le vois souvent, cet… ami ?

— *Caro*, tu dînes avec Annah ce soir ? Passe-lui donc le bonjour de ma part… Ah, et si tu veux savoir autre chose, il sera ravi de te répondre. Sinon, cela va pour toi ? Tu n'es pas trop fatigué ? »

Comme on demande aux gens en vacances quel temps il fait… Il ne répondit pas, l'embrassa tout de même et raccrocha.

Il ouvrit aux chiens et alla s'asseoir… De couleur orange, ternie… Il l'avait vue neuve… C'était cela, cette idée qui le taraudait, les deux pièces dans lesquelles il se rafraîchissait le soir et qu'il aimait tant lors de sa plongée dans le passé… Poterie domestique, en fait il savait ce que c'était… Pour une raison inconnue, Maxiola possédait la cruche et la vasque dont il s'était servi au XVIe siècle, à Saint-Jean d'Ortolu dans ce village de misère. Il tenta de se souvenir de ce dont il avait été question à ce sujet. Un cadeau, un cadeau d'un frère à Bonifacio. Alors, tout cela avait un sens, et son rêve lui avait donné une clef, mais il ne la comprenait pas ! Il se torturait les méninges, tentant de donner vie à ce fatras. Se pourrait-il qu'il y ait un lien entre la maison et son rêve ? Ce village avait-il vraiment existé ? Il se précipita vers le bureau, où il récupéra une carte d'état-major de l'extrême sud et l'étala largement sur la surface plate. Il tenta de se souvenir de ce qu'il voyait de là-haut. Le château en face, partiellement démoli, un coude lent de l'Ortolu, un promontoire rocheux… Il tirait des traits à partir des éléments qu'il pouvait identifier, mais c'était difficile, sur le papier. Mais il finit par constater que les lignes le menaient aux deux tiers de la pente de la chaîne de L'Omu di Cagna et en scrutant avec la loupe, il eut un choc. Il y avait dans cette zone le signe indiquant une chapelle, du nom de Saint-Jean d'Ortolu. Le village avait vraiment existé.

Bon, possible qu'il ait entendu une histoire à ce sujet, et que dans son état comateux, la réalité se soit mélangée à ce récit du passé. Mais il ne se souvenait pas, d'avoir jamais entendu parler de ce village… Petit, peut-être ? Durant son enfance ? Il l'aura oublié !

Il alla chercher les chroniques de Giovanni della Grossa qu'il serrait sur l'étagère, et se plongea dans la lecture du gros livre… mais ne trouva rien. Pourtant…

Il déjeuna rapidement de pain et de fromage et prit rendez-vous, encore une fois avec le notaire. Avant, il se remit à l'historien, et finit par tomber dessus, au début : les habitants du hameau, qui demandent accueil à Sartè, lassés des effets de la consanguinité. Donc, il avait rêvé d'un endroit qui avait existé réellement des siècles plus tôt. En quoi cela influait-il sur le présent ?

Le notaire l'attendait devant la porte, manifestant cette fois son impatience. Cependant, il le reçut. Il retrouva les mêmes documents répandus partout, et s'assit en poussant une liasse.

« Maître, vous m'avez dit que le legs contenait des terres. Pouvez-vous préciser très exactement ?

— Monsieur Pierucci, prenez vos papiers, tout y est mentionné. Regardez : vous avez six hectares autour de la maison. Voyez ?

— Et ça, c'est quoi ? Lot V34, commune de Sartè, ce n'est pas sur Bonifacio… Quel rapport ?

— Ah, vous avez raison… attendez. L'homme sortit une carte, repéra les numéros de lots, le temps s'écoulait comme s'il s'était solidifié. Eh bien, une partie de votre propriété se situe sur les pentes de l'Omu di Cagna, pour ce que je peux en voir, une zone forestière, inconstructible… Bah, il faudra que vous alliez voir… La valeur estimée de ces parcelles est très faible… Sûrement une valeur sentimentale, peut-être un rapport avec l'origine de la famille…

— Et là, on dirait le signe d'une église, il y a une petite croix.

— Oui, attendez, je ne peux lire son nom… Ah si ! Saint Jean… Saint Jean d'Ortolu… »

Pierucci resta la bouche ouverte. Le village, celui de son rêve, appartenait à la famille Maxiola, au même titre que la maison !

« Merci maître, je signe les documents, et je les emporte. Ah ! Vous avez donné une copie à mon lieutenant ?

— Effectivement, il avait la commission nécessaire…

— Vous ne m'en avez pas averti ?

— J'allais le faire…

— Peu importe, merci maître. »

Arrivé à la voiture, il posa sa tête contre le volant. Il venait de comprendre. Et s'agaçait d'avoir mis tant de temps.

45

JEAN, ANNAH ET ÉLODIE ÉTAIENT RÉUNIS DANS LE SALON. Pierucci leur faisait face. Devant lui étaient étalés la carte et les divers documents qu'il avait collectés, ainsi que des notes prises avec soin. Tous l'écoutaient avec attention.

« Voilà l'histoire : Andria a reçu en héritage, comme je viens de le faire, une vaste maison très abîmée, peu confortable, et dont l'histoire le dérangeait dans la mesure où il avait l'impression de n'en être que le dépositaire passager. Il la délaisse et ne consulte probablement pas l'ensemble des documents, croyant les connaître, ou simplement, ne se sentant pas concerné. Il pense que le legs s'arrête aux murs, à la terre qui l'entoure. Et puis ayant fait bâtir sa propre habitation, il décide de récupérer les belles pièces qui s'étiolent, et fait faire les estimations. Il tombe sur le bassin et la cruche, apprend qu'il s'agit de céramiques anciennes, du genre de celles qu'on trouve dans un ancien village. Il se renseigne, cadastre, etc., comme moi, fait le même chemin, et apprend qu'il possède les terres sur lesquelles se dressait jadis le village de Saint-Jean d'Ortolu, dans la vallée du fleuve. L'information ne fait pas sens, jusqu'à une soirée où il rencontre deux hommes. Le premier est le propriétaire du site de Cucuruzzu, le second est un professionnel du tourisme. Il découvre que les sites archéologiques sont une mine d'or, que très peu en Corse sont mis en valeur, protégés et exploités. Que les alignements de Palaghju sont bien plus imposants que d'autres endroits, mais qu'on se dispute entre propriétaires. Et que partout l'exploitation des sites se heurte à la multiplication des propriétaires, quand ce n'est pas à leur mauvaise volonté. Il monte sur le site, et découvre des vestiges, quoi exactement, mais de quoi exciter son imagination. Et peut-être beaucoup plus, si on se met à fouiller. Alors, il songe, il imagine un village médiéval ressuscité, accès facile, proche des plages, il imagine la boutique de souvenirs, les visites payantes, et tout ce qui entoure un site bien exploité. Il se rend en Italie et observe la gestion systématique des lieux historiques. Il en a assez de rentrer chez lui après le service du restaurant, il veut recommencer quelque chose d'autre, y associer ses enfants, l'aventure le passionne. Mais il reste le problème de l'accès. Il n'est pas propriétaire du bas de la colline, et il a besoin de tout le pan de montagne pour être tranquille. Il pense aux parkings et à tout le reste. Il surenchérit sur Quiliquini. En fait, la maison de Bonifacio est le reste ultime d'une riche propriété gardée en état, et entretenue depuis le Moyen Âge, d'un ancien seigneur génois, qui possédait aussi le village où vivait sa sœur. Les lointains ancêtres Maxiola.

— Soit, voilà donc un bien qui pourrait avoir de la valeur... et qui n'est pas cet amas de cailloux sans importance que l'on a cru. Mais cela ne répond toujours pas à la question "qui», intervint Annah. Vous avez fait le tour, et vous n'avez trouvé aucun héritier possible. C'est même pour cette raison que Raphael s'est rabattu sur vous...

— Oui, vrai. Je butte sur le même problème.

— Peut-être que la femme d'Andria a pensé pouvoir faire casser le testament ?

— Non, elle a hérité avec ses enfants d'une part qui excède la part réservataire, elle n'a aucun recours, et d'autres avant elle, dans les temps passés ont déjà essayé, et ont déjà été déboutés, impossible. Elle le sait. Même si elle est au courant, c'est mort pour elle...

— Il y a peut-être un fils adultérin de Raphael — un autre — qui jaillirait du néant. Va savoir, tu as peut-être un demi-frère quelque part.

— OH, nous ne sommes pas les Atrides, tout de même, un frère qui tue les deux premiers... Comment ferait-il pour se faire reconnaître comme héritier à présent ? Et ce serait mon aîné, car il y a droit d'aînesse, en l'espèce ? Déjà, moi, cela relevait de l'impossible. »

Ils réfléchissaient et ne parvenaient à rien. Rien. Il avait le motif, mais Pieri avait déjà exploité les pistes des héritiers putatifs et n'avait rien trouvé. Celui-ci s'exclama :

« J'ai eu mes renseignements sur Maroccu, au fait. Ce type a passé sa vie en Sardaigne, jusqu'à ses vingt ans. Il n'est pas le fils légitime du couple qui l'a élevé. — Tous dressèrent l'oreille — Mais en fait son nom est bien Maroccu, il a été placé là après avoir été découvert dans l' appartement d'un HLM de la plaine orientale, dans une pièce fermée, avec deux chiens, maigre à faire peur, et maltraité par une femme alcoolique et dépravée. Elle-même d'origine sarde, sa famille a accepté de s'occuper de l'enfant. Ils avaient une fille de leur sang, du nom d'Usai, qui a fait de bonnes études sur le continent, selon eux. Elle s'est mariée à Paris, mais ils ne la voient plus. Ils n'ont pas dit pourquoi.

— Un lien possible avec l'héritage ?

— Non, rien ! vraiment rien. Ils n'ont aucune famille ici et rien qui les lie au sol corse. Et j'ai bien cherché. J'ai pensé à un moment que Maroccu pouvait être ce fils illégitime, mais pas moyen. L'alcoolique était femme de ménage, abandonnée par un mari journalier, Sarde, fille de Sarde, aucun lien.

— Pourtant il s'en est pris à moi ? Qu'est-ce que j'ai à voir avec lui ? Tout cela m'énerve, à un point que vous n'imaginez pas !

— Sans compter les mutilations, qui nous emmènent ailleurs… »

Le téléphone du Gros sonna dans sa poche. Il afficha un air gêné et dansa d'une fesse à l'autre.

« Décroche ! » lui dit Pierucci, on a tous compris qu'il s'agissait de Buttafuoco.

Pieri se leva et se rendit sur la terrasse. Il revint le visage blanc.

« On fait fausse route avec l'histoire du site. Le viol à Aix est confirmé, et Butta a interrogé Lachaud officiellement. Elle est en garde à vue.

— Ben, et pourquoi cela te chavire-t-il comme cela ?

— Parce qu'il ne pense pas qu'elle soit la meurtrière, il pense que c'est vous, pour effacer les traces du passé qui était en train de remonter à la surface ! Il pense que vous avez tout manigancé. Il vient pour vous mettre en garde à vue. »

Là, le commissaire se laissa tomber sur la chaise, médusé.

« Et comment il explique la tentative de meurtre sur moi et l'arrestation du Rompifeste ? Il a aussi réponse à ça ?

— Ben, il veut vous interroger officiellement. Il savait qu'on était chez vous, et il nous demande de sortir, pour venir vous cueillir et vous mettre en garde à vous. Le faisceau de présomptions est suffisant.

— Celle-là, je ne l'avais pas vue arriver. Il est comme un chien accroché à un mollet. Bon, ben filez, je ne veux pas vous attirer des ennuis… Si je deviens suspect, vous ne pouvez plus communiquer avec moi, sans vous mettre en infraction. Allez-vous en… »

Et devant leurs regards consternés, il opposa un grand sourire pour les rassurer.

« Tu vas les attendre tranquillement ? demanda Annah alors qu'ils entendaient le bruit du moteur décroître dans le lointain, et te laisser mettre en garde à vue ?

— Il ne manquerait plus que je me sauve comme un lapin un jour d'ouverture de chasse. Bien sûr que je vais y aller. Il n'a rien et il le sait. Je n'ai pas été mêlé à cette histoire, et elle n'est pas du genre qu'on oublie. De plus, sincèrement, cela fait plus de trente ans, et j'aurais attendu de dégommer des gens que je croise et respecte tout ce temps, pour me transformer en fou sanguinaire subitement ? Personne ne pourra croire cela.

— Je trouve cela moins simple. Imaginons que Cucchi étranglé par les dettes ait eu besoin d'argent à un point tel qu'il se soit mis à faire chanter les deux autres Bonifaciens impliqués dans l'affaire. Imaginons que d'une manière ou d'une autre, quelqu'un puisse témoigner de quelque chose allant dans ce sens, qu'ils trouvent une preuve d'argent versé, que sais-je ? Alors on peut imaginer que ce scénario, ta transformation en un meurtrier putatif, je veux dire, devient possible. Si on avait pu te relier à cette affaire, et si elle devient notoire, tu perds ton boulot, ta notoriété, ta femme aussi probablement… Il y en a qui pèteraient un plomb pour moins que cela. » On sentait l'inquiétude dans la voix de l'amie, et une sorte de fatalisme.

— Et le Rompifeste ?

— Un acolyte qui te sert d'alibi.

— Quand tu le racontes, cela devient instantanément plus dramatique… », répondit-il songeur.

« Alors fais bien attention à tes réponses, et à la précision des détails que tu vas fournir. Ne donne pas le bâton pour te faire battre. Ne monte pas au créneau comme tu as l'habitude de le faire…

— Décidément, j'ai les astres contre moi en ce moment. La tentative aurait suffi, ensuite j'apprends que je suis cocu, et maintenant qu'on me soupçonne officiellement de meurtre… Tiens, on est tellement à côté de nos pompes, qu'on n'a même pas dit à Pieri, pour le début d'incendie.

— Tu as appris que tu étais cocu ? » Elle avait les sourcils haut levés, car il avait fait glisser l'information, comme des huîtres sur du vin blanc.

« Sofia a un ami, un copain, elle voit quelqu'un, régulièrement… Juste en ce moment, tu le crois ?

— Comment le sais-tu ?

— Des soupçons et une gaffe d'Angelo qui ne laisse plus de place au doute. *Un universitaire charmant, spécialisé dans l'histoire des objets utilitaires toscans*, il est là le matin, il est là à midi, il est là le soir !

— Et cela te dérange ?

— Écoute, ce n'est pas le jour pour, mais oui, cela me dérange, je trouve que ce n'est pas correct… »

Elle rumina sa mauvaise foi, son dépit, sa jalousie. La vie est tellement banale, d'une affligeante banalité. Restons légers, songea-t-il, il y avait plus urgent. De fait, ils ne tardèrent pas à entendre le gravier crisser sous les pas des nouveaux arrivants.

« Tu restes la ? Je préférerais, à cause des chiens que tu dormes à la maison.

— Ok, tu veux que je trouve un avocat ?

— J'ai Luisi, à Ajaccio, si c'est vraiment nécessaire, mais pas pour l'instant, tout va bien. Ce con va s'agiter un peu, et puis il se calmera quand il verra qu'il n'a rien. »

Il eut cependant de la peine à éviter les menottes qu'un Buttafuoco, visage contracté et dur, voulait à tout prix lui voir porter. « La prochaine fois que je fais confiance à quelqu'un, il faut que je me souvienne d'aller me brûler », songea Pierucci qui avait été sur le point de coller sa main dans la figure de son lieutenant.

46

« MME LACHAUD EST VENUE TÉMOIGNER DE SON PLEIN GRÉ, expliqua un adjoint, glacial, dans la salle d'interrogatoire où il avait confiné son supérieur. Ainsi, elle a affirmé avoir fait partie des trois jeunes femmes rencontrées dans le bar, et qui plus tard dans la soirée ont été attirées dans l'appartement de célibataire de M. Maxiola. Au début la bande de jeunes se constituait d'une quinzaine de garçons et de filles et cela a commencé à déraper. Certains couples se sont retrouvés à même le tapis. Ces trois-là n'étaient pas consentantes. Elles ont été brusquées, puis tenues, violées… Je passe les détails. Affaire étouffée, autant par les parents des garçons que par ceux des filles qui craignaient que la publicité faite à l'affaire n'entache leur respectabilité. Cependant Mme Lachaud affirme qu'elle n'a pu oublier. Que cette chape appliquée l'a privée d'une vengeance et du droit de souffrir. Qu'elle s'est rendue à Bonifacio à plusieurs reprises pour vous parler à tous trois. Qu'elle n'a pu rencontrer Maxiola qui a refusé de la voir, en dépit de demandes réitérées. Que de la même façon, quand elle a contacté Cucchi, il s'est moqué d'elle, et a pris l'affaire de manière grossière et graveleuse. Enfin, elle dit qu'elle t'a vu en privé, lors de son dernier séjour, qu'elle t'a abordé par le biais de votre commune présence dans les classes maternelles de la ville, afin de ne pas te salir, mais qu'en privé, lorsqu'elle t'a retrouvé chez toi, tu as été mis au courant de la vraie raison de sa démarche. Elle dit qu'elle a nié tout cela avec ma collègue, mais que le secret l'étouffe. »

« Est-ce qu'on se tutoyait, se demandait Pierucci ? Étions-nous amis à ce point ? Moi qui déteste tutoyer ? »

« Et que voulait-elle finalement, selon elle ?

— Une reconnaissance publique de vos actes, une lettre pour sa famille qui a mis en doute son histoire et qui l'a maltraitée de ce fait, un dédommagement financier.

— Ah ! et qu'ai-je répondu ?

— C'est moi qui pose les questions, se rebiffa le lieutenant, tu dois le savoir, ce que tu as répondu...

— Tu l'as trouvée contrariée, la dame, quand elle a débarqué le soir où je vous ai régalés de spaghettis aux arcelles ? Contrariée comme quelqu'un qui vient d'essuyer un refus.

— Pardon ?

— Si on s'en tient à ce que tu racontes, je l'ai vue avant ce repas, je te demande donc si, quand elle nous a envahis, elle avait l'air contrariée ! Et au restaurant, le Pig, avait-elle l'air contrariée ? Ressemblait-elle à une femme éplorée, venue pour laver son honneur et éconduite ?

— Elle prenait sur elle !

— Ah ! et toi, *baülu*, tu ne vois rien qui cloche ? Mais c'est quoi ton problème ? Cette folle n'a cessé de donner des versions contradictoires. Et toi ? Brutus ! Voila un monsieur qui partage la vie de ses collègues, qui est le meilleur homme du monde, à qui on confierait les clefs de sa maison y compris cave et frigidaire, et qui se lève un matin plein de mauvaise humeur et d'hostilité ? Attendez un peu que je réfléchisse... mais pourquoi n'y ai-je pas pensé plus tôt ! On t'a proposé la direction du bureau, à condition que tu me pousses à sortir dignement et sans histoire, ou un truc de ce genre ? Allez, dis-le ! Que t'a-t-on promis ?... Un petit ambitieux se cache-t-il derrière cette apparence d'humanité ? Ne venez-vous pas, lieutenant, d'énoncer de forts beaux mobiles de meurtre, dans cette communication de Mme Lachaud ? Si ce qu'elle dit est vrai pour Maxiola et Cucchi, elle avait plus de raisons que quiconque de... »

Il n'avait même pas envie de discuter et répugnait à tutoyer la figure animée et vindicative qu'il avait à présent en face de lui. L'autre enchaîna inconsciemment sur le vouvoiement à son tour. Pierucci était assis bien droit, mais l'autre était penché en avant, presque menaçant.

« Je vais vous expliquer ce qu'il s'est passé... Vous avez eu vent de l'hypothèse de pouvoir hériter d'un bien considérable depuis des années, et cela vous a rongé. Il vous manquait l'occasion, elle est survenue quand Marine Lachaud est arrivée, elle vous a ni plus ni moins que tendu les clefs du royaume. Vous avez vu en elle une coupable parfaite qui ferait écran devant vous, et vous avez exécuté les deux victimes l'une après l'autre, tentant de mettre vos forfaits sur le dos de cette pauvre femme.

— Mais Cucchi n'avait rien à voir avec le domaine ? Quel intérêt de lui régler son compte ?

— Il brouillait les pistes, et dirigeait les soupçons ailleurs. De plus nous soupçonnons une tentative de chantage. Il a dit à sa femme qu'il allait avoir de l'argent, qu'il avait découvert quelque chose » — Un désagréable frisson parcourut la colonne vertébrale du commissaire, Annah avait vu juste.

« Et si nous parvenons à trouver un lien entre lui et vous...

— C'est qui, nous ?

— Vous n'avez pas à poser de questions, vous êtes un suspect, monsieur Pierucci.

— Qu'est-ce que je vous ai fait, lieutenant ? Dites-moi juste ce que je vous ai fait... J'avoue que je ne comprends rien à votre attitude et qu'elle me peine infiniment... »

L'autre émit un hennissement.

« La seule chose susceptible de vous peiner, c'est qu'on ait mis trop de sel dans un de vos plats préférés, ou que Sofia vous ait servi deux fois de suite quelque chose que vous n'aimez pas. Ce qui vous peine, c'est le régime, ce qui vous peine, c'est quand un caillou dans votre chaussure vous empêche de ronronner sur la parfaite route de votre petite vie égoïste. Pas la défection d'un de vos collègues, et pas même le départ de la femme de votre vie, dont vous ne cessez de ruminer des rancœurs obscènes...

— Qu'est-ce que ma vie privée vient faire dans l'histoire ? Et de quel droit ? » Et alors il eut l'illumination. Buttafuoco, chez lui, lors de dîners, buvant de l'œil la belle Italienne, se précipitant pour l'aider à la cuisine, demandant de ses nouvelles... Un faisceau de petits faits anodins qui s'éclairaient les uns les autres, jusqu'à en être aveuglants, mais trop tard, puisqu'il les payait sans les avoir compris.

— ... Amoureux de Sofia et tu m'en veux à cause d'Annah. C'est ça que tu me fais payer ! Je rêve... » L'autre s'agita, détournant le regard !

« Revenons je vous prie à l'objet qui nous importe. Vous n'avez pas d'alibi pour les deux meurtres, et il ne me manque que...

— Ce que dans le monde de la justice on a tendance à appeler une preuve. Parce que je suis certain que vous n'avez rien pour me relier aux prétendus viols, pas plus que pour les deux cadavres, ce qui au final ne fait pas grand-chose. Et le Rompifeste, tu ne m'as pas parlé du Rompifeste... C'est qui dans ma vie, celui-là. »

Buttafuoco ne trouva rien à dire, et il perdait pieds. Son agressivité cédait devant l'habitude d'obéir, mais ne désarmait pas sa colère. Car Pierucci avait effectivement trouvé la cause de son subit retournement d'attitude. Il vénérait Sofia depuis qu'il l'avait rencontrée. Étant de ces hommes qui peinent à s'exprimer devant une dame, qui ont du mal à sortir de leur réserve pour se lancer dans une aventure, il avait vécu sous les chauds rayons du soleil qu'elle représentait pour lui. De fait, il venait souvent à la maison, dînait souvent avec eux, considéré comme un intime par chacun des membres du couple. Et l'arrivée d'Annah, l'attitude de Pierucci l'avaient ulcéré. Mais il n'en restait pas moins un flic, et s'il s'acharnait sur sa théorie, c'est qu'elle lui semblait tenir le coup. Et plutôt mieux que l'hypothèse du crime d'une quinquagénaire en mal de vengeance. Ainsi il contraignait le commissaire à faire sa garde à vue, ne lui concédant la moindre heure d'inconfort, en dépit d'un état de santé visiblement flageolant, et quand il le relâcha, en désespoir de cause et qu'Annah vint le chercher, il les poursuivit d'un regard noir.

« Tu as l'air crevé ! Dit Annah, quand elle vit la tête d'Armand.

— C'est sûrement parce que je le suis, et comme tu l'avais prédit, dans de beaux draps ! Si je ne parviens pas à trouver le fin mot de l'histoire, on n'aura pas de meurtrier officiel, mais je vais passer le reste de ma vie avec le regard de toute la population sur les épaules. Il m'a désigné à la vindicte populaire, ni plus ni moins. Et si tu savais pourquoi !

— Parce que, comme tout le monde, il adore Sofia !

— Comment le sais-tu ?

— Des regards assassins, qui me pourfendent en deux chaque fois que je le croise et qui ne se justifient que pour cette éventuelle raison. J'en ai vus de mauvais, mais les siens battent tous les records.

— Tu ne m'as rien dit ! »

Non, elle n'avait rien dit, parce qu'il n'y avait rien à dire. Il vivait ici, et elle ne pourrait jamais faire partie de sa vie, voilà ce qu'elle avait compris, mais ce n'était ni le lieu, ni l'heure de parler de cela.

« Quand j'étais enfermé, il m'est venu, je n'irais pas jusqu'à dire une idée, non, plutôt une sensation. J'ai l'impression que je suis passé devant quelque chose, ou que je sais quelque chose qui me permettrait de tout comprendre… Parce que si tu réfléchis bien, en sachant qui est vraiment le Rompifeste, on déroule toute l'histoire. Peu importe que pour l'instant on n'ait pas trouvé le lieu des crimes, qu'on n'ait pas de témoins, je suis persuadé qu'il n'a laissé aucune trace, aucune évidence. Que la seule évidence, c'est son lien avec quelqu'un qui est derrière tout cela. À un moment, j'ai pensé à une magouille de Barcelli, mais c'est trop compliqué pour le Vieux. Et j'en reviens à mon histoire de projet médiéval, parce que je sais que c'est là que se trouve le nœud.

— Mais Cucchi ?

— Pour une raison quelconque, il avait un lien avec Andria, et il espérait en tirer bénéfice. Sauf qu'au lieu de cela, il a trouvé la mort. Il y a quelque chose à manger dans le frigo ?

— Je ne sais pas, je me suis occupée des chiens, mais je suis restée chez moi... » Elle n'alla pas plus loin, espérant qu'il l'interroge, mais il ne chercha pas à connaître ses motivations. Ce qu'elle avait fait, ce qu'elle ressentait, ne l'intéressait pas. Elle soupira.

Armand se remémorait l'interpellation de Butta sur ses peines, ses rapports avec la nourriture... Il fronça les sourcils. Il se sentait humilié et c'était un sentiment très désagréable. Souvent il avait l'impression qu'on lui manquait de respect, qu'on le traitait avec désinvolture. Une susceptibilité à fleur de peau, sûrement. Mais là, qu'on le ramène à son ventre... Le silence tomba dans la voiture qu'aucun des deux ne brisa. Et soudain, il s'exclama. « Il faut que j'y aille ! »

Il se pencha et prit dans la boîte à gants un téléphone jetable.

« Jean ? Oui, je sais, tu ne peux pas venir me voir *oghje*... Non, téléphone acheté au bureau de tabac... J'ai besoin de retourner sur le site de Saint-Jean, mais à ce que j'ai pu voir, il y a de la marche... Je pars avec Annah, demain matin, tôt... Je te le dis au cas où on se perde... *Ié, Ié*, ne prévois rien, j'ai besoin de toi, je te rappelle, sur ce numéro, *ié*... tchao Jean ! »

« On est de sortie demain matin, si j'ai bien compris, ronchonna Annah, tu aurais pu me demander mon avis, tu disposes beaucoup de ma vie, tout de même…

— Je sais, je ne le sais que trop, mais c'est nécessaire. Je ne suis pas assez en forme pour envisager de monter là-haut seul, et il faut que je m'y rende. Mais tu peux dire non ! Cela dit, si tu refuses, je ne pourrai pas y aller et c'est une promenade fondamentale, parce que vraiment, je n'y arriverai pas seul…

— Tu sais bien que je ne dirai pas non ! » Il lui prit la main.

47

ELLE LE LAISSA À LA MAISON, et une fois qu'il eut ouvert la porte, retourna à sa voiture. Il ne pipa mot. Les chiens lui firent un accueil délirant. Il alla au frigo, après les avoirs nourris, et tira une chaise, parce qu'il était fatigué, avant de choisir du fromage, du pain un peu dur, le reste d'une bouteille de vin qui n'aimait pas la fraîcheur dans laquelle on l'avait placée. Puis il alla s'installer sur le canapé, et attira à lui les notes qu'il avait laissées là, depuis que Pieri et Élodie étaient venus. Il lut et relut, en mangeant, jusqu'à ce qu'il réalise que la journée était passée, et que la nuit tombait. Et puis il s'arrêta, saisi. Alors, fébrile il se précipita sur le gros annuaire placé sous le téléphone, et éplucha les noms. Dépité, il ne trouvait pas ce qu'il cherchait, alors il gravit les escaliers et fonça dans la chambre d'Angelo. Quand l'écran s'illumina, il tapa sur « invité ». Il était convenu que sa session n'affecterait pas la vie privée du jeune garçon et que s'il se servait de l'ordinateur, ce ne serait pas dans de mauvaises intentions, qu'il aurait son espace à lui. Il ouvrit donc le serveur, et lança une recherche Google. Mais là encore il échoua. Rageur, il téléphona à son fils. La conversation fut relativement brève, à Florence, tout allait bien, ils échangèrent des nouvelles qui avaient en commun de n'être que partielles, incomplètes et un peu mensongères, destinées à rassurer l'autre. Enfin il en vint à l'objet de son appel. Le garçon le rappela un peu plus tard. Mais Sofia ne vint pas au téléphone.

Il faisait nuit, quand il se souvint qu'il avait rendez-vous le lendemain, chez le gourou. Il tenta l'appel pour annuler, peu soucieux de payer la consultation, certain qu'il tomberait sur un répondeur et curieusement, parvint à avoir l'homme directement au bout du fil. Il n'était pas soucieux ce soir-là de combattre, pas même verbalement, aussi se fit-il aimable et répondit aux questions qu'on lui posait.

« Bonsoir docteur Dondolo, Armand Pierucci au téléphone. Oui ! Je souhaiterais annuler mon rendez-vous… Demain, en milieu de matinée, oui. Je ne pourrai pas m'y rendre, j'ai un empêchement… Oh non, c'est pour une affaire sur laquelle je travaille, j'ai une longue marche pour repérer un site, dans la montagne, je ne pourrai pas l'envisager si je pars trop tard… Cela ne vous dérange pas ? Merci. Oui, vendredi, même heure, très bien. »

L'autre avait semblé apprécier la politesse de la conversation, et avait réagi avec souplesse. Peut-être trouverait-il un moyen de mettre fin à leur affrontement… Il suffisait juste d'être poli, finalement.

48

La journée était belle, ensoleillée. Annah les avait munis de deux sacs à dos, et ils portaient des chaussures de marche. Pierucci s'était arrêté devant sa maison à Pianottoli, et l'avait récupérée en passant, puis ils montèrent vers Rocca Pina, alors que le soleil se levait à peine. La vallée de L'Ortolu était encore dans l'ombre, quand ils empruntèrent à la droite du pont, la route qui les menait aux terrains de Saint-Jean. Quand ils parvinrent à la maison de Quiliquini, ils constatèrent qu'une barrière empêchait qu'on emprunte la route en voiture. Ils laissèrent leur véhicule devant.

Chargés de leurs sacs, ils commencèrent l'ascension. La pente était raide et devant eux, le maquis très touffu ne laissait rien percer de ses secrets. Les frondaisons épaisses entrelaçaient des lianes serpentines et griffues, de l'eau courait sans qu'on sache où. Des bêtes paissaient dans de vastes champs pentus et les entendant, se précipitaient aux grillages, plus loin, une envolée de moutons s'accrochait aux frontons d'un champ jaune. Et puis il n'y eut plus que la forêt. Après avoir grimpé tout droit, ils atteignirent une fourche, et obliquèrent à gauche, après réflexion. Pierucci en profita pour souffler, et se coupa un bâton sur lequel il put s'appuyer en marchant. Là ils eurent la surprise d'avancer dans un cimetière de véhicules militaires de tous ordres, rouillant tels de colossaux et antiques cadavres de dinosaures antédiluviens. Cela montait toujours, et, par les trouées entre deux arbousiers, ils pouvaient voir la vallée s'étendre paresseusement sous eux. La première fois qu'il avait aperçu ce spectacle, Pierucci en avait été tout excité. Comme dans son rêve, pensait-il. Il allait à la vérité.

La route de goudron fracassé et écorché avait laissé place à un chemin de pierres, à la terre, et soudain, ils découvrirent avec intérêt un sentier pavé, bien visible de loin en loin. À présent, ils n'évoluaient plus au sein des arbres, mais dominaient les alentours, éclairés par un ciel bleu intense. S'enfonçant dans un taillis, ils débouchèrent sur une cascade, qui éclaboussait un plan d'eau d'une hauteur d'une vingtaine de mètres, dans un moment d'une beauté parnassienne. Ils s'arrêtèrent pour manger. Annah sortit des sandwichs et une bouteille d'eau de son sac. Ils s'assirent sur un rocher.

« Comme quand nous étions petits… murmura Pierucci, reconnaissant le goût de l'huile d'olive et du fromage de brebis, dans le pain.

— Nous avons grandi… »

Il n'osait la suivre sur ce chemin-là, ce jour-là, pas assez certain de ce qu'il voulait vraiment et certain cependant de lui faire très vite du mal. Annah, son Annah, c'était la sœur, la compagne de jeux, l'amie parfaite. Annah qui n'était pas une fille en réalité, mais son double, sa jumelle, son alter ego, son âme complémentaire. Annah qu'il ne pourrait jamais toucher, parce que le paradis de l'enfance est celui de l'enfance, et qu'il n'était plus un enfant. Il le savait depuis son emprisonnement, il avait eu le temps, le long des heures longues, de le comprendre. Il ne pouvait pas franchir ce pas-là et ne le pourrait jamais. Et puis, s'il avait besoin de rêver, il aimait Sofia, qu'il aimait charger de tous les péchés, pour mieux lui revenir ensuite, et il n'imaginait pas un avenir sans Sofia. Rien à faire, cette maudite bonne femme était logée dans ses tripes. Mais comment le dire à présent à celle qui marchait à ses côtés ? Il se haïssait. Aussi plongea-t-il dans son sandwich. Ils reprirent la route dans ce silence curieux qui les étouffait, sans qu'aucun des deux ne songe à le rompre.

La route de pierre se faisait plus continue, en dépit du fait que l'herbe tentait de la recouvrir. De loin en loin des coupes de bois sauvages défiguraient la pente. Il se surprit à penser qu'il marchait sur ses terres, et qu'on le volait, s'il en jugeait par ce qu'il voyait. Ses terres…

Tournant après tournant, ils avalaient le chemin. Ils étaient absolument seuls, sans un bruit humain en dehors des leurs. Le téléphone était muet, le ciel les étreignait. En face le promontoire puissant du Castellu di Baricci, et derrière, invisible mais palpitante, Sartè. Il n'avançait pas très vite, s'essoufflait beaucoup, le soleil était à présent au zénith. Ils faillirent passer devant la première maison ancienne sans la voir, tant elle se confondait avec le décor. Et puis quelque chose de familier retint son attention, et mangée par la végétation, rongée par la forêt et le temps, il retrouva la première maison du village de son long cauchemar.

Ici, la place, sur laquelle s'ouvrait la maison du voisin, et la porte de la sienne. Plus loin l'aire de battage du grain, et là, cette grotte étayée, Bâtie sous une roche gonflée et ronde, dont on avait creusé le pied, pour y installer des murs de pierre sèche, elle était recouverte de mousse. À peine plus qu'une caverne, mais l'évidence d'une construction humaine, l'ancienne maison de la veuve en face de chez elle. Le paysage s'animait autour de ses yeux, et son cœur palpitait d'angoisse, comme s'il était prisonnier à nouveau.

49

LA FORÊT ÉTOUFFAIT SA PRISE, et l'enserrait de toutes parts, mais tout était là.

Et Pierucci retrouvait, intacts, les sentiments qui l'animaient quand il avait vécu là. La claustration, le goût de la terre, des mousses, omniprésents l'éloignement, la solitude, le saisissement devant la beauté de la vallée. Ils allèrent s'asseoir sous un amas de rochers, qui les abritait du soleil parvenu à l'acmé. Elle lui tendit de l'eau, ils burent longuement. Et puis ils allèrent de vestige en vestige. Pèlerinage dans cet endroit qu'il avait vu vivant. Des restes de murs entourant un tronc centenaire, des pans de construction, comme des haillons de pierre, des buttes marquant encore d'autres présences, effacées par le temps. Partout, ces arbres moussus et tentaculaires. Et le ciel, et la plongée dans la vallée, et l'air qui chantait entre les branches. Ils s'assirent devant la porte de l'habitation dans laquelle Pierucci avait rêvé qu'il s'était réveillé. Quelle étrange impression, quelle tristesse mêlée à la satisfaction d'être revenu dans son époque ! Il ne pouvait partager cette expérience avec personne.

« Cette terre m'appartient ! Elle est celle des ancêtres des Maxiola, depuis des siècles, elle fait partie de mon héritage, car elle est liée au domaine par des liens qui défient le temps… Je sais que je n'ai pas besoin de faire de tests, mon sang coule bien de là. Je sais que j'y ai vécu, j'en ai rêvé…

— Et sur ce site magnifique, devait donc se dresser un genre de parc d'attractions…

— Peut-être pas à ce point-là… Peut-être juste un site archéologique, maisons déblayées, restaurées, et en bas, des commerces, un hôtel, je ne sais. Mais en tout cas, un projet d'envergure, et j'en suis certain, rentable. Car les touristes qui sont avides de visites culturelles en Corse sont très nombreux. S'il ne faut qu'une preuve, ce sont les sites déjà exploités… Il lui suffisait de profiter de la vue magnifique et du fleuve.

— Qu'est-ce qui a conduit au drame alors ? Le sais-tu ?

— Je l'ai compris hier soir, j'avais tout devant les yeux, et je ne voyais rien. Andria était fatigué de la vie de restaurateur. Il avait de l'argent, assez pour procéder aux transformations de ce lieu et en vivre bien ensuite. Assez avec les fonds du fidéicommis si les contrôles n'étaient pas trop exigeants. Il avait des relations, il aurait obtenu les permis pour transformer la ferme Quiliquini en hôtel, piscine, etc., peut-être aurait-il acheté les terrains sur le fleuve et fait un parc, je ne sais. Mais il l'aurait fait en contradiction avec les clauses du legs qui enjoignent de laisser la propriété de l'Ortolu en l'état, à utiliser les fonds exclusivement pour son entretien, sauf à l'ouvrir à des travaux d'archéologie. Il culpabilisait, et ce d'autant qu'il avait appris qu'il n'était pas l'héritier légitime. Parce que je suis convaincu qu'il a su la vérité sur ses origines en dépit du fait que son épouse ait pensé le contraire. C'était quelqu'un de bien. Il avait du mal avec cela, et c'est pour cela qu'il n'en avait pas encore parlé. Et puis, marchant dans les rues, il croise Marine Lachaud, qu'il reconnaît parfaitement, et qu'il refuse de recevoir.

Un bruit attira son attention, et il leva la tête, en alerte. Elle n'avait rien remarqué, et tandis qu'ils continuaient à bavarder, il la poussait doucement en contrebas de la maison sous rocher, la tirant derrière l'abri du mur. Il se rassit comme si de rien n'était.

« Elle est coupable, alors ?

— Marine ? Non ! Juste de harcèlement, et d'avoir fait basculer un homme qui assumait mal les actes répréhensibles de sa vie. À cinquante ans, tu touilles le brouet des souvenirs, et certains te remontent. Parfois le goût est amer et on saigne de ces blessures. Il fait un genre de dépression. Il décide… »

Une pierre énorme s'écrasa quasiment sur leur tête. Pierucci repoussa sa compagne plus loin encore à l'intérieur de la petite grotte naturelle. Il leva la tête, s'avançant un peu. Une silhouette se profilait en haut du monticule, à contre-jour contre le ciel étincelant. Le commissaire sourit s'adressant au nouvel arrivant :

« Comment allez-vous faire, à présent, pour tenter de nous tuer, et parvenir à rendre nos morts naturelles ? Vous pouvez sortir, je sais depuis longtemps que nous avions rendez-vous ici ! »

Le silence leur répondit, tandis qu'Annah articulait sans un son, effarée :

« Qui est-ce ?

— Mais ce cher Dondolo, qui d'autre ?

— Dondolo ! Dondolo le psy ?

— Dondolo, lui répondit à pleine voix, le commissaire. Le raté de la famille, l'aigri, le vagabond… J'ai toujours su que le Rompifeste nous donnerait la solution. Maroccu, de son nom d'enfant placé mais dont la famille d'accueil se nommait Usai. Usai, comme l'épouse de M. Dondolo, dont le Rompifeste est le beau-frère. Sortez Dondolo, les dés sont jetés… » On entendit des pas crisser sur le gravier. « Votre femme est la sœur adoptive de celui qui a voulu me tuer, n'est-ce pas ? Montrez-vous et terminons ce jeu de cache-cache. »

Le petit bonhomme jaillit comme Gollum d'un détour de rocher, les tenant en joue à l'aide d'un fusil de chasse à deux coups, mais une bosse sous son tee-shirt indiquait la présence d'une arme plus petite. Pierucci ne bougea pas, poussant Annah plus loin derrière lui.

« J'ai tout compris durant la nuit que j'ai passée au trou. Le mot culpabilité me revenait sans cesse. Et j'ai su qu'Andria vous avait consulté. Il a fait une dépression, et quelqu'un a dû vous l'envoyer. Nous avions cherché ses amis, ses relations, son entourage, nous avions même pensé à son médecin, mais personne n'a pensé à vous, parce que vous ne laissez pas de trace, payé au black, pas de secrétaire, pas de raison sociale, rien sur Internet. Le bouche-à-oreille vous l'a apporté, et il est venu vous livrer à domicile l'histoire du legs à l'héritier masculin, des projets que son père n'aurait pas approuvés et qui lui chatouillaient la conscience, de sa filiation illégitime, et au cas où vous ne trouveriez pas de solution, il vous fait cadeau aussi de cette histoire de viol, qui a bien eu lieu, autrefois, et dont le souvenir avait été ravivé par l'arrivée de Lachaud. N'est-ce pas ?

— Tout à fait ! Vous avez parfaitement raison, commissaire, lui dit sans aucun accent le curieux petit homme à face ronde. Il était beaucoup plus prolixe que vous, et m'a tout raconté…

— Tout, y compris le nom de Cucchi, qui était avec lui, ce fameux soir !

— Effectivement. Et qui le faisait chanter, tout couvert de dettes qu'il était. Il payait, ce n'était pas le problème. Le problème était qu'à chaque fois qu'il y pensait, il en était malade.

— Alors que Cucchi n'avait plus rien à perdre, puisqu'il perdait déjà tout… Alors vous avez eu l'idée de les tuer tous deux, avec l'aide de votre beau-frère, et ayant quelques notions en psychologie, vous avez maquillé les cadavres pour donner une piste aux enquêteurs…

— Mais quel est son intérêt ? », intervint Annah éberluée.

« Parce qu'il est issu d'une branche aînée, qui lui aurait permis de revendiquer l'héritage, une fois que j'aurais été écarté.

— Quoi ?

— Tu as devant toi le petit-fils de ce jeune homme qui a tué un gendarme, autrefois et qui s'est enfui au Brésil et en Amérique du Sud, pour échapper aux conséquences de ses actes… Du petit-fils, ou plus probablement de son jeune serviteur maghrébin qui l'accompagna dans sa fuite et dans ses errances. L'histoire dit qu'il est mort, et que c'est son compagnon qui, voulant conserver la pension des parents, a pris sa place. Il aurait fallu que tu aies une bonne preuve de ta filiation Dondolo…

J'ignore si c'est vrai ou faux, mais le fait est que sans cette disparition, le domaine serait resté à ce descendant et à ses héritiers et ne serait pas passé du côté d'Andria. Moi hors-jeu, il restait le dernier à pouvoir prétendre au legs, à condition qu'il ait pu prouver que contrairement à la légende dans la famille, il était bien issu du fils fautif et pas de son valet. Mais il comptait peut-être que par défaut d'héritier, la société civile ne serait pas trop regardante. De quoi chatouiller l'ego un peu susceptible d'un homme qui pense qu'il n'a pas la place qu'il mérite. N'est-ce pas, monsieur Dondolo ?

— Vous avez parfaitement raison. Entièrement raison, Pierucci. Le fait est — il s'appuya sur sa jambe gauche, pour soulager le bras qui tenait l'arme, froid, tranquille, paisible comme s'ils partageaient une conversation au coin du feu — le fait est que j'ignorais tout de votre présence dans le tableau, et je m'étais arrêté au problème d'Andria. Cucchi était au courant pour le projet médiéval, il avait exigé des parts, et voyait avec cette affaire le bout de ses ennuis. Il aurait compliqué la situation. Et puis tout s'enchaînait si parfaitement. Ces deux-là disparus, j'attendais un peu et je surgissais...

— Et voilà que vous apprenez qu'un héritier sort du chapeau, que votre plan tombe à l'eau. Qu'il existe un autre fils qui va signer la réception du domaine. Il vous faut le discréditer, le faire accuser de la mort des deux autres, ou dans le pire, faire planer sur lui des suspicions telles qu'il ne pourra jamais hériter. Mais cela ne va pas assez vite, alors une troisième fois, vous lancez votre dogue, le Rompifeste.

— Puis-je savoir ce qui vous a mis sur la piste, monsieur Pierucci ?

— Votre salle d'attente ! Votre foutue salle d'attente, votre salle d'attente pourrie et votre pile de journaux que j'ai lus de fond en comble, les journaux sur l'ouverture de Cucuruzzu. Au début, j'ai pensé qu'il s'agissait d'ironie. Ensuite j'ai réalisé que vous les aviez pris à Andria, la nuit de son décès et que vous les gardiez comme un trophée. Les journaux que le conservateur du musée de Sartè lui avait donnés, pour l'aider dans sa réhabilitation.

— Pourquoi donc, si vous aviez saisi la situation, commissaire, avez-vous eu l'obligeance de m'avertir de votre escapade ici, et pourquoi encore êtes-vous accompagné, ce qui met en péril la vie de votre dame ? »

C'est exactement ce que se demandait Annah à cet instant, qui trouvait Pierucci très désinvolte.

« Je voulais que vous arriviez en toute confiance, sans vous méfier. Parce que je sais aussi que le Rompifeste n'aurait jamais rien dit, qu'il ne vous aurait jamais trahi, qu'il est votre chien fidèle et qu'il préfère se sacrifier que vous trahir. Que quand bien même aurions-nous trouvé le lieu des crimes, il aurait été trop tard pour espérer y trouver la moindre trace ou preuve utilisable. Rien ne nous permettait de remonter jusqu'à vous, car je ne doute pas que vous avez même veillé à avoir un alibi et que tout est verrouillé. Je ne pouvais pas vous faire plonger. Mais vous faire savoir que j'allais me rendre dans un lieu isolé, loin de tout, qu'il vous était aisé de reconnaître, ne pouvait que vous inciter à mettre un terme à toute cette aventure. Vous auriez certainement préféré être accompagné de votre acolyte, mais tant pis… Vous avez pris la route très tôt, n'est-ce pas ?

— Effectivement, mais j'ai suivi la route des engins de chantier, qui monte un peu plus rapidement. Celle empruntée par les coupeurs de bois. Il ne me restait qu'à vous attendre. J'avoue, cher, je m'étais un peu endormi, et ce sont vos paroles qui m'ont réveillé... Mes vieux journaux... Ah ! Vous êtes finalement plus fin que je ne le pensais...

— Et maintenant ? Deux cadavres de plus, maquillés comme il se doit, à ajouter aux autres, et puis comme par hasard, vous rencontrez le notaire, vous lui racontez votre petite histoire, et vous voilà de retour dans la filiation officielle... Qui est désigné comme coupable, laissez-moi réfléchir ? Marine Lachaud ? J'espère que votre voiture n'est pas garée trop loin, je suis lourd.

— J'ai ce qu'il faut, merci, ne vous inquiétez pas. Bon, la journée s'avance... pardonnez-moi, mais...

Vous vous répandez avec trop de complaisance, Pierucci, mais cela ne changera rien à votre sort. Et on ne joue pas dans Hercule Poirot. Vos petites cellules grises vont exploser et le monde sera plus propre. J'ai répandu assez de rumeurs sur votre compte pour qu'on lie les trois meurtres. Peu de crimes trouvent une solution, celui-là restera impuni, après qu'ils se sont acharnés sur cette femme, car le seul qui avait tous les éléments en main, c'était vous. Que n'avez-vous renoncé à ce qui ne vous appartient pas... Vous auriez signalé au notaire que vous ne vouliez pas du domaine, rien ne serait arrivé...

— Dondolo, vous êtes le petit-fils du valet, et la génétique était en mesure de le prouver, vous n'auriez jamais rien eu... Votre rêve est un rêve de malade.

Mais dites-moi encore, pendant qu'on papote, j'ai bien compris, n'est-ce pas, que c'était Maroccu qui, grimé, avait participé à l'enlèvement du corps de mon père. Mais le but de cette expédition ? Et qui était la femme qui l'accompagnait ?

— Vous tentez de gagner du temps, mais en pure perte… Le jeu est fini ! Je vais retrouver les liens avec mes racines, mon honneur, quoi que vous en disiez. » Il leva la gueule de son arme, et avança d'un pas. Le doigt engagé sur la détente, il visait en pleine poitrine, le coup partit. Pierucci se rejeta en arrière, tandis que le granit à sa droite explosait en éclats dans tous sens, il jeta un œil par-dessus son épaule, pour vérifier que sa compagne allait bien. Elle était réfugiée dans un creux boueux du sol, et hors d'atteinte pour l'instant. Alors, il rampa sur la droite, à la rencontre du petit homme contrefait, mais toujours abrité par le muret. Glissant un œil entre deux interstices, il le vit qui avançait une nouvelle fois, il tira alors à son tour après avoir happé son arme toute neuve du holster de cuir qui le sanglait. Et jura.

« Laxisme, un jour tu me tueras ! » songea-t-il, car il n'avait pas été s'entraîner avec son nouveau Sig Sauer une seule fois et il avait une impression physique d'altérité. Il tirait rarement, en temps ordinaire et avait besoin de quelques séances au stand, mais là, c'était encore pire. Le poids ne lui était pas familier, pas plus que le recul qui le prit au dépourvu. Il avait manqué sa cible, et de loin. Dondolo, que la conversation avait distrait, avait repris toute son acuité et s'était glissé derrière un éboulis rocheux.

« Vous ne partirez pas d'ici, quoi que vous fassiez ! Il y a une grande différence entre nous, Pierucci. Vous tirez pour vous défendre, moi pour vous tuer. Parfois les motivations font la victoire.

— Saviez-vous que les anciens n'empruntaient pas cette route, et qu'il est possible d'arriver par Gghjanucciu, Dondolo ? Savez-vous que je connaissais cette route et que j'ai soigneusement prévu notre entretien ? Savez-vous que nous n'allons plus être seuls pour très longtemps, et que mes hommes arrivent par ce versant, que tout cela n'était qu'un piège et que j'étais absolument sûr que vous tomberiez dedans, tant vous avez de revanche à prendre ? Ah ! Et ce merveilleux petit enregistreur numérique, que j'ai essayé dans votre bouge, il a tout noté... »

Son bavardage un peu hystérique avait un double objectif... Donner du temps à ceux qui tardaient à arriver, et déstabiliser leur agresseur.

L'homme sursauta, sans cesser de les pointer de son arme, cependant. Et rebroussant chemin, il se mit à contourner le rocher dans l'autre sens, profitant de n'être plus vu par le commissaire allongé par terre.

« C'est bon, les gars, c'est le moment de sortir ! » hurla Pierucci qui commençait à être nerveux et se demandait si Pieri et Trigano étaient bien en poste quelque part autour d'eux, comme cela avait été prévu.

Il se retourna rapidement vers Annah lui faisant signe de filer du trou, à un abri qui faisait face et où elle serait mieux protégée.

Dondolo jaillit à cet instant derrière lui : « Tes copains ne sont pas là ! Dommage ! Peut-être qu'ils sont partis sur une fausse piste, poussés par le lieutenant qui a fouillé ta maison, va savoir ! Personne ne t'a suivi, tu es seul, Pierucci ! All… »

Pierucci s'était retourné, jeté en avant et d'une main avait agrippé l'arme tandis que de l'autre il visait son adversaire. Le canon était écarté de sa poitrine, mais son état de santé encore fragile le rendait faible, hésitant, et en faisait un combattant médiocre contre le petit homme nerveux et noueux comme une vieille racine de glycine, dont la rage était un carburant puissant, et qu'il ne parvenait pas à le faire lâcher. Il hésitait à tuer, tandis que l'autre conscient de son échec n'était plus que haine. Il lança un coup de pied en avant, l'atteignant fortement au genou, qu'il entendit craquer, tandis que lui-même prenait une volée de coude dans les côtes, et c'est alors que la détonation retentit, répercutée et démultipliée par l'écho, Annah poussa un cri derrière lui, il entendit encore un bruit de chute, tandis qu'il roulait au sol. Un deuxième coup de feu retentit aussitôt, il tira aussi, fut certain d'avoir fait mouche. Le ciel fut d'un coup d'un blanc absolu, et le commissaire perdit conscience.

50

ODEURS DE MÉDICAMENT, d'alcool, de désinfectant, chaleur moite, draps rêches... Il cligna des paupières, ne parvint pas à les rouvrir.

« Allez ! Encore un petit effort ! »

Une voix familière. Il se concentra. Mal ! La douleur qui irradiait du côté de la clavicule.

« Ça va aller ! Tout va bien à présent ! »

Sofia, assise à ses côtés, lui tenait la main. Et Angelo ! Il tenta un sourire, mais sa bouche sèche ne le lui permit pas. Il leva la main, ce fut encore douloureux.

« Ne bouge pas ! »

Elle lui souriait avec une tendresse sans égale. Il tenta de mettre dans son regard toute la sienne, mais il se demandait à quoi cela pouvait ressembler, avec sa tête à l'envers. Son fils s'approcha.

« Ils l'ont attrapé, là-haut ! En fait Pieri est venu en hélicoptère, avec des renforts, dès l'instant où ils ont repéré le véhicule de Dondolo, et sa puce téléphonique. Mais vous étiez en contrebas d'un amoncellement de rochers qui vous cachait, ce qui compliquait leur travail. Quand le Rompifeste a été confronté avec lui, il s'est effondré, et il a donné le lieu des meurtres, on a retrouvé des traces d'ADN du psy.

— Annah ? » Demanda Pierucci douloureusement, sans oser regarder Sofia.

« Blessée par une balle qui a ricoché... Elle est choquée, mais ce sera sans gravité. La balle lui est entrée dans la cuisse. Elle est abasourdie, elle veut te tuer, si tu survis, mais elle va bien. » La voix de Sofia était souriante, amusée, étonnamment détendue, il ne retint que deux mots, deux idées, Annah allait bien et Sofia n'était pas contrariée.

« Et moaa, croassa-t-il encore ?

— Tu guéris, lui murmura-t-on ! » Il se rendormit.

Il vécut ainsi des alternances de réveil et de sommeil lourd plein de rêves confus, mais trouvait toujours l'un de ses proches à son chevet. Enfin, il parvint à rester à moitié dressé et parfaitement lucide. Pieri lisait *L'Équipe* à son chevet, il fut ravi de le voir, pouvant enfin obtenir des réponses à ses questions.

« Alors, vous allez mieux ? Vous nous avez fait peur ! Tout de même, une balle qui passe à quelques millimètres du foie... Heureusement qu'il n'a pas tiré à la chevrotine au sanglier. » Pierucci acquiesça avec un sourire fatigué.

« Vous l'avez eu ?

— Il est cuit, on a tout. Le lieu du meurtre, du côté des contrebas de La Trinité, le Rompifeste, beau-frère fracassé par une enfance difficile et qui ne connaît qu'une personne au monde, sa sœur. Les tests révèlent un sociopathe qui tue comme on répare la plomberie, homme à tout faire doué pour les métamorphoses, que le psy avait bien diagnostiqué, mais le gourou était présent au moment des meurtres, il n'aime pas les impondérables, il a un besoin maladif de tout contrôler. Vous aviez raison depuis le début. Ils ont mis les corps en scène, mutilation et le reste pour orienter l'enquête, *post mortem*, *Dio grazia*. En fait, il n'y a qu'à Bonifacio qu'il peut se produire une telle histoire. Tout commence avec Maxiola qui va le consulter parce qu'il a la cinquantaine difficile, des soucis de conscience et qu'il préfère le psy au curé. Il lui parle de cette maison qui lui appartient tout en ne lui appartenant pas, des terrains, et de son projet immobilier, de l'argent qu'il espère se faire. Ensuite, Cucchi rentre dans son plan, chez qui il s'arrange pour aller dîner, et dont il découvre les besoins d'argent et les soucis, c'est lui qui le pousse au chantage. De plus son épouse qui parle trop et qui lui donne les derniers renseignements qu'il ne possède pas encore. À ce qu'il paraît, son charme vénéneux marche très bien avec les petites femmes fragiles. Bon, tout est en place, et soudain, vous sortez de nulle part, l'héritier mystère, le joker qui vient tout compliquer. Donc, il a tout fait pour vous mouiller sur l'affaire du Verdun, découverte durant les confessions d'Andria puis il a dirigé les soupçons sur vous en jouant de l'inimitié qui s'était instaurée entre Butta et moi. J'en suis où ?

— Il se sert de son polymorphe de beau-frère pour tuer et me ressembler, et…

— Ah oui, bon, donc en dépit de ses agissements (café à l'huile essentielle de sauge, chute, incendie, mauvais bruits) vous restez vivant. Et cela complique tout.

— Les séances chez lui ? C'était calculé ?

— Je ne sais pas ! possible, ou simple coïncidence… Bonifacio, c'est si petit ! Peut-être la cerise sur le gâteau. Enfin bref, vous comprenez d'un coup, je ne sais pas trop comment, qu'il y a le village médiéval et le projet tout autour. Lui, le savait par les confessions de son patient. Vous lui tendez un piège, il vous a jugé inférieur à lui dans les consultations, et il vous rejoint. Il espérait mettre votre meurtre sur le dos de Marine Lachaud qui a attendu devant votre porte, durant des heures, convoquée par un SMS censé être né sur votre portable. Il vous aurait probablement jeté à l'eau comme les autres, et personne n'aurait eu l'idée de venir chercher quoi que ce soit ici. Quand on serait arrivés à la conclusion qu'elle n'y était pour rien, on n'aurait jamais fait le lien vers lui, qui n'aurait rien réclamé avant longtemps.

— Et elle ?

— Toujours sous le coup d'une accusation de faux témoignage ? NON ?

— Si, bien sûr, elle a reconnu que tu n'étais pour rien dans l'histoire du Verdun, qu'elle s'était contrariée d'être refoulée, qu'elle voulait se venger, mais nous pensons qu'il y avait du Dondolo derrière.

— Mais qu'est-ce qu'elle est venu faire à Bonifacio, celle-là ?

— Bah ! Chercher de l'argent, briller peut-être de ses derniers feux, régler des comptes, est-ce qu'on sait seulement, elle n'est pas tranquille, c'est la seule certitude, et au final on ignore tout de ce qu'elle a pu dire aux deux victimes. Ce qui est certain, c'est qu'elle et Dondolo se connaissaient, la dame est branchée sur tout ce qu'on appelle communément la médecine douce, elle a donc eu des contacts avec lui bien avant son arrivée sur l'île. Est-ce que le plan était monté préalablement ? Est-ce qu'il lui avait promis une part de l'héritage ? Il nous reste à le découvrir.

— Et le cercueil de mon père ? Il a dit pourquoi et qui a récupéré l'urne ? »

Pieri se mit à se dandiner sur sa chaise.

« Ben c'est un peu le problème... On ne sait rien. Il nie, il dit que ce n'est pas lui ! Nous n'avons aucun renseignement supplémentaire par rapport à cela...

— Comment pas lui ? Qui alors ?

— Cette fois j'ai lancé une enquête officielle, on a quand même beaucoup attenté à votre vie, j'ai fait un rapport sur la disparition et mes suppositions, sur votre visite à Ajaccio. On reprend l'enquête à partir de Castelluciu. Je sais que vous n'allez pas être content...

— Tu as bien fait... Il faut en finir ! » Sa voix commençait à faiblir, il allait sombrer de nouveau...

« Ah, une dernière chose. Un journaliste miteux, cantonné à la gestion de sites Internet, vous avait suivi partout, et avait ouvert une page de son blog, sur la vraie vie d'un flic minable, pardon, c'était le titre de l'article, ou quelque chose de ce genre. Il y avait des photos dont quelques-unes prises au téléobjectif, vous montrant collé à Annah accompagnées d'un pseudo-reportage. Nous lui avons collé une plainte, mais comme cela n'allait pas assez vite, Élodie lui a vérolé son site, et a fait tant de dégâts, qu'il a fermé. Ce pauvre type est la risée de sa profession.

— Elle est douée en informatique, Trigano ?

— Oui, vraiment. Dommage, elle nous quitte... Son remplacement prend fin, elle viendra vous dire au revoir.

— Ah... Parce que...

— *Ié Padrone*, Finelli revient. Les affaires reprennent. J'ai appris aussi qu'on avait vu Barcelli biner ses fraises... Il a fait dire qu'il vous en ferait porter un panier. Il vous salue. » Les yeux mi-clos papillonnèrent.

« Tchao padrone, on vous attend avec impatience au bureau. » Mais sous le beau soleil, Pierucci dormait déjà.

51

La nuit était tombée, Sofia avait pris la place du Gros, et s'adressait à un malade bien réveillé et bien attentif.

« Oui, tu as raison, je t'ai trompé, Armand. » Il eut un haut-le-cœur en se voyant confirmé ce qu'il soupçonnait depuis un moment. Ils avaient entamé cette conversation qui couvait depuis longtemps, et voilà, on y était.

« Je me suis laissé envelopper dans les attentions d'un homme qui me désire, qui exerce un métier tranquille, qui a de la classe et de la culture, et qui veut passer le reste de sa vie avec moi. J'ai joué à l'adolescente et j'ai été heureuse. J'avais besoin de rêver, de me dire que je n'étais pas encore vieille et qu'une autre vie était possible. J'étais chez moi, en Italie, mon pays et c'était vraiment, un rêve. Et puis un matin, je me suis réveillée, en sachant que dans deux ans, trois ans, dix ans, je pleurerai chaque jour qu'il me reste à vivre, parce que ce serait un jour sans toi. Il y a des hommes pour vivre paisiblement, et d'autres qui inspirent la passion, qui ont le goût du citron vert, et qu'on doit supporter comme ils sont, si on veut vivre intensément. Je sais que tu m'as trompée plusieurs fois, que tu es revenu à chaque fois, pour des raisons que je ne veux pas connaître, et bien voilà. Je t'ai trompé, moi aussi, et tu peux accepter, ou décider de mettre fin à notre relation. C'est toi qui décides. Mais si nous continuons à vivre ensemble, je ne veux pas entendre l'ombre du commencement d'un reproche. Je ne me sens pas coupable, et je ne m'excuserai pas. Tu es impossible, Armand, et tu le sais. Mais je t'aime, et de cela je suis sûre. Nous avons cahin-caha bâti une famille, et c'est pour cette raison que je ne te quitte pas, aussi, pour cette famille, qui nous appartient. Et c'est du travail, une famille. »

On entendait le va-et-vient des chariots de soin dans les couloirs, les patients qui sonnaient, les ascenseurs qui s'ouvraient dans des bruits souples et mous, des déambulateurs qui cognaient contre les mains courantes. Il n'avait pas besoin de réfléchir, il agissait avec un peu de coquetterie, parce que effectivement, une fois la page tournée, on n'y reviendrait plus. Que cela ne lui plaisait pas, une reddition aussi rapide. Qu'il ne pouvait pas s'avouer vaincu aussi simplement. Enfin, il lui dit :

« Je t'aime aussi, Sofia. Je t'aime profondément… » et il s'endormit, pendant que son esprit parlait encore à son fils… « Tu vois, Angelo, l'ambition des hommes n'est pas de faire de l'ombre au soleil, c'est d'être le soleil lui-même, et c'est de cela qu'ils meurent… Mais la mort, mon fils, la mort, c'est encore la vie… Annah, oh ! Annah… »

Son intuition aiguisée, sa sensibilité l'ont-ils perçue, là, derrière Sofia ? Une main sur la porte entrebâillée, la silhouette infiniment triste d'Annah, le bras en écharpe, qui n'avait rien perdu de l'échange. Le sourire qu'elle arborait en arrivant s'était effacé comme un sourire de craie sur un tableau, comme le sourire du chat de Chester, quand il n'y a plus de chat de Chester, et trois grosses larmes grossirent aux coins de ses paupières. Elle descendirent ses joues douces, alors qu'elle repartait vers l'ascenseur, et coulaient encore dans le taxi qui la menait à l'aéroport de Figari.

Elle avait raison, Sofia. Elle avait raison, parce qu'elle aussi savait que dans deux ans, trois ans, dix ans, elle pleurerait chaque jour qu'il lui reste à vivre parce que ce serait un jour sans lui.

Dans le rétroviseur, Marc, le chauffeur qui était grand amateur de femmes et un peu philosophe, suivait le chemin lent et sinueux des larmes d'Annah.

TRÈS CHERS TOUS,

D'abord, merci. Merci d'aimer Pierucci, et de me donner envie, à chaque fois, de continuer ses aventures — une dédicace toute particulière de sa part à Josée, qui me dit d'arrêter de me disperser dans d'autres séries et de rester fidèle à Armand. Ensuite, merci à mon éditeur, François Balestriere qui a cru dans ce commissaire et cru en moi. Merci aussi à Laetitia qui veille sur nos destins avec tant de gentillesse, et à tous ceux, chez Clémentine, qui font ce magnifique travail, qui me permet d'exister.

Ensuite, et parce que vous m'écrivez beaucoup, je tiens à dire ceci…

Parler de mort, de résolution de crime, c'est déchiffrer l'existence, du chaos à l'ordre. Le meurtre initial qui ouvre chaque roman policier est une forme de symbole des questions qui nous obsèdent, sur notre identité, nos parents, nos rapports avec les autres. Tout le monde ne va pas jusqu'au bout, mais rares sont ceux qui n'ont pas dit à un moment : « Je voudrais le tuer ! »

C'est peut-être l'une des raisons de la fascination que le genre exerce actuellement. Certains romans policiers donnent l'impression de livrer des secrets politiques, des secrets historiques, des secrets sociétaux. Moi, c'est l'être humain qui me fascine, dans ses rapports avec lui-même et avec son entourage. C'est pourquoi, dans mes ouvrages, une grande place est faite à ce que chacun pense, ressent, craint… Parce que l'amour, le désamour, la routine, l'adolescence, le vieillissement, la mort, c'est juste nous, et que c'est la plus passionnante enquête qui soit.

Enfin, ce livre sera suivi d'un autre, parce que dans la vie, aucune certitude ne dure jamais longtemps…

Bien à vous,

MHF

Table des matières

Cet ouvrage a été imprimé par Pulsio - U.E.
Pour le compte des Éditions Clémentine
Dépôt légal BN : Août 2013
ISBN : 978-2-37012-003-8
Photographie de l'auteur : François Balestriere
Mise en page : Ad Valorem
Montage Couverture : Clémentine Studio - Fizzid SL
Éditions Clémentine Route de Muratello,
20 137 Porto-Vecchio
Tél. : +33 (0) 495 255 867 Fax : +33 (0) 495 705 599
www.editionsclementine.com
contact@editionsclementine.com